U0448913

午夜书

胡性能 著

中信出版集团|北京

图书在版编目（CIP）数据

午夜书 / 胡性能著. -- 北京：中信出版社，2024.
8. -- ISBN 978-7-5217-6753-7
I. I247.7
中国国家版本馆 CIP 数据核字第 2024YR8782 号

午夜书
著者：　　胡性能
出版发行：中信出版集团股份有限公司
　　　　　（北京市朝阳区东三环北路 27 号嘉铭中心　邮编　100020）
承印者：　北京盛通印刷股份有限公司

开本：880mm×1230mm　1/32　　印张：10.75　　字数：220 千字
版次：2024 年 8 月第 1 版　　　　印次：2024 年 8 月第 1 次印刷
书号：ISBN 978-7-5217-6753-7
定价：69.00 元

版权所有·侵权必究
如有印刷、装订问题，本公司负责调换。
服务热线：400-600-8099
投稿邮箱：author@citicpub.com

目录

- 第一个夜晚　　乌鸦　　　　　　　001
- 第二个夜晚　　雨水里的天堂　　　025
- 第三个夜晚　　三把刀　　　　　　083
- 第四个夜晚　　孤证　　　　　　　155
- 第五个夜晚　　夜鸦　　　　　　　179
- 第六个夜晚　　鸽子的忧伤　　　　253
- 第七个夜晚　　去昙城的路上　　　285

第一个夜晚

乌鸦

"王谷感到有一只乌鸦拍打着翅膀,从他的胸口那里飞了出来,世界突然安静异常,祥和、幸福,隐隐的甜蜜。"

1

牦牛矿废弃二十年了。自从十五年前,最后一批淘尾矿的人从那儿撤离,过去每天两班的长途汽车已经停开。公路的痕迹还在,出城那一段,是近郊农民的便道,偶尔有马车、拖拉机和摩托车驶过。秋天已经来临,田野里一片金黄,壁虎河边的稻田、台地里的玉米都是金子的颜色。行道树是白杨,树梢上的心形叶片开始变黄。沿牦牛山方向走,大树的间距逐渐变得稀疏,像密集的音乐放慢了节奏,一些地方出现停顿,不过仔细观察,还是会发现在垮塌的路基旁,有正在糜烂的树桩,上面密布黑色斑点,裂罅间还能看见灰色的小蘑菇,脆弱、单薄,它们就像是一个个丁香似的姑娘,修长的身体上端举着一把小小的洋伞。

此时王谷就坐在上面休息。

那只包藏祸心的乌鸦跟了上来,它从一棵树飞到另一棵树,藏身于那些彩色的叶片间,秘密的跟踪者,让王谷心生恼意。但乌鸦停歇在高高的树梢,合抱粗的大树,每一棵都高达一二十米,王谷抡起手臂奋力扔出的石头,离乌鸦站立的树枝还差好几米就坠落了，那只乌鸦甚至都没有挪动身子，它低头看了看站在公路上咆哮的王谷，又抬起头来眺望远方。王谷当时想，这只乌鸦不会跟着他去牦牛矿吧？

一个钟头前，王谷离开朱城的时候，曾在"以来寺"外作短暂停留。尽管眼前的那条公路他走过上百遍，但事隔多年，当他再次去牦牛矿时，心里还是充满了犹疑。一大早，有善男信女前来敬香，寺庙里的梵钟被人再度敲响，金属的波纹荡漾开来，消散在清晨微凉的空气里。不是僧人凌晨五点开静时所敲的晨钟，而是天亮后爬上钟楼的香客好奇所为，钟声时大时小，时而清越时而混浊，毫无规律。坐在寺外的石梯上，隔着一条公路，王谷眺望着那排柏杨，猜测应该是修建朱城到牦牛矿的公路时种下的。这时，一条黑白相间的土狗懒洋洋地穿过公路，消失在一堵腌臜的石墙后面。阳光从以来寺后面照射过来，透过高低错落的建筑缝隙，在公路上留下斑驳的光影。

已经有好多年没有见到过鸟巢了。二十年还是三十年？或者更为久远。年少时，王谷曾经一次次攀爬到树梢，摸鸟巢里的蛋，有喜鹊的、乌鸦的、斑鸠和灰雁的，他身轻如燕，像猴子一样灵活攀爬。但现在不行了，王谷能够感到身体一天比一天浊重。对面一棵粗大的柏杨树上，靠近顶端的枝条间有一个灰黑色鸟巢，王谷估计应该是乌鸦的巢。褐色树枝搭建的鸟巢，看似粗糙，内部却无比精密，有用柔软的茅草和羽毛铺就的产床，也许有等待喂哺的幼鸟。王谷想起了很久以前，他在什么地方见过几只雏鸟，大张着的嘴，沿口镶有一圈鹅黄色的衬条，露出粉红色的尖舌和更为暗红的喉管。张开的嘴，贪婪、急迫，比短毛密布的头颅还大。

朱城的郊外，乌鸦和喜鹊是最常见的两种鸟。背道而驰的两种鸟，带给人迥异的心情。王谷看见有一只乌鸦从远处飞来，停歇在鸟巢旁的一根树枝上，像旧时代一个穿黑色保安服的岗哨，警惕而又倨傲。王谷对着那棵树的方向吐了口唾沫，这是他祖母教他清除晦气的办法。那时候王谷没有想到，从他离开以来寺起，那只乌鸦就像影子那样一直跟着他，甩也甩不掉，就像是粘在他鞋底的一块口香糖。

2

公路沿着壁虎河向前延伸，河水混浊，上面漂着褐黄色的泡沫，河道里隐隐弥漫着一股酸臭味。"嘎"的一声，乌鸦冷不丁发出一声鸣叫，王谷的心脏突然紧地一缩，回过头去，却不知道乌鸦藏在什么地方。一阵微风吹了过来，树上的叶片整齐扇动，令王谷想起了电视转播的阅兵式里那些步兵方队步调一致的动作。河道似乎比记忆中的变窄了，水量也小了很多，视野的尽头，是巨大的石壁和裸露的岩石，河从那儿消失，奔向不可知的未来。隔着壁虎河，能看见对岸一座废弃的硫黄厂，巨大的厂房外面，杂草丛生，堆着两个生锈的锅炉和一辆报废的汽车。王谷还能认出是多年前长春出产的解放牌汽车，花脸壳变得更花，木制的货厢已经腐烂，而厂房的后面，红砖砌成的烟囱孤单地直立在空中，上面竟然已经长出了杂草。

矿山红火的年代，从朱城通往牯牛山的公路曾经铺过薄薄的泥青，此后的几十年，公路被车轮一次次碾轧，路边散落下无数龙眼大小的石子，圆润，散发着微光。这条公路看上去就像是一条干涸的河道，曾经密集驶过的车轮像一条流动的砂轮，打磨着这条河道里的石头，把上面所有的棱角都清除掉了。

出城几公里后，公路与壁虎河分道扬镳，沿着一面斜坡蜿蜒而上。之字形拐弯一个接一个，让行走其上的人每隔一段时间就得调整一次方向。王谷发现，这种之字拐，有利于他观察从后面跟随而来的乌鸦。好长时间不见有车从公路上驶过，空气中也有了河谷里没有的凉意，王谷蹲下去仔细观看，路面似乎也没有车轮留下的痕迹，有的地方裸露，有的地方覆盖着铁线草，渐渐地，视野里的公路破碎得像梦境，在这个山脊消失，又在另外一处坡地显现，时断时续。起起伏伏的山峦，有的地方像是书的折页，人如同跋涉其中的蚂蚁，会在大山的褶皱中沦陷好长一段时间。

天空蔚蓝，干净，纤尘不染。王谷突然有一些高兴。从山坡上往下望去，蜿蜒的公路尽收眼底，那只从朱城郊外跟随过来的乌鸦无处遁形，它没有沿着公路飞行，而是把路边的行道树当成飞翔的踏板，从下面一条公路的树上，飞到上面一条，藏身于渐渐稀疏的叶片间，像是居心叵测的一个阴谋。从上往下，石头能够掷得更远，也更有准头，还能听见石头划破空气的声音。感觉上那只乌鸦藏在柏杨树的叶片间，并没有怎样躲闪,它只是在树枝上轻轻挪动一下脚步,就轻巧地避开了王谷扔过来的石头。好一段时间没有听见它的鸣叫了,也听不到它羽翅扇动的声音,但那只如影随形的乌鸦,还是像一片小小的阴云,悬垂在王谷的胸口,让他的呼吸有隐隐的沉重。

重返牯牛矿,王谷恍若梦中,眼前看到的一切是那样的熟悉,又是那样的陌生。山势还是记忆中的模样,但就像是被谁揭掉了身上的一层皮,露出血肉模糊、惨不忍睹的身体。隔着山下的那条小河,对面是东西走向的蛇山,再过去是层层叠叠不知名的黛青色远山。王谷刚到牯牛矿工作时,对面的蛇山还植被葱茏,有不少飞禽走兽隐藏其间。即使是冬天,也能看到挂在山腰的一条白色的瀑布,大风吹拂,瀑布会左右摆动,像是轻轻舞动的长练。而到了夏季,水量变大,瀑布雄浑有力地冲击着河床,山脚隐约传来它的回响。

王谷想起在硫黄厂建起来之前的某一年,他曾与矿上的几个朋友在壁虎河里捕捉过细鲢鱼。身材修长的细鲢鱼,能够像箭镞一样在水下疾行。河道里的石头下面,还藏着"石巴子",那种鱼看上去像是被压扁的壁虎,把石头搬开,可以看见它们愚笨地贴在石头上,碰到个头小的,王谷抓起来,把它扔进远处的激流中。珍贵的石巴子,过去不为人知,被河里的捕鱼人打入另册。但现在,壁虎河上漂浮着泡沫,王谷知道即使再下到河里去,可能也很难再摸到石巴子了。听人说,石巴子差不多快绝迹了,偶有人捕获,价格已经卖到上千元一斤。那种鱼紧贴石头的一面,仿佛是个白色的吸盘,而它的背部却是暗青色，上面密布着许多颜色更暗的斑点。也许用不了几年，王谷年轻时捕捉过的石巴子，就会彻底绝迹，成为壁虎河两岸的一种传说。

都说牦牛山一带地下埋有宝藏，不仅有铜、铁、铅锌，还有硫黄和黄磷。王谷记得，当壁虎河边的硫黄厂建起来以后，附近都能闻到刺鼻的气味，就像是夜晚有一万只带着腥臭的蝙蝠从暗洞中飞出，黑色的身影遮蔽了星光和月亮。冶炼好的硫黄，被固定成长方体，通体金黄，一车又一车拉出壁虎河谷，最终不知去向。尽管当时从硫黄厂那根高高的烟囱升腾起来的黄烟，让壁虎河的河谷两岸呈现一幅末世景象，但王谷还是没有想到，仅仅几十年，对面的蛇山会寸草不生。感觉就像是肉垮了，白色的骨架裸露出来。王谷一边走，一边朝对岸眺望，灰白色的石头，在阳光的照射下有一些刺眼。好多年了，王谷哪怕是在睡梦中，也能够闻到硫黄的味道。

公路沿着山势蜿蜒，越爬越高。路边偶尔能够看见一两棵死树。合抱粗的白杨树干枯了，树皮脱落，露出了灰白色的树干，曾经生机勃勃的大树只剩下了骨骼，脆。尾随而来的乌鸦胆子越来越大，它似乎都不用再回避王谷，就像是有意卖弄一样，它飞过来，在枯树上空收束翅膀，身子拉长，双爪伸出，准确地停歇在旁逸斜出的树枝上，继而从树枝的这一头跳到那一头，低着头，看着在公路上吃力行走的王谷，又从树枝的那一头跳到这一头，很拽的样子。王谷能感觉到它的兴奋。忘乎所以的乌鸦，身体轻盈，富于节奏，就像在盈尺之地上跳跃的芭蕾舞演员。

3

有一瞬间,王谷好像看见了一棵核桃树,叶片尽落,简练的树枝上,停歇着数以百计的乌鸦,遥远的什么地方传来一声巨响,像当年矿洞里的爆破,又像是修建公路时开山炸石。无数的乌鸦扇动翅膀飞了起来,灰褐色的树干上,唯一剩下的那只乌鸦,胆大、固执,在黄昏的天光里东张西望。

似乎是,有一只乌鸦,从王谷出生的那一天起,就一直尾随着他了。

祖母生前宠爱王谷,她是一个会吸旱烟的女人,王谷小的时候,她喜欢怀抱着王谷,坐在火塘边。滇东北僻远的乡村,到了夜晚,人撤回屋内,将旷野让给了出没的鬼神,未成年的孩子,元神未定,容易被袭扰。偶尔,会有呼号声从暗夜里传来,凄厉、寒彻,那是一位母亲,呼唤病孩的失魂与落魄。王谷是祖母的宝,她披着用以御寒的查尔瓦[1],把王谷紧紧裹在怀里。王谷依旧记得,祖母的嘴里,常年有一股浓烈的旱烟味,她曾经不止一次凑近王谷的耳朵,问他能不能看到那些游走的鬼魂。

"看不见!"王谷每次都说。

---

1 查尔瓦:彝族服饰,用羊毛织成的披毡。

"怎么会看不见？"王谷的祖母吧嗒吧嗒吸着旱烟，铜制的烟斗里，燃烧着的烟草随着她的呼吸明明灭灭。她一直怀疑王谷没有讲真话。

王谷出生的那天，一大早，就陆续有乌鸦飞到村子里来，停歇在他们家后面的大树上。"嘎，嘎，嘎——"乌鸦此起彼伏的叫声格外凄厉。到了傍晚，也就是王谷出生前，大树上的乌鸦越来越多，树枝晃动，朽木从高空坠落，地上是腐烂的叶片。村子里的人听到乌鸦瘆人的鸣叫，都关门闭户，外面黑暗下来，只剩下不祥的大鸟在逡巡。冬天的滇东北高原，十二月，大地板着面孔，从天而降的冷，渗透进了土地深处，无色也无声。几乎是一夜之间，裸露的泥土、园子里的蔬菜、收割后的玉米秸全都板结起来，树干的一侧像是被谁用透明的油漆刷过，能够清晰地标明寒风吹拂的方向。

乌鸦每叫一声，光线似乎都会暗上那么一点，气温也会冷上那么一点。王谷的父亲在乌鸦的鸣叫里渐渐失去耐心。原本，他是和王谷的爷爷一起，坐在堂屋里等待着王谷降生的消息。但飞到屋子后面的乌鸦实在是太多了，王谷的父亲感到有血液迅速从脚跟顺着血管爬上大脑，此后他根本控制不住自己，他来到王谷母亲躺着的屋子，寻找藏在产床下面的火药枪。那个时候，接生婆的一只手正用力握住王谷母亲的手，肥胖的额头沁出了一层汗珠。

王谷的父亲骂骂咧咧地进来，弯下腰去，从床下抽出锈迹斑斑的枪。他希望那些乌鸦最好在他擦好火药枪之前飞走，免得他在儿子出生的时候杀生。整个村子,就只有王谷家把门敞开,天黑前,王谷的父亲一直坐在家门外,他从土陶罐里倒出一小碟菜油放在身边,用一团油迹斑斑的棉线团浸了菜油,慢慢擦着火药枪,直到把枪管擦出铁巴冰冷的颜色。可那些乌鸦依旧停歇在屋子后面的大树上,没有飞离的迹象。火药塞进枪管,没有铁砂,他就用原本为月母子[1]准备的阴米子(蒸熟晒干的糯米)替代。家后的核桃树上,乌鸦实在是太多了,交织着恐惧与愤怒,王谷的父亲抬起枪,对着大树,扣动了扳机。火药枪发出闷响,火光明灭,烟雾弥漫,空气中散发出一股硫黄的气味,被击中的乌鸦像泥块一样砸了下来。

有关王谷出生前的异象,他的祖母说过,祖父说过,母亲说过,甚至后来接生婆也对他说过。事隔多年,王谷坐在去牯牛矿的公路边,想象着有几百只乌鸦从他祖屋后面的核桃树上弹起的情景。隔着几十年的光阴,他仿佛看到那些乌鸦鸣叫着,在村庄上空盘旋,它们在王谷的大脑里,组成了一只大鸟模样的队形,向着落日方向飞去。晚霞像燃烧着的巨大煤块,夕阳藏身其后,大鸟的身影越来越小,最终消失在远方落日的灰烬里。

王谷听祖母说,他出生以后,父亲曾用家里的镰刀,把一只乌鸦的眼珠剜出,用刀柄砸碎,然后把乌鸦眼球里的黏液涂抹在了他的眼睛上。王谷的父亲听人说,如果把乌鸦眼睛的汁液涂抹在孩子的眼睛上,孩子的这一生就能够像乌鸦一样,看

---

[1] 月母子:方言,指坐月子的妇女。

见在大地上行走的鬼神。

但几十年来,王谷什么也没看到。

4

远山静寂,一个人在荒凉的公路上跋涉,世界唯我独尊。王谷行走的姿势有一些夸张,有时他会张开双臂,模拟飞翔,有时又会停下来,对着空旷的山谷发出一声长鸣。但跟随在王谷身后的乌鸦无动于衷,它不紧不慢,胸有成竹,远远地吊在王谷身后。前往牦牛矿漫长的旅行,如果有一只鹦鹉或者一只猎隼跟随,王谷都会感到高兴,可偏偏是只讨厌的乌鸦。

王谷年轻时,曾经去县城的中学读书,周末无聊,他去郊外闲逛,看到有红色的拖拉机在耕地,闪耀着金属光泽的犁铧深深插进土地,埋在下面的泥土被翻了上来,藏在其中的蚯蚓、甲虫惊惶失措,有不少鸟飞来,等待这突如其来的宴飨。第二天,王谷便手持钓鱼竿,站在拖拉机后面,用藏有鱼钩的蚯蚓来钓鸟。他曾经钓到过一只乌鸦,用开水烫毛时,乌鸦的身体散发出一股奇臭,以至于王谷吓得把那具还有余温的尸体扔掉。

有一会儿,王谷坐在公路边的挡墙上歇气。数十年前修建的公路挡墙,通常建在弯道的地方,由形状和大小不一的石头垒在一起,有两尺高、半米厚。王谷发现,当年修建挡墙时,用的不是水泥而是石灰黏结,风雨的侵蚀已让原本白色的石灰变成暗黑色。王谷的身旁,裂缝中还长出两棵狗尾草,微风吹拂，狗尾草轻轻摇晃。他抬头望了望天空里明晃晃的太阳，时间应该还早，上午十一点钟左右的样子，太阳斜挂在高天，四周的空气通透得没有一丝阻碍，山岭全都清晰得就像刚被水洗过一样。乌鸦站在两百米以外的树上，朝王谷这个方向眺望，不时传来一两声叫声。

越往牯牛矿的方向走，路上的行人越发的少，好半天碰到一个，也都彼此心怀警惕。在离卡口几公里的地方，王谷碰到了一个身材瘦削的男人，看上去像是走村串寨的彝族毕摩[1]，错身而过的时候，王谷看到那个男人脸颊上的肉像是被刀剜掉了，两腮深陷，从中长出茂盛的黑毛，仿佛只有那儿，才是脸上水草丰美的湿地。男人戴着外檐宽阔的毡帽，上面插着两根鲜艳的野雉翎，蓝色的长衫，腰间别着一根竹节烟杆，上面垂吊着的饰品让王谷心里一惊。他认出那是游隼的爪子，指尖锋利如同刀刃，闪耀着青铜一样的光芒。

乌鸦从公路边的一棵树上飞到公路上，跳到了那位毕摩打扮的人脚下。王谷看见那个人蹲了下来，对着乌鸦窃窃私语，而后，毕摩打扮的人回过头来望了王谷一眼，尽管两人已经相隔几十米，可王谷还是能够感到那人的眼睛里有股寒气射了过来。

王谷的背皮一麻，疾走了几十米，当他回过头去再看那个精瘦的男人时，已不见他的踪影。这个时候王谷才觉得有些奇怪，空山静寂，那个男人疾走的时候，为什么没有脚步声？仿

---

1 毕摩：彝族祭司。

佛他的脚踏上去的不是公路，而是棉花。

乌鸦依旧执着地跟上来，如影随形的黑色大鸟，让王谷想起他在电视上看到的非洲马赛马拉草原上一群秃鹫尾随一头受伤水牛的情景。那些地狱的使者，它们能够闻到水牛身上弥漫着的死亡的气味。

王谷想起多年前，在壁虎河谷，他看到水田里倒卧着一头腹胀如鼓的水牛。那是初冬，田里的水稻已经收割，渐干的水田里，只剩下长约寸许的秸茬。水牛侧卧在水田里，离奇膨胀的腹部，让它身体的比例严重变形，它似乎非常痛苦，却又无力摆脱，只好将半个牛头伸进田中的淤泥，新月形的牛角缓慢而艰难地搅动着。王谷感觉到了它的无望，水牛血红的眼睛大睁着，有一只麦蚊在它的眼眶旁飞来飞去，偶尔撞向水牛的眼球。而那头水牛甚至都没有余力闭上眼帘。

让王谷记忆犹新的是，当时水田边的田埂上，站着几十只乌鸦，感觉它们就像是穿着黑色皮革的行刑队。杀戮正在无声地进行，空气中有隐隐的不安。王谷坐在稻田一旁的公路上，从那儿往下望，河谷的一边，阳光照耀着岩石、树林以及新开垦出来的田地，而另外一边则完全被阴影笼罩。抬头往四周眺望，竟然见不到人家，这头水牛从何而来？它又为何躺在路坎下的水田里？还有那些站在田埂上的乌鸦，王谷的大脑里装着十万个疑问。

直到两个当地农民模样的中年男人出现，眼前的情景才出现变化。乌鸦飞了起来，它们恋恋不舍，在天空里盘旋。王谷看见，身材高的那位农民穿着蓝布短褂和打着补丁的宽松长裤，另外一位微胖、稍矮，身上扛着一个麻布袋。他们身材矫健、灵活，能够在窄窄的田埂上行走如飞。王谷看见他们一路奔跑到水牛身旁，没有丝毫迟疑。那个扛麻布口袋的男人弯下腰去，把麻布口袋的袋口张开，笼罩在水牛的屁股上。王谷不知道他们要干什么，但两个男人的行为的确引起了王谷的好奇，他想，那个扛麻布口袋的男人，不会是想从水牛的排泄口接到满满一麻袋牛粪吧？这个时候，高个子男人已经站在牛的一侧，王谷看见他双臂展开，牙齿紧咬，死命地，一脚又一脚踢在牛腹上，嘭嘭嘭的声音从水田里传了上来。

5

从路边的挡墙上站起来继续前行时，王谷用手悄悄抓了块石头攥在手里。只有半个巴掌大的石块，坚硬，边缘锋利，有明显的锐度。公路一直顺着山体向上攀爬，道路越发粗糙，隔着鞋底，也能感觉到石子微弱的突起。王谷轻轻偏了偏头，没有停下脚步，他看见那只乌鸦跟了上来。有好长一段路没有行道树了，乌鸦放弃飞翔，它在那条通往牯牛矿的公路上蹦蹦跳跳，偶尔还啄食一下地上散落的草籽。

追击是突然开始的。返身、奔跑、追击，这几个动作王谷像年轻时那样一气呵成，措手不及的乌鸦展开双翼，从公路上弹了起来，慌不择路，沿着公路低空滑行，差点被王谷扔出的石块击中。沿着公路追了几十米,乌鸦才拉开与王谷的距离,等乌鸦的身影消失以后,王谷发现心脏跳动得厉害,就像是要从干裂的喉咙里跳出来一样。

重新往牯牛矿方向走,累,气喘吁吁,道路突然变得漫长。终于,在前面的弯道处,有一棵枯死的柏杨,不高,没有叶片,王谷计划拐过弯道就藏起来,等待尾随而来的乌鸦停歇在树上。

他与那只乌鸦较上劲了。

爬上半山腰后,这附近几乎看不见树,裸露的山体让王谷格外的不适,仿佛他要去的地方不是牯牛矿,而是西北沙漠中某座荒凉而又陌生的山岗。想当年,他离家来到牯牛矿的时候,这附近的山野里还有熊、狼以及长着两只獠牙的野猪。当然也有岩羊和麂子。王谷还记得,在他离家之前,常年在山野里挖草药的祖父给了他一颗虎牙,微微有些发黄,质地坚硬,根部粗壮,比一根香烟略长。那个时候,王谷的祖母还没有去世,她用一根红色的丝线,从虎牙下端的圆形孔洞中穿过,结成绳套,挂在了王谷的脖子上。

"从此以后你百兽不侵啦!"祖母对他说。

"群狼是不怕虎的!"王谷的祖父提醒,"去到矿上,如果你一个人在山路上走,有人拍你的后背,你千万不能回过头去。"

"为什么?"十八岁之前,王谷还从来没有出过远门,对即将展现在他面前的陌生世界充满了好奇。

"牯牛矿那儿我年轻时去过,山高林深,时常有虎豹出没,"

祖父说，"最狡猾的还要数狼，看到有人落单，它们会装作人，走到你的身后，立起身来用前爪拍拍你的肩膀，你以为是熟人，一回头，它一嘴就咬住你的脖子！"

"那怎么办呢？"王谷伸手摸了摸自己的脖子。

"也不用害怕，你要悄悄伸出手去，抓住狼的两只前脚，不能放松，越紧越好，"祖父把他的两个拳头握紧了举在胸前说，"还要把头死死抵在狼头的颈窝，让它无处下口，这样你还会捕获一头狼！"

到牤牛矿后，王谷一个人外出的时候并不多，也从来没有狼悄悄摸到他身后拍他肩膀的经历。只是有一次到远离驻地的山中勘探，远远见过两头灰狼，站在对面的山梁上朝他眺望，中间隔着一两百米的距离。那一次，王谷的心中有些紧张，他摸了摸挂在胸前的虎牙，希望那两头狼的鼻子特别灵敏，能够闻到他身上携带着的虎牙的味道。

不过狼没有过来的意思，它们只是眺望了王谷一眼，似乎他根本不存在。王谷看见狼离去的时候不紧不慢，非常从容。事后，有工友告诉王谷说，那两头狼见到人其实更紧张，它们是故作镇静，只要拐过山梁，避开人的目光，它们会立即撒腿狂奔，逃得没有踪影。在牤牛矿工作的几十年里，逃之夭夭的狼，王谷从来都没有见过。

往昔的记忆像山风一样轻拂而来，空气中散发着干草被阳光暴晒后的味道。王谷又想起了壁虎河边的那头牛来。印象中，那个农民站在水田里，死命地踢水牛膨胀的肚腹，仿佛是发生在前不久的事。王谷很好奇，他记得自己从山道上溜下来，顺着一条土埂来到水田边，小心地靠近那头牛，在离它只有十来米的地方停了下来。专注的农民对王谷的到来视而不见，他们全部的注意力都在水田里的那头牛身上。

水牛的肚子动了起来，牛皮下面，仿佛有什么东西在拱动，就像是平静的水面下，有数条生命力极为旺盛的江鳅在挣扎。突然，王谷感到有什么东西从水牛的身体里窜了出来，笼罩在屁股上的麻袋往下一沉，矮个子农民大叫了一声，越发死死地把麻布袋口罩在水牛屁股上。高个子的农民踢得更欢，他的长腿向后摆起，像足球场上开大脚的后卫一样，结结实实，一下又一下踢在水牛肚子上。水牛肚子里，有什么动物接二连三逃了出来，昏天黑地落入麻袋，牛肚子一下子垮塌下来。

原本干瘪的麻袋，因牛腹里窜出的东西变得鼓鼓囊囊，先前踢牛腹的农民赶到牛尾，他喜笑颜开，用一根麻绳把麻袋的口子拴死，吃力地把麻袋背在背上，他的两只脚因肩上的重量而深陷于水田的淤泥里。

王谷后来才知道，那些从水牛肚子里窜出的，是活跃于牯牛山一带的豺，它们狡诈、阴毒，借助瘦小的身体，从水牛的肛门钻入腹部，在肉食构筑的粮仓里吃得天昏地暗。

6

中午时分，阳光从天空照射下来，大地明亮得有一些晃眼。

王谷拐过弯之后，将背靠在公路边的土埂上，以便可以把身子藏在阴影里，微风吹过，能看见头顶茅草的影子在公路上晃动。王谷悄悄伸出头去，观察拐弯处那棵枯死的柏杨，判断乌鸦飞来时可能停歇的位置。十一月初，牯牛山的旱季来临，天空中一丝云也没有，瓦蓝色的苍穹下面，公路的尽头，有一幢房屋。他估计，那应该是卡口了。

　　四周实在是太安静了，以至于乌鸦的羽翅划破空气的细微声音也能够捕捉得到，还没有等乌鸦停歇下来，王谷突然从阴影里奔了出来，将手中早已准备好的石块掷向正准备降落的乌鸦。

　　这是一次有力的反击，毫无防备的乌鸦吓得炸了起来。"嘎，嘎，嘎！"它的双脚刚好接触树枝，见王谷奔出，乌鸦一矮身子，借助树枝的弹力，迅速扑腾着翅膀飞了起来，但王谷扔出的石块，还是从它的羽翼下划过，等乌鸦逃得没有了踪影，才有两片黑色的羽毛飘落下来。但王谷知道，那只乌鸦不会善罢甘休，此时，他特别怀念父亲那杆被没收的火药枪。

　　卡口是从朱城到牯牛矿中途的一个岔道，三岔路口，路边立着一块铁制的指示牌，原本是蓝底白字，一边指向牯牛矿，一边指向更为偏僻的熊猫岭。在牯牛矿工作的那些年，王谷曾不止一次去熊猫岭，那儿有一个林场，出产的罗汉笋在周边一带非常有名。每年春天，附近的农民会背着行李，消失在熊猫岭四周浓密的山林中，采撷骨节大得有些夸张的竹笋，煮透，在盐水里浸泡之后，摊在公路边的塑料布或竹篾板上晾干，等待着那些山货商贩前来收购。

一路走来，除了那只乌鸦，王谷就没见到什么动物，甚至连一只野兔都没见到。王谷抬头望了望四周光秃秃的山岭，心下想，商贩前来收购山货的热闹场景，估计是再也看不到了。

当年开发牦牛矿的时候，不知是出于何种考虑，矿区的开采自上而下，先是3250米高程，然后逐渐往下延伸，直至矿脉的尽头。花了五十年甚至更长的时间，这座山上的矿石已所剩无几。当年，从山顶开采出来的矿石，顺着一条槽沟，滑向建在山脚的选厂，为过去只能生长低矮灌木的牦牛山，换回长达几百米的一条街、一座可放映电影的大礼堂、两块水泥球场，以及一段长达几十年人声鼎沸的历史。

有那么二十年的时间，王谷一天中有三分之一生活在牦牛山的山腹中，不见天日。矿洞按图索骥，沿着矿脉，在山体里延伸。洞底铺设了小截稀疏的枕木，上面固定住窄窄的铁轨，矿石车轰轰隆隆而来，如同远天渐近的雷声。随着矿洞往深处开掘，山体里的水逐渐渗漏，汇集在矿洞里，形成湍急的小溪，人走在其中，能够感觉到明显的阻力。当年，矿上的技术员曾将矿洞里流出的水沿山势引下，修建了逐级而下的四个电站。

如果有幸抵达端头，感觉是站在一个大湖的底部，钻枪在岩石上打出的深孔，水流从中激射而出，有如压力太大被迫打开的水龙头，伸过手去，水流冲刷的力量能把手打疼。20世纪70年代末，牦牛矿搞会战，2650米高程井下的工人三班倒，尽管穿了水衣进矿洞，可出来的时候，所有人浑身没有一处是干的。矿洞口，后勤部门垒起了大灶，用巨大的铁锅熬煮红糖生姜水驱寒。等后来王谷患了硅肺病[1]住院，1720米高程以上的矿洞，都早已干涸。

7

卡口的路标已不见了踪影，原本在路边有一个杂货铺，卖香烟、酒和一些日用百货。当然，也悄悄卖天麻、熊胆和豪猪刺一类奇怪的中药。牦牛矿关闭以后，熊猫岭的林场也因山上的树木枯死而撤销，从卡口经过的人越来越少，路边的商铺被废弃，没有了屋顶，墙上当年刷的石灰已经脱落，许多墙体露出了石块镶嵌的内部。王谷站在三岔路口的中央，他回过头去，没有看见乌鸦，但王谷凭直觉知道，那只乌鸦还会跟上来。

废弃的商铺门被卸走，门头上方木块伸了出来，上面长有几株还没有发育成熟就枯死的狗尾草。王谷在商铺的各个房间里绕了一圈，他在屋子的壁角看到一张蛛网。从一个圆点不断往外扩大的蛛网，被十三条细线分割，稀薄得像是一个虚幻的八卦阵。蜘蛛藏身于石罅间，灰黑色的杀手，紧缩身子，一动不动。守株待兔的小生命，在这个隐蔽的角落，究竟靠什么来供养？事实上，蜘蛛的耐心表现在它好像是死了一样，但当王谷把嘴里含着的一小截草梗吐在蛛网中央时，石罅间的蜘蛛立即复活，细长的脚像是纺织女工最为灵巧的手，它顺着细细的

---

[1] 硅肺：由于长期吸入游离二氧化硅粉尘引起的肺部疾病。

丝线爬到蛛网中央，令人想起了许多年前，壁虎河边那些拉着绳索慢慢收网的渔人。

王谷站在商铺的屋子里往来时的方向眺望，公路晃动着白光。自从与那个毕摩打扮的人擦肩而过之后，他在这条路上就再也没有见到任何一个人。周边的山坡上，也看不见有农户的房屋，不知道牦牛矿废弃以后，那条曾经繁华的山顶街道，会是怎样的萧条。

暂时还没有看见那只乌鸦。王谷希望刚才的惊吓让它知难而退。从这儿往牦牛矿方向再走十来公里，高山之巅曾有一座数十米高的铁塔，塔的下面，是一个深达几百米的竖井。曾经，一天二十四小时，铁塔上的机器传出巨大的轰鸣，藏身于山体亿万年之久的矿石，被源源不断从竖井里运送上来。

头顶上有什么东西在窸窸窣窣地响，王谷抬起头来，正值站在门头上的乌鸦弯下头来朝屋子里眺望，他们彼此的头只隔着不到一尺的距离，尽管短暂，他们都从对方的眼睛里看到了惊骇。王谷的心脏猛烈跳了几下，如同失控的发动机。乌鸦"嘎"地叫了一声，扇动着翅膀朝熊猫岭方向飞去。

从卡口往牦牛矿方向走，公路越发变得斑驳。很多地方已经垮塌，公路变窄，连马车通过都有些困难。大风吹拂，秋天的草籽漫天飞舞，日渐干燥的牦牛山上已经见不到大树，倒是废弃的公路上不时能看见一些低矮的植物：风铃草、马鞭梢、小叶女贞球，当然也有无处不在的外来植物紫茎泽兰……王谷经过的时候，他的旅游鞋、袜子、裤腿，甚至上衣的袖子上，都粘满了鬼针草与苍耳的籽粒，微小的倒刺穿过纺织品，王谷能够感觉皮肤有轻微的刺痒。

其实不用转身，王谷都知道乌鸦又跟了上来。再没有树枝可停歇，乌鸦就在公路上跳跃着前行。被王谷惊吓几次之后，乌鸦变得聪明了，它一直与王谷保持着二三十米左右的距离，王谷停下它停下，王谷往前走时它也跟着往前走，感觉就像是彼此之间有一条无形的细线牵连着。

随着海拔升高，空气变得稀薄，王谷能感觉得到呼吸有些困难。他停下来，弯腰清除粘在身上的鬼针草和苍耳的籽粒，余光却不时瞄一眼跟在身后的乌鸦。漆黑一团的鸟，耐心出奇好，它侧着头望着王谷，山风将它的羽毛向前卷起，而西照的阳光，却将它投在地上的影子拉长了。

牯牛矿已经近了，王谷意识到这只乌鸦一定会跟随他到山顶那座荒芜的小镇。空气已有了寒意，王谷将两只手插在衣袋里，低着头，看着凹凸不平的路面，他早已失去耐心，对身后尾随的那只乌鸦厌恶到了极点，如果能抓住它……王谷口袋里的手紧紧地攥住，他想象自己把乌鸦身上的羽毛一片一片拔下来，裸体的乌鸦，身体赤红，在凉风中缩成一团。

王谷艰难地笑了。

8

终于爬上通向牯牛矿的最后一个垭口。公路边的草地一片金黄，看不见一丝绿色，像是一床柔软的地毯。远远地，能够看见牯牛矿上的那些房屋静卧于夕阳中，窄窄的街道上不见一个人，屋子瓦顶上也不见炊烟升起的迹象，眼下的牯牛矿就像虚脱了的王谷那样，萎靡、疲惫，没有一丝生气。

王谷在路边躺了下来，合上眼帘躲避刺眼的阳光。风从垭口刮过，能够感到有一阵尘土席卷过去。难得王谷有这样好的心情，他决定屏住呼吸，尽量不让自己的胸口起伏，他想装死以迷惑那只难缠的乌鸦。

乌鸦的确跟了上来，但隔着王谷十多米，它停了下来，狐疑地望着躺在地上的王谷。它歪着头，啄食了一下脚下的草籽，好像在思考一样。王谷虽然一动不动，但他能感觉到乌鸦经过短暂的犹豫之后，往前跳了几步，停下，观看，又往前跳了几步。

王谷仰躺着，双手垂在体侧，他能够感到血液流到了他的指端。那只乌鸦果真受到了迷惑，它纵身跳到了王谷的腿上，隔着一条秋裤，王谷感到乌鸦的爪子刺进了他的肉里，但那是王谷能够承受的疼痛。不知道为什么，随着乌鸦从小腿那儿往他的上身跳动时，王谷好像看见蔚蓝色的天空里晃动着一个巨大的钟摆。

终于，乌鸦像一个胜利者一样，跳到了王谷的脸上。它的爪尖刺进了王谷脸上的皮肤，锐利的疼痛袭来，短促而又清晰，像天尽头的闪电。王谷想把双手合抱过来，抓住那只昂首挺胸的乌鸦，但他的双手不听使唤。奇怪的是，即使是闭着眼睛，王谷也能看见那只乌鸦的一举一动，正当它弯下头，准备啄食王谷时，王谷突然睁开了眼睛。

"嘎！"乌鸦从王谷的脸上弹起，拍打着翅膀。这一次，王谷看见那只乌鸦飞离之后没有再停歇下来，它的确被王谷吓坏了，飞得越来越高，也越来越远，黑色的身影在空中越来越小，最后，在灰色的背景下，像针尖那样大晃动着的一点光，消失在倾覆而来的无边黑暗中。

有一双巨掌停在王谷的胸部，像老式的打桩机一样，王谷能够感到它们下压时的重量。一下，两下，三下……眼睛被谁掰开，看不见西坠的夕阳，只看见眼前罩在嘴上的氧气罩。王谷仿佛置身于一间黑暗的屋子里，耳边传来一阵杂乱的声响。有急促的脚步声，有叹息声，还有医生从他身上拔下医疗器械时发出的叮叮当当的碰撞声。"不用再抢救了！"王谷听到一个声音说，"患者的瞳孔都已经放大。"谁死了？王谷感到有一只乌鸦拍打着翅膀，从他的胸口那里飞了出来，世界突然安静异常，祥和、幸福，隐隐的甜蜜。什么声音都听不见了，他看见那只乌鸦无声地拍打着翅膀，一直悬垂在他头顶的上空，身子越来越稀薄，拍打的翅膀也扇动得越来越慢……

那一天傍晚，太阳落山前，朱城医院值班的鲁卫国医生，在自己的治疗记录上，用碳素笔写下了这样一行字："死者：王谷，享年68岁，原牯牛矿最后一名硅肺病人。"

第二个夜晚

雨水里的天堂

"他深深地吸了一口气,记住了那个雨季的清晨,时间开始后湿凉的味道。"

1

邹树与那个男人素昧平生，彼此只是很短促地对视过。那年他十六岁，在朱城一中读高中。滇东北高原，县城郊外的沥青路起伏不平，某一天，邹树傍晚放学回家，阳光从身后照射过来，他行走在路边靠近行道树的泥地上，一直用脚踩着自己的影子。夕阳西下，邹树投射在地上的影子越来越长，像一个黑巨人，在晚风里不断地长大。

男人就是这个时候撞上来的。他骑着一辆五成新的永久牌自行车，喝多了酒，满脸赤红地在自行车上扭动着身体，肥厚的臀部一下扭朝左，一下又扭朝右。快到坡顶的时候，男人精疲力竭，自行车不听掌控，左晃右摆，镀铬的龙头撞在了邹树的后腰上。

邹树吓了一跳，猛回过头去，看见那个男人斜倚着自行车，双眼迷离，巨大的酒糟鼻盘踞在脸的中央，离邹树只有两尺远，像一只通体红色的小螃蟹。邹树的肾上腺素迅速分泌，心跳与血液流速加快，等待着那个撞他的男人向他道歉。这个时候，他闻到对方嘴里喷出来的浓浓酒气，好像身体里有一个巨大的钟摆在左右摇晃。

看到邹树个子矮小，一脸的稚气，男人没有道歉的意思，他噘起嘴唇，故意把酒气喷向邹树的脸，轻蔑地瞥了邹树一眼，带着不屑的神情推着自行车离开了。邹树看见他用左脚踩着踏板，在坡顶的平地滑行了一小段，然后腾空一跃，轻巧地上了车，身体像鸟一般，伸开翅膀又收缩回来。前面，一段长一百多米的公路沿着斜坡往下延伸，消失在一道凸起的山梁后面。

被突然撞击之后的惊恐，被轻视之后的愤懑，使得血液涌上了邹树的脸。恶意就是这个时候陡然冒出来的，完全不受控制，就像是装满水的黑色陶罐被突然砸开了一个裂口，水一下子从里头涌了出来，迅速洇湿了脚下的土地。看到那个男人骑着自行车，借助坡道的惯性滑行而下，轻盈、潇洒，影子一样消失在山梁那儿，邹树的呼吸沉重，牙齿咬得越来越紧。县城郊外的这段公路，邹树走过数百次了，熟悉它的每一个弯道和坑洼，他知道山梁遮挡的那边是一段两百多米长的平整路面。邹树恶毒地想象那个男人骑车拐过弯去的时候，碰巧有一辆拉着石头的马车奔跑过来……

邹树的恶念像画家勾勒的粗线条，简单、模糊、缺少血肉，但几分钟后，当他拐过山梁，眼前的情景令他终生难忘：靠山一旁的排水沟里，一辆马车斜倾着，巨大的石块散落了一地，一匹枣红色的马被夹杆抵在土埂上，眼睛无望地大睁着，鼻子里喷着粗气。刚才撞了邹树的男人躺在十多米外的路边，他的自行车前后轮折叠了起来，马车夫蹲在地上看着他，焦急万分却又束手无策。邹树的大脑嗡嗡叫,事发经过开始隐约在他脑海里盘旋,他仿佛亲眼看见了那个男人意气风发地拐过山梁,一辆拉着石头的马车朝他迎面奔来,自行车撞上马车,发出金属断裂的脆响,男人的双手交替着前后划动,像一只大鸟一样腾空而起,从马车顶上飞了出去。

仅仅是几分钟时间,当邹树再次看到男人的时候,他已经不能说话了。脸摔得稀烂,眼睛紧闭,嘴却张着,舌头几乎被牙齿咬断,耷拉着摊在嘴外。他嘴里汩汩流出的血水与污泥混合在一起,艰难的喘息和气若游丝的呻吟令邹树既感到解恨又不知所措。那个时候,邹树还没有意识到他具有恶灵般不为人知的本领——他所有的恶念都会变成现实。他一直以为男人撞上马车纯属于偶然,直到他的妻子百合出了车祸。

2

百合死于雨天的一场车祸。这一天,邹树刚起床,就听见门被百合带上,片刻之后,他听见了熟悉的发动机声音从楼下传来。雨还在下,他似乎看见家里那辆黑色桑塔纳汽车碾过泥泞的街道,雨刮器像两只僵硬的手臂不停地摆动,传出胶皮与玻璃摩擦的声音,让人牙龈发酸。

汽车驶出高速路收费站后,车速快了起来。从驾驶位往外看出去,雨刮器照顾不到的地方,挡风玻璃上的水珠从下往上爬行,就像是海水中突然生长出来的透明珊瑚。

出城不久，桑塔纳就从公路上飞了下去，结结实实撞在了路边一棵合抱粗的行道树上。那是一棵杨树，巨大的冲击力让它根部的土壤松动，粗糙的紫褐色树皮被撞开，露出里面白色的树干。邹树赶到的时候，桑塔纳的车体已经被切割开，百合的遗体被身穿红黄相间防水服的消防队员抬了出来，装在一个浅蓝色的塑料尸袋里，就放在高速公路的路肩上。邹树恍若在梦中，眼前的一切看上去是那样的不真实。

事故现场，公路的半幅用蓝白相间的警戒线围了起来，偶尔有汽车经过，司机总会把车窗玻璃摇下，伸出头来探望。交警还在勘察现场，作为肇事车的车主，邹树第一时间被通知来到现场。站在警戒线外，他看见潮湿的沥青路上，有五六米长的两道刹车痕。醒目，旁逸斜出。

雨还在下，空气中弥漫着怪异的味道，既有雨天潮湿的清凉，又有淡淡的血腥味和汽油味。桑塔纳车头严重变形，保险杠深折为松散的 V 字，车盖像是被掀起的嘴唇，汽缸里还在不断地冒着热气。尽管雨水密织落下，天地间却呈现凝固般的宁静。邹树抱着头蹲在路边，他似乎看见血水从桑塔纳空掉的门框里流出来，被雨水稀释，流进路旁的玉米地里。有一会儿，他有些出神，怀疑那片玉米地以后会长出一棵香樟树来。大脑里面像是有无数黑色的纸片，一阵大风吹过，纸片纷纷扬扬。

突然，一张脸在他脑中一闪而过——那个男人，红色的酒糟鼻，他满头的血污，他搭在嘴外的舌头……当年，他是在那个男人被送往县医院抢救之后才知道，那人就住在离他家几公里远的一座村子，在县供销社上班，偶尔会骑着自行车回家。那一次与马车相撞后，男人用自己的牙咬掉了舌头，命是保住了，舌头却短了一截，从此说话含混不清。绵密的雨水落了下来，敲打在装有百合尸体的塑料袋上，发出哗哗剥剥的声音。

邹树吃惊地发现，车祸发生的时候，他仿佛就在现场，亲眼看到灾难性的一幕在眼前缓慢地展开。当汽车从潮湿的沥青路上飞出去的那一瞬间，有个手指准确地按在了安全带的插扣上，金属的插销跳了出来，巨大的撞击力让百合像一枚发射失败的肩扛式导弹，从驾驶位置上弹射出来。她的头重重地撞在了汽车前面的挡风玻璃上。

一声闷响过后，汽车前挡风玻璃碎裂，纹路从头部撞击的坑部向四周散开，上面密密麻麻的裂纹，看上去像是瞬间凝结在水面的冰花，让人想起陶器烧制过程中形成的冰裂纹。细小的裂纹，有疏有密，有粗有细，有长有短，有曲有直，形成了一个绵密而又结实的网。车内的后视镜玻璃不见了，只剩下一个扭曲的镜架，百合张开双臂趴在方向盘上，血水从她的额头上流了下来，像几根巨大的红色蚯蚓……此后，只要想起百合车祸后的样子，寒意就会像两条导线一样，从邹树的脚底传递上来，迅速接通他全身的钨丝。

3

保险公司的理赔员是个身材小巧的女人，三十岁左右的年纪，脸部精致而紧凑，不断翕动的两片红唇，像柔软的水蛭，吸血为生。她穿着藏青色的职业套装，里面是白底蓝格的条纹衬衫，精明而干练。在交警队的办公室里，女人冷静地审视着一张张血腥的照片，眉头不时皱在一起。

"这起车祸太奇怪了。"她一边翻看着现场的照片，一边摇着头说道，眼睛里满是疑惑。

邹树在高速路收费站提供的视频里看到百合最后的影像。一次次按回放键，百合驾驶的桑塔纳便一次次出现在收费站的通道里。黑色的回放键仿佛具有非凡的魔力，能够让时光倒回到从前，这种奇怪的体验让邹树觉得百合还活着，活在一个他看不见却可以感知到的地方。

监控位于车头斜上方，所以影像里，只能看见百合的头顶、眉眼下面的脸以及她身体的正面。她当时穿着一件粉红色的外套，那是邹树刚工作时用第一个月工资给她买的，百合非常喜欢，但已经有好长时间没看她穿了。邹树在影像里看到那身衣服时，心脏收缩了一下。透过车窗前的挡风玻璃，一条浅黄色的安全带斜挎过百合的身体，在视频里清晰可见。

保险公司怀疑，事故发生的时候，百合并没有系安全带，否则不会造成如此严重的后果。原来，车祸前的几个月，百合给自己买了高额的人身保险，受益人是邹树，这就引起了保险公司的怀疑。但百合出事的时候，邹树有确切的不在现场证明。从一早上班开始，他就在抢救一个食用牛肝菌中毒的年轻女人，直到接到交警队打来的电话，他都一直在丹城医院的手术间。保险公司又提出，会不会是机械故障导致了这场车祸，他们想拉上汽车厂商垫背。但交警在事故发生以后，已经对现场包括被撞毁的轿车进行过严格查勘，没有发现车祸与机械故障有什么联系。

交警的结论是：雨天、路滑、速度快，车主操作不当导致的事故。

"五年的驾龄了！"理赔员一脸的疑惑，她噘起嘴说，"照理也不是新手了哎，雨天路滑，她应该放慢车速的。"

"驾龄长并不意味着驾驶技术好！"协助处理理赔的交警反驳说，"就像有些人写了一辈子的字，字还是难看得很。"

"那车主会不会是有意自杀呢？"说这话的时候，她迅速望了邹树一眼。

事后，邹树仿佛也看到过在百合出车祸的那一瞬间，有一只手按开了她安全带的锁扣。是的，应该是的。百合去世后，每当想起她在填保险单受益人名字的情景，邹树就特别厌恶自己。出殡的那天，当邹树在火化炉里看到被烈火包裹着的百合时，他还用拇指摸了摸自己的食指、中指和无名指。是哪一根手指按开的锁扣？拇指？无名指？无名指与中指？还是无名指与小指？邹树一度以为用拇指按会方便一些，他曾经做过试验，把安全带扣好，伸出拇指去按锁扣里的按键，最方便的的确是拇指。但如果要按开副驾位置上的安全带，拇指却十分别扭，很难轻松按准地方。他试验过，要按开邻座的保险扣，无论是左手还是右手，最方便的都是无名指。

邹树右手的无名指几乎与中指一样长，却远比中指灵活，许多时候，他驾驶汽车，会下意识把手伸到副驾驶的座位上，无名指一下就能准确搭在按键上。粗糙的按键，上面有一些字母，使得指端有些异样，好像有颗小心脏在那儿跳动。后来，站在火化炉前，邹树曾想象自己用一把锋利的美工刀，像削铅笔那样，把自己的无名指端削掉。

4

现场早已勘验完毕，但百合的遗体要等到交警出具交通事故认定书后才能火化。之前，她的遗体一直存放在殡仪馆的冰棺里，上面用一块浅蓝色的尼龙布覆盖着。墙的一角，一盏白炽灯从天花板上垂了下来，照着下面一块几米见方的大木桌。黄褐色的木桌，沉重而厚实，是殡葬师的工作台。他们在上面给逝者整容、化妆，修复他们身上的残缺。

车祸发生的当天下午，百合就被送到这儿来了。等一同送百合来的人走了以后，邹树留了下来。在殡仪馆的值班室里，他与一位殡葬师有一句没一句地聊着天。当知道殡葬师还兼着殡仪馆的化妆师时，邹树背过身去，从皮夹里抽出五百块钱，悄悄塞给了殡葬师，托他在给百合整容时用心一些。殡葬师推辞了一下便收下了。"我会尽力。"殡葬师说道。

"她生前挺在乎自己容貌的!"邹树吸了一下鼻子。

"女人都是爱美的,女为悦己者容嘛。"殡葬师回答道。

邹树想了想,点了点头。

"还有就是,"邹树恳求地说,"等会儿我想再进去看看她。"

值班室外面,雨后初晴,空气湿润,花坛里散发着一股生机勃勃的气息。两个钟头以前,殡仪馆刚刚火化掉一个患肝癌死掉的人,现在,空气中似乎还飘散着一股鞭炮爆炸留下的火药味。保洁员来不及打扫,值班室外面的水泥路上,到处是红色的碎纸屑。

抬起头来,邹树看见一百多米外的围墙边,有根用红砖砌成的烟囱,那下面应该就是火化炉。此刻,他幻想有一根软梯从天空垂落下来,百合轻巧的身体从烟囱里爬了出来,攀上了那根软梯。天空里,阳光有些晃眼,有一些散碎的云朵飘浮着。

殡葬师是个五十多岁的男人,胖得像一个厨师,他身上穿的白大褂已经陈旧,面襟上有来历不明的印痕。邹树想象着,就是这个人,将在百合火化前的夜里,开亮白炽灯,眉头紧锁,为百合修复她破损的面容。车祸过后,百合左侧额头有大面积头皮被撕脱,玻璃碎片嵌入头皮下,得用镊子取出。

停尸间里光线暗淡,殡葬师领着邹树进去的时候,随手在门边拉亮了电灯。百合躺在冰冷的冰棺里,邹树凑近去看,发现她脸上有一些细小的伤口。殡葬师解释说,只要用凡士林抹一抹,血就不会再渗出来。

"到时候，我再给她扑上一层粉，"殡葬师说，"等修补完脸上的伤痕后，再给她化妆，该用眼影用眼影，该涂腮红涂腮红！到时再给她的嘴抹上口红，保证比生前还漂亮！"

殡葬师的描述有讨好的意味，邹树突然想起多年前看过的一部日本电影《W 的悲剧》，他的眼前仿佛出现一位面无表情的日本舞姬，浑身弥漫着一股寒意。百合到了另外那个世界，她会美给谁看呢？

5

百合出事的当天晚上，邹树回到家，打开了房间里所有的电灯。屋子里寂静异常，他能听见墙上挂钟分针摆动的细微声音。楼下小区的通道里，偶尔有汽车驶过，透过窗玻璃，远处的一个建筑工地还在施工，塔吊高耸，不时有金属撞击的声音传来。这个世界我行我素，百合就像是一颗小小的水滴，悄无声息地蒸发了，除了几处模糊不清的水渍，再也没有留下任何痕迹。

如果她此时开门进来……邹树摇了摇头，他知道这不可能。他意识到，有一种曾经熟悉的生活正渐渐离他远去。

整个夜里，邹树的睡眠就像是一条穿行于喀斯特地区的河流，时而在地面流淌，时而成为暗河。而百合就是邹树睡梦中的一块礁石，只要他醒来，她的样子就会在暗夜里浮现。不知道为什么，浮现在邹树大脑里的，始终是百合年轻时邹树刚认识她时的模样。那是被胶片定格下来的瞬间芳华，十九岁的黑白照，在新建设相馆的暗房里，百合清秀的头像在显影液里渐渐清晰。那是她与邹树刚谈恋爱时照的，轮廓分明，脸上带有柔软的笑意，眼睛格外明亮，就像是看清了未来值得期待的人生。

当年，是邹树陪着她去相馆取的照片，八张一寸大的麻面黑白照片裁剪得一般大小，边缘整齐，装在一个牛皮纸信封里。相馆的姑娘穿着蓝色的工作服，腹部有一个巨大的口袋，袋口别着一支圆珠笔，令人想起遥远的澳大利亚草原，那些在野地上跳跃前行的袋鼠。邹树见她用拇指和食指捏住纸袋的两侧，把里面的照片抖在玻璃柜台上，然后用指头将照片在柜台上一一摆放整齐。那些照片看上去一模一样，像是八个孪生姑娘，细看，仿佛又有些不同。邹树当即取了一张，明目张胆地放进了自己的钱夹里，百合没有阻止，她有些害羞地看了邹树一眼，把剩下的照片收了放回纸袋。

夹在邹树钱夹里的那张照片后来失踪了，现在回想起来，这仿佛暗示着什么。

谷雨过后，丹城进入雨季，接下来的几个月里，这座城市的天空阴晴难定。午夜过后，外面也安静下来，丹城好像整体陷入了柔软的沼泽中，不时从窗外传来的雨声时而密集时而稀疏，羞涩而犹疑，邹树听见它们敲打在外面的砖墙、树叶和塑胶跑道上。有一会儿，雨似乎下大了，有水汽从窗外弥漫进来，传来的雨水声也变得莽撞而仓促，就像年少时，邹树夜里短暂醒来，听见床头那个大簸箕里密密麻麻的蚕虫正啃噬着头天晚上撒下的桑叶。

邹树支起身子靠在床上，点燃了一根烟。他想起了大三那年的暑假，两人没有急着回各自的家，而是结伴去云南西北部的泸沽湖。正值雨季，高原的县乡公路被暴雨冲刷，到处塌方，三百公里的距离他们走了两天，夜晚就住在中途一座名叫永胜的县城。在一家名叫雏燕的旅馆，邹树选择了一间位于顶层的房间。那是他与百合第一次在一起过夜。好奇、紧张、生涩，百合的身体仿佛有一个磁场，让邹树心甘情愿沉于其中。怀抱女人的感觉是如此之好，艰难的探寻之后，两人安静下来，听见雷声在高天滚过，世界仿佛正在缩小，缩小到只有他们夜宿的房间那么大。

被动而犹疑的接纳之后，百合变得格外温存。邹树发现，他对怀里的这个女人除了依恋之外，还有信赖，以至于事后他可以完全放松地睡过去。第二天早晨醒来，雨早已停了，光线从窗帘布后面透射进来，百合正轻轻地抚弄着他的手指，似乎是在查看他指端的纹路。

邹树装作还在熟睡，他的头埋在百合的颈窝，鼻尖靠在她光滑的肌肤上。他悄悄睁开眼睛，看到了百合后颈部的发根，密集而整齐，让人联想到植物茂密而有序的山林。他深深地吸了一口气，记住了那个雨季的清晨，时间开始后湿凉的味道。

6

遗体告别的时候，岳母站在邹树身旁，一直用右手牵着邹树的左手。百合的公司领导在致悼词，肥胖的中年男人，语速很慢，字斟句酌，似乎每个字都要在他的唇齿之间咀嚼一下才吐出。岳母的身体在微微地颤抖，绝望和痛苦顺着手上的导线传递了过来，邹树感到她的指甲已经嵌入了他的手背。如果不是她曾经的两个学生过来搀扶，岳母很可能就瘫软下来。百合的遗体告别仪式还没举行完，她就红着双眼，在两位女学生的陪伴下回去了。白发人送黑发人，老人没有勇气看女儿在火化炉中被烈焰吞没。几年前，她的丈夫去世，现在又是女儿百合，老太太完全垮了，恍恍惚惚的，当她被人搀扶着坐进轿车时，单薄得像是一个纸人。

百合去世得很突然，墓地暂时还没有选定，她的骨灰只好寄放在青祠公墓。公墓里除了普通的骨灰寄放处之外，还建有一座金碧辉煌的佛堂，里面的房间用佛教的一些词汇命名，门头上有用颜体写就的"般若厅""菩提厅""法华厅""无相厅"……每个房间的墙上，都是五十公分见方的一个个空格，骨灰盒就存放在里面。邹树给百合选择的是"般若厅"，黑白相间的大理石骨灰盒，用一块黄色的绸缎包好，放在门对面墙上的空格里，只需每月花五百元，死者就能够在入土前，每天得到法师的超度。

把百合的骨灰盒在空格里安放好后，邹树将带来的白、黄色菊花插在空隙的地方，他让一同来给百合送行的朋友先出去一会儿，他自己则留在佛堂里陪百合。身披黄色佛袍的法师盘腿坐在离他两三米远的地方，闭着双眸，嘴里喃喃有词，都是邹树听不懂的佛经。骨灰盒的端头，有百合的照片，彩色照，是她几年前参加工作时照的。邹树抬起头来，与照片上的百合对视了片刻，然后他闭上了眼睛。法师的诵经声传了过来，清晰而又含混。有一瞬间，邹树感到自己的灵魂离开了躯壳，飘浮到了佛堂的上空。

也许在佛堂的时间稍稍长了一些，眼睛已经适应了里面暗淡的光线，当邹树从佛堂里走出来时，他发现外面的阳光明亮得有些刺眼。刚到公墓的时候还下着阵雨，此时雨过天晴，蔚蓝色的天空飘着少许的浮云，远天似乎能看到一弯彩虹，不甚清晰，若有若无。离开公墓之前，邹树站在佛堂外想了想，又折身进去，额外交了一千八百块钱，为百合请了为时半年的一盏长明灯，他希望百合在往生的路上有一盏灯照着，能够走得顺畅一些。

办完这一切之后，邹树顺道去看了看葬在这座公墓里的岳父。沿山而建的坟墓密密麻麻铺陈开去，白色的墓碑在阳光的照射下泛着白光，庄严又令人触目惊心。岳父的墓前，有一盆已经枯萎的菊花，那是一个月前的清明节，他陪同岳母和百合来扫墓时给岳父带的。那个时候，谁也不会想到短短的几十天以后，百合会出车祸去世。

坐在岳父的墓前，眺望着山下蜿蜒的公路，邹树想起了跟百合第一次去她家的情景。那是他大学毕业后跟随百合来到丹城的当天，得知女儿带了男友回来，两位老人非常高兴，一早就去五里桥菜市场置办食材。令邹树印象深刻的是，那天晚餐，岳母专门为他炒了一大碗牛肝菌。猪油入锅烧热，放干辣椒、大蒜、花椒和老腊肉炒香作配料，再加牛肝菌翻炒至熟。香味从厨房里飘散出来，百合小声地告诉邹树说，炒牛肝菌是她妈妈的拿手菜，菌子上市的季节，每逢有人来家吃饭，她必定要露一手。

那天夜里，邹树便在百合家住下了。刚到百合家时，邹树从房间的格局和布置上便敏锐地发现两位老人晚上是分房睡。岳父的房间沉闷，色彩黯淡，了无生趣，像极了机关单位的值班室。而岳母有洁癖，她的床收拾得纤尘不染，窗台上还放了一盆仙客来，郁郁葱葱。剩下的一个房间是百合的，狭小，只有十来个平方米。当天晚上，百合去与母亲同睡，邹树就睡在了百合的房间里。

新换的被子和床单上有阳光暴晒过留下的味道，邹树把头埋在枕头里，想象着把百合的脚捂在怀里的情景。这是邹树的一个秘密，他从来没有告诉过百合，当年之所以喜欢上她，不是因为她长相清秀，而是先喜欢上她的一双脚。那是邹树刚进大三的时候，他去离学校六七公里远的财院找高中同学玩，正值那所学校组织运动会，邹树站在人群中，看见有位姑娘走了过来。小巧的脚，在格子花纹的布鞋里，像是两只蠕动的小兔，邹树的心一下子就乱了。

7

没有想到岳母吃红牛肝菌会中毒。邹树在头天早晨开车去医院上班，路过五里桥菜市场时，看到路边有新鲜的牛肝菌卖就买了下来。秋天已经到了，菌子的季节已临近尾声，价格又高了起来，想起岳母好这一口，邹树就买了一小提篮。菌子是红牛肝菌，上面覆盖着绿色的南瓜叶，感觉刚摘下来不久，南瓜叶都还没有蔫，叶片上细碎的白色毛刺还会扎手，菌柄和菌盖上还能够看见红泥的痕迹。邹树估计黎明前应该下了场阵雨，这些牛肝菌是有人打着电筒上山捡来的。中午的时候，趁午餐休息时间，邹树驱车把菌子给岳母送了过去。本来说好了晚饭去岳母那儿吃，可刚下班就被同事拉去喝酒。邹树有些自责，他觉得自己要是回去陪岳母吃晚饭，不让精神恍惚的岳母炒菌子，就不会发生中毒的事。他甚至觉得自己就不该买这红牛肝菌给岳母。

岳母住的是顶楼，中毒之后，她在屋子里根本站不稳，脚下像是绑着两个滑轮，而一向平稳的木地板则变成了溜冰场。邹树知道岳母虽然看上去脾气好，其实很固执，她当天晚上爬起来后摔倒，摔倒了又爬起来，一夜在楼上乒乒乓乓折腾，后来楼下的住户实在忍受不了了，便打电话向保安投诉，而后，得知中毒消息的120救护车才把她送到医院。

岳母差点没有抢救过来。邹树在得知中毒消息后火急火燎地赶来，亲自上阵，给老太太洗胃、进行静脉液体注射、排泄毒物，再给她注射解毒的针水阿托品，好不容易才把岳母从死亡的湖水里打捞出来。

邹树是丹城医院的内科医生，每年都要救治不少食用红牛肝菌中毒的人。他知道，吃红牛肝菌中毒的人，体内不但形不成抗体，相反会产生强烈的心理暗示。有的人吃了大半辈子也没中过毒，偶尔中一次，下次再碰到红牛肝菌就危险了。邹树在医院见到过千奇百怪的中毒者，有的人对中毒的印象太深刻，只要后来看到红牛肝菌，哪怕不吃，身上也会立即有中毒的症状。通常，吃红牛肝菌中毒的人会出现幻觉，有的人会看见天空中飘满了水母，红的绿的黄的，就像烟花绽放一样；有的能看见绚丽的桃花灿烂开放，妖冶而迷人；而大多数中毒者看见的，是天空中有无数的小人翩翩而降。

过了危险期，岳母从重症监护室转移到住院部来。每一天，邹树都会抽出时间去看望老太太，在病房里陪她坐一会儿。邹树也曾问过岳母，中毒后有没有什么幻觉，比如说是否看到无数的小人在眼前飞舞，或者看到蔚蓝色的大海和洁白的沙滩。但岳母不说。她用防备的眼光望着邹树，摇了摇头，说什么也没有看见。

南方高原是食用菌的天堂。除了红牛肝菌外，还有无毒的鸡㙡菌、青头菌、一窝羊、涮把菌、钉子菌……几十种安全无害的食用菌，做法不一样，味道也各不相同。邹树偏爱鸡㙡菌，他一直觉得鸡㙡菌是菌中女皇，不仅菌身修长，还品性高洁，从来不生虫，如果用青椒加火腿爆炒，其味鲜香无比。百合则偏爱干巴菌，这是滇中一带才有的特殊菌种，外形看上去像是风干的牛粪，通常生长在松树林里，吃之前，要小心地用竹签把菌里的沙粒和松针清理干净。

坐在岳母的病房里，从阳台上看出去，越过一些高高低低的建筑，视野的尽头是一线远山，只要一到雨季，就会有无数的菌菇在密林里生长。在邹树的老家，当地人把鸡㙡菌称为三塔菌。"塔"是方言，是地点的意思。每年初夏，白蚁搬运鸡㙡菌孢子的时候，行走的路线总是三角形，有经验的采菌人在发现一丛鸡㙡菌后，就能定位另外两丛。固执的白蚁在人眼看不见的地下，画下了不知多少隐秘的三角。

蛐蛐、金龟子、蝼蛄、金针虫和根蟥，它们是不是像白蚁那样，也是真菌孢子的搬运工？不知道为什么，邹树总觉得红牛肝菌的孢子是由蝼蛄搬运来的。山野密林中的美食，像水里的河豚一样，每年总会让一些人丧生。

8

住了几天的院，症状有所缓解，岳母就闹着要回家去住。她胆小，如果同病房里有人处于弥留之际，她就睡不着觉，整夜担心、恐惧。邹树给她请了个陪护，就在她的病床边支了个躺椅，可岳母仍然感到害怕。有一天晚上，她甚至抱着被子，从病房里出来，在外面走廊的塑料椅上坐了一夜。没有办法，邹树只好把岳母送回家去，可当天晚上，岳母死活不让他走，他只好留下来照看老太太，心想着还是得给老太太找个陪护。

先是给岳母输液，邹树坐在床边的木凳上，听岳母讲百合小时候的事情。等输完液，把岳母伺候睡了，邹树才去卫生间里冲了个澡。可他出来站在客厅里的时候，突然又有些犹豫了。他不知道这天晚上留下来之后，是该住在岳父的房间还是百合的房间。想了想，邹树还是选择了百合的房间。

躺上床后，邹树还是觉得有些怪异，感觉就像百合藏在床底似的，让他心里老是不踏实。在邹树自己家，百合去世后，他睡的还是两人以前的婚床，从来也没有过这种感觉。由于一直没能入睡，邹树强迫自己数数字，越数越清醒。有那么一会儿，邹树想起了几个月前那个暴雨如注的夜晚，如果他当时鼓起勇气敲开百合的房间，一切会不会有所改变呢？

那是百合去世的前夜。午夜之后，烦躁的天空酝酿着风暴，每当闪电照亮卧室里垂落下来的窗帘，片刻之后一定有巨雷从天上砸下来，就像是要把房屋砸碎一样。睡梦中的邹树似乎听见了一声惊叫，他惊醒过来，仔细一听，却又什么也没有。下雨了，邹树从床上爬起来，穿着睡衣，来到阳台。狂风在玻璃窗外呼啸，路灯轻微晃动，而灯光照射下的雨帘大幅度搅动着。邹树住在丹城景秀小区，楼房紧靠着小区的围墙，墙外是一排低矮的梧桐树，再过去，隔着条褐红色的塑胶跑道，是丹城学院附中的足球场。

结婚七八年了，邹树知道百合胆小，特别害怕雷声，那样的夜晚，邹树能够想象得到，百合一定是蜷缩着躲在被子里。他不确定刚才那声惊叫是不是百合发出的，返回卧室的时候，他站在百合的房间门口，推了推，门关着，邹树举起右手来准备敲门，蜷曲的食指停在空中，他想了想，放弃了。

与邹树的失眠相反，留宿岳母家的这天晚上，岳母睡得特别沉，不时会有鼾声从她的房间里传过来。那鼾声对邹树的睡眠造成了严重干扰，他辗转反侧，到了半夜才模模糊糊睡着。睡眠薄得像一层纸，轻轻一撕就醒过来。当然也可能是幻觉，事后邹树总是觉得那晚的经历难以厘清，无法再复制的影像，总是让人怀疑它是否真实存在过。印象中，当邹树睁开眼睛的时候，他看见了百合。她就坐在窗边的那只凳子上，背对着他梳着长发，就像她生前早晨坐在梳妆台前那样。

　　屋子里并没有光亮，但街对面南方电网公司的广告牌整夜亮着霓虹灯。窗帘是拉开的，能看见百合对着的是一个老式的实木衣柜。靠窗的那扇柜门上镶嵌着一块长方形的镜子。时间有些久了，过去的几十年，每当雨季来临，潮湿的空气便弥漫进来，镜子与木槽镶嵌的边缘、玻璃后面都有了锈痕，斑斑点点，看上去像是一些蚯蚓的尸体被压在镜面的背后。

　　不是梦境，也不是幻觉。邹树张了张嘴，想叫一声百合，可他听不到自己喉咙里的声音，为什么会喑哑？屋子里就像是被谁按了静音键，邹树想动一下身子，却发现身子沉重无比。更让他意外的是，他明明看到的是百合的后背，可他在那面镜子里，看到的仍旧是百合的后背，她的正面去哪儿了？邹树侧着头，发现百合穿的是夏天常穿的那条土红色对襟衣和黑色的短裙，每当她握住梳子的手抬起来梳头时，袖口就会顺着她光滑的胳膊滑下去。她的手抬起来，滑下去，梳子在黑色的头发中间从上到下、一次又一次均匀地滑过。

9

自从在岳母家的那个夜晚看到了百合的背影，邹树就感觉仿佛有一枚追踪芯片植入了他的身体，无论跑到天涯海角，甚至出国到新马泰，他都能够感到百合如影随形追踪过来。尤其是雨天，光线昏暗，这种感受就会变得越发强烈。他总是觉得百合能够随着弥漫的水汽回来。没有了肉身的羁绊，百合的灵魂得以自由，好像可以随心所欲进入每一个房间。

虽然邹树也知道这是自己的幻觉，可下雨天，他的确觉得自己又闻到了那股与汽油味夹杂在一起的潮湿的血腥味，那味道越来越强烈，邹树感到恐惧，头皮发麻。有一段时间比较严重，以至于邹树夜里睡觉时常常开着电灯。后来灯是关了，但他的枕头边随时放着一把装了四节二号电池的手电筒，如果夜里有个风吹草动，他顺手就能摸出手电筒，摁亮了四处察看。

后来是紫藤斋的伍道士收了他两千块钱，极其自负地来到邹树家，在每一间屋子的门后贴上了斩邪驱鬼符，邹树的幻觉才减轻了一些。其实，门上贴的那些符章邹树也看不懂，无论是文字还是上面的图画。估计百合也看不懂，但它们的确很大程度缓解了邹树的恐惧和焦虑。

自从百合去世以后，邹树就开始严重失眠，尤其是在雨季。他服用安眠药……说明书上说，安眠药可能会导致记忆力减退，有一段时间，邹树几乎是疯狂地服用，他需要遗忘的东西太多了，但后来产生了抗药性，安眠药不太起作用了，只有酒还管用。

偶尔，邹树也会回忆起与葵花那段不堪的往事。那时，他因为百合不能生育而深陷苦恼。邹树家三代单传，父亲很看重香火的延续，每一次他回家，父亲都会问他什么时候当爹，得知百合还没怀上，父亲就会阴沉着脸唉声叹气，他曾建议邹树说，如果百合不能生育，还不如找人代生一个，他在老家悄悄帮邹树养。

那个时候，葵花还是医药代表，常来丹城医院推销药品，邹树就与她认识了。此后那一两年里，每天早晨，当邹树来到医院上班，诊室的门刚一打开，葵花就会进来，把他喜欢看的足球报规整地放在桌上，然后拿起暖瓶到开水房打满开水，周到得像一个保姆。

葵花不只替邹树打开水，所有诊室的开水葵花都打。但渐渐地，邹树能感觉到，葵花对他要更上心一些。与他在一起的时候，她说话的声音要更小，做事的动作也更轻柔。那时，邹树除了《足球报》以外，还喜欢看《南方周末》，以前，往往是周末下班回家的时候，路过医院门口报刊亭他才会去买一份。有时去晚了，报纸已卖完，邹树就会若有所失。自从葵花到丹城医院做医药代表后，他就再也不用担心买不到《南方周末》了，葵花总是会在第一时间把报纸给他买好，当时邹树还很奇怪，葵花是怎么知道他的阅读习惯的。

两个人一起单独吃过几次饭。都是趁百合出差时，邹树才答应的。每一次，邹树都不知道葵花什么时候把账付了。懂事的女人总是容易让人产生好感，后来邹树在开药的时候，尽量选择葵花代理的药品，到了时间，一样接受葵花送来的提成。但邹树没有想过要与葵花发生关系。他知道男人与女人之间一旦有了肉体的关系，女人仿佛就拥有了支配的权利。作为丹城医院一位小有名气的年轻医生，大家都看好他的未来，而在百合之外，邹树其实也并不缺女人，有治愈的患者，也有医院里这方面看得很开的同事，如果他愿意，医院里还有几个小护士他也可以搞定。

邹树不知道，他那个时候已经被葵花惦记上了。因为来找邹树看病的人不少，葵花发现每个月从她手里给邹树的提成也最多。一个好医生，几乎就是一棵摇钱树，只要傍上这棵树，此后的人生将会财源滚滚。尤其是葵花在其他医生那里得知，邹树的妻子百合不会生育，她便开始动起了脑筋。

10

与葵花的第一次是怎样发生的，邹树有印象，但过程却非常模糊。然而葵花还是让邹树再次发现，女人与女人的确不一样，百合单薄，如果仅看胸部，像是个刚准备发育的女人，他甚至觉得葵花与他经历过的其他女人也不一样，她主动、热情、放纵，整个过程仿佛完全由她来控制，丰腴的葵花，让邹树觉得每次与她在一起的时候，都有吃大肉的感觉。

核桃是什么时候怀上的？是第一次酒喝多了没有控制住，

还是过了两天清醒的时候再去时播下的种子,现在已经难以考证。细想下来,邹树觉得是由于他与百合结婚五六年一直没孩子,这才丧失了应有的警惕。后来,有那么半个多月,葵花再没有出现在医院里,邹树打电话去询问,葵花解释说家里有一点事,要回去一趟。与葵花往来几次后,两个人的话题逐渐向对方的过去延伸,邹树这才知道葵花家里的弟妹众多,她是老大,从省城的卫校毕业以后,在丹城一家医院做过护理,至于后来怎样做的医药代表,葵花似乎不愿意多说,邹树也不想知道太多。他觉得与葵花保持这种偶尔来往一次的关系,在百合出差的时候稍稍调节一下生活,挺好。

再次去葵花那儿,是葵花从老家返回丹城的当天中午。她似乎比上一次更热情,在那种环境下,身体是会说话的。事毕,邹树准备从葵花身上下来的时候,被葵花缠绵地挽留住了。邹树喜欢从上往下看葵花的脸,其实仔细看上去,葵花长得还是不错的。她的眼睛虽然不大,却很有神,鼻子小巧而坚挺,嘴唇是个小缺点,稍厚了一点,但你要把它看成是性感也没什么不可。通常,葵花不搽口红,却能让嘴唇保持天然的红润和活力,再配上一口整齐的牙齿,还是有几分动人。

"有了!"葵花的两个眼珠子亮晶晶地盯着邹树说。

"什么有了?"邹树一时没有反应过来。

"有身孕了,"葵花说,"你的!"

邹树皱了皱眉,整个人汗津津地贴在葵花身上,他沉默了片刻,突然想起儿科的鲁医生,便说,凭什么说是我的?邹树挣扎了一下,想从葵花的身上下来,葵花却缠得更紧了,两人无声地较了一会儿劲,弄得邹树的身体又有了反应,就好像一棵树,长长的根须不由自主又扎进了下面肥沃的土地。

"不是你的是谁的?"邹树能够感觉到葵花身体里的劲儿。

"如果真是我的,就把他生下来。"邹树把嘴凑在葵花耳边轻声说。

"那可是你说的啊!"葵花说。

邹树闻言停了下来,像一个在风浪里行船的艄公,使劲用长篙撑在湖底,固定住左右摇晃的船。"这事得从长计议。"他说。

葵花提出,如果她给邹树生下孩子的话,邹树得给她一百万。邹树用手抚摸着葵花已经有隆起迹象的腹部说:"如果是男孩,行!女孩则减半!"

11

当葵花怀上核桃的时候,邹树意识到这件事情处理不好会带来麻烦,但是他也没有想到,最后会弄得这么无法收拾。在几百公里以外的昆明,瑞光医院的产房里,白色的墙壁、白色的被单与穿着白大褂出入的护士和医生,所有的一切都弥漫着一股淡淡的来苏水味。这一切是那样熟悉,又是那样陌生。与邹树所在的丹城医院相比,瑞光医院要小得多,毕竟是私营医院,在省城寸土寸金的地段,占地面积不可能太大。

邹树是在葵花临产前一天才到昆明的,生产那天,邹树一直在手术室外焦虑地徘徊着，虽然说女人生孩子是进鬼门关，但那是在医疗条件和技术都落后的过去，现在，出现意外的时候已经少之又少，但还是不能百分之百杜绝。前来昆明的时候，邹树就曾想过，万一葵花生孩子的时候出现什么意外……邹树不敢往下想，也不愿想，但他清楚，只要葵花有个三长两短，他精心设计的瞒天过海、暗度陈仓，都将因为一起失败的手术而成为一个笑话。

葵花在上昆明生产之前，已经知道自己怀的是个儿子。邹树背着百合与葵花谈妥了，生下孩子后，葵花帮带到一岁断奶，然后把孩子送到救护站，到时候邹树再带百合去领养。只要领养的手续一办完，邹树立即付一百万给葵花。而葵花必须拿着这笔钱离开丹城，从此不能再与儿子见面。

葵花是上午八点半被送进手术室待产的，两个小时以后，还没有什么动静。而邹树知道，葵花进手术室的时候，宫口早已开了。手术室外面的走廊尽头，白色的墙壁上，有一个斗大的"静"字，蓝色、颜体，当邹树在走廊里焦急地来回踱步时，他发现时间从来没有过得如此缓慢。

邹树来昆明之前，曾经趁百合不在的时候，与葵花联系过。电话中，葵花的声音里有一种即将做母亲的喜悦，她告诉邹树说，产前检查一切正常，彩超的结果很理想，胎儿发育良好，脐、脑动脉血流通畅，胎位很正。但不知道为什么，孕妇送进手术室两个多钟头了，还没有出来的迹象，凭借着自己的行医经验，邹树意识到，生产碰到了麻烦。

时间一分一秒地过去了。邹树虽然不是妇产科医生,但对女人分娩过程中可能出现的情况还是比常人了解得多。产妇骨盆狭窄?产道结构异常?子宫收缩无力?还是"头盆不称"?他在大脑中迅速梳理和猜测葵花难产的可能性。

像一场赌博。角色的转换,让邹树算是体会到了自己做手术时门外患者家属望眼欲穿的心情。头戴蓝色护士帽的姑娘推门进手术室或者从里面出来,邹树都要赶过去询问,但对方要么答不知道,要么说正在手术。后来,有人出来站在走廊上叫:"谁是邹树,过来签个字!"邹树的脑袋"嗡"的一声。

果然是难产。胎儿的头在临产前抬了起来,做手术的医生告诉邹树说,孩子的头卡住了,顺产的可能变得很小,必须立即手术。恍惚,不能自已,签字的时候邹树的手抖得厉害。医生问他是保大人还是保小孩,邹树脱口就说保大人,这是他在外面走廊上就想好了的。"可孕妇说一定要保孩子!"医生提醒邹树说:"这件事,你们家属事先要与孕妇沟通过。"

邹树知道,保孩子的话,就要把出口进行侧切,让孩子能够顺利出来,但这个过程极易导致孕妇大出血死亡。保大人就简单多了,只要把孩子的大块组织切下来,从子宫中拿出来就行。邹树知道,葵花之所以固执地要保孩子,是担心没生下孩子,邹树曾经许诺的那一百万就不会兑现。

"保大人!"尽管刚才签字时,邹树因为内心紧张,而把自己的名字签得歪歪扭扭,但他这时却异常冷静。"大人一定不能出丁点意外,孩子以后还会有,"他望着做手术的医生说,"我也是名医生,知道孰轻孰重,拜托了。"

看着医生回到手术室,邹树才发现自己出了一身汗。他知道,只要葵花不出事,一切都在可控范围内。邹树觉得自己还是大意了。葵花的骨盆宽,天生就是块生孩子的好料,产前的几次检查又都一切正常,谁知道临产时孩子的头会扬起来呢?其实葵花离开丹城到昆明分娩时,邹树就与她商量过,说剖宫产手术比较成熟,也最安全,但遭到了葵花的拒绝。葵花说,我一个未婚的女人,腹部有一道疤痕,人家一看就知道是剖宫产留下的,这算怎么回事?

"你要是娶我,我就剖宫产!"葵花说。而这恰恰是邹树不愿答应的。

12

终究是虚惊一场。后来还是选择了侧切,葵花没有大出血,孩子也保住了,只是动了产钳。术后的葵花头上扎着一块紫色的毛巾,斜躺在产床上,表情看上去心满意足。邹树半边屁股坐在床上,他背对着门,抱着刚出生几天的儿子核桃,正在用嘴去亲孩子的额头。熟睡中的孩子,垂下的眼帘,细而密的睫毛,吹弹即破的皮肤下细细的血管……

想起几天前站在瑞光医院手术室外面的情景,邹树现在都还感到后怕。医生重新回到手术室后,葵花怎么也不愿意放弃孩子,于是只能选择动产钳,费了好大的力,才把核桃给拉出来。做了父亲，邹树的心里既欣喜，又迷惑，还有一些担忧。每一次把孩子抱起来，他都会仔细观察孩子的头部，外表上倒是看不出有产钳夹过的痕迹，但孩子的大脑受没受到伤害，却不是此时能看得出来的，只能等他稍大，看看智力有没有问题。

要是孩子真因动产钳出了问题，那还怎么收养啊？百合肯定不会同意，到时要怎么解释呢？邹树发现自己天衣无缝的设计，现在做成了一锅夹生饭，进也不是，退也不是，孩子倒是有了，可他早就没了做父亲的那种满足。

紧接着就是他被百合捉了个现场。感觉比在床上被人捉奸还要令人尴尬。产房的门突然开了，凝视着儿子稚嫩面孔的邹树浑然不觉，以为是来查房的医生或护士，直到他从葵花惊恐的表情里意识到什么，回过头来，才看见百合伤心欲绝的脸。

太意外了。像是被电突然击中一般，邹树蒙掉了，头脑空白，四肢发僵。手中的孩子快要从他手中滑出的时候才又被他慌忙接住。产房里短暂的静默后，突然陷入一片混乱，询问、解释、争辩，葵花的叫声，婴儿细小的啼哭，护士闻声加入进来，劝解、呵斥……百合是怎样离开的？此后的回忆一片模糊，像早期的电影放映，胶片转动，故事开始前，银幕上飞快闪过划痕、斑点、英文字母、汉字。杂乱，毫无头绪。

女人都是出色的侦探，她们不靠逻辑，而是凭直觉抵达真相。直到现在，邹树还是想不通，究竟是哪个环节出了破绽，才让百合发现他在外面私养了女人。葵花生核桃的时候，本可选择在邹树所在的丹城医院，正是为了避人耳目，邹树才故意安排她去了几百公里以外的省城昆明。葵花提前半个月就住过去了。预产期快到的时候,邹树才找了个开会的理由赶去。

邹树以为这件事做得滴水不漏。瑞光医院的对面是海棠宾馆,邹树住进去的时候,正值有人在那儿召开会议,门厅外面,挂着一块长条形的红色布标,上面写着:欢迎参加3D打印技术分享会的嘉宾。邹树把自己虚构为与会一员,他还专门拍摄了一张照片,用彩信发给了百合,还上网去查询了有关3D打印的知识,准备回到丹城以后,如果百合打听,他好解释。3D打印技术与邹树的职业有关,立体打印,可以在扫描后把患者身上的任何一个器官打印出来作为参照,从而保障手术做得万无一失。

但邹树没有想到的是,百合正是凭着他发过去的彩信,在昆明这座有几百万人口的城市里迅速找到了他。

当天邹树就赶回了丹城。从瑞光医院离开的时候,葵花用红肿的眼睛死死盯住邹树,让他觉得后背像是插进了两颗钉子。邹树也不知道急着赶回丹城要干什么。没有了航班,他只能预约一辆专车,四个小时的路程,邹树想了一百种解决办法,最后都觉得行不通。他幻想百合率先提出离婚,但一想到要与葵花生活一辈子,邹树又顿感未来了无生趣。

13

葵花在省城的瑞光医院生下的那个男孩,邹树刚看第一眼,就知道是他们老邹家的。按照邹树与葵花事先的商议,那一百万在一年后办完孩子的领养手续后再付，但现在似乎出了一点问题，生下孩子的第二天，葵花就问邹树，如果一年以后发现孩子大脑受损，智力有问题，还领不领养？

邹树的确无法回答。事前他对很多细节都做了设想，就是没有想到孩子可能会出问题。自从葵花怀上孩子之后，孕期检查没有一次漏过，无论是唐氏筛查、胎心监测还是孕妇骨盆测量，情况都很好。可动了产钳，情况就变得不确定了。孩子的大脑受没受到损伤，有没有后遗症，智力受没受影响，都只能慢慢观察才能知道。葵花却等不了，她要求邹树尽快兑现一百万的承诺。

"不是一年以后办了收养手续之后再付的吗？"邹树说。

"不行！"葵花的口气不容商量，"到时如果孩子有什么问题，你反悔了不给，我怎么办？钱你先付了，孩子我替你养着，到时你要给你，不要的话，我自己来养。"

可邹树从哪儿去凑这一百万呢？家里的财产，平时都是百合在打理，找她拿钱显然不现实，邹树有些后悔自己当初把收的红包、药品的回扣，全都交给了百合，要是自己有个小金库，就不至于这么被动。好在他做医生收入不错，又四处筹钱，向朋友、同事、患者家属借，总算凑够了一百万给了葵花。

原本这笔钱是要让葵花消失的，但现在倒好，像是让百合消失了。那段时间，邹树下了班以后，尽量推掉外面的饭局，可他发现，百合下班后待在外面的时间越来越长，她似乎是刻意避免与邹树见面。常常是邹树睡的时候她还没有回来，等邹树起床的时候,她已经走了。没有交流,不安就会在心中发酵,邹树弄不清百合的意图,但他记得两人刚结婚的时候,百合一脸严肃地对他说,以后谁要是有了外遇,谁就净身出户。

从瑞光医院赶回丹城,两人就再没有睡在一起。百合搬到了客房,卧室从此变得空旷。每天早晨醒来,邹树就会立耳听客房里的响动。轻微、节制。能想象百合像一只猫那样起身、整理床铺、洗漱,然后出门。她再也没有在家里做过早点,以免两人一起吃早餐时彼此尴尬。每天早晨,只有听见门被轻轻打开又关上,邹树悬着的心才会放下。

以邹树对百合的了解,即使知道孩子是邹树与葵花生的,慢慢地,百合也会接受。结婚几年没有怀上孩子,邹树陪同她到省城的几大医院求过医,甚至还去了大理的崇圣寺求过观音,科学和迷信的办法都用过了,但百合就是怀不上孩子。沮丧的时候,百合也曾建议过,要不以后领养一个孩子。

邹树给孩子取了个小名叫核桃,太小了,还不能送到收养站去,葵花向邹树提出要另外租一套房子,说现在住的这套房子有其他人来过,见她没有结婚就有个孩子,会起疑心的。

邹树开着车出入丹城新建的小区,最后才在与医院背道而驰的方向,物色到了一个刚刚新建完工的小区。小区靠近丹城公墓,鬼知道哪个大脑进水的开发商当初是怎么想的。小区建起来以后,前来购买房子的人寥寥无几,这正符合邹树的心意:偏僻、价格便宜、不易碰到熟人。

搬过去的当天,葵花就把自己原来住的房子挂牌出租,这样，她住在邹树为她母子租的房子里，自己的房子则租出去挣钱。除了按时要邹树付儿子的营养费之外，葵花还时不时找些理由，什么父亲脚摔断了，最小的弟弟要读书没学费了，三千两千地向邹树借。这种算计让邹树很恼怒，他盼望核桃快长到一岁，断了奶，如果智力没问题，他就会说服百合与他一起收养孩子。但邹树的如意算盘打错了。葵花三天两头儿地就打电话过来，一会儿是核桃回奶，一会儿是核桃起痱子，一会儿又是核桃夜哭，没完没了。

邹树已经觉得够对不起百合的了，每次去看儿子，他都会嘱咐葵花，如果不到万不得已，下班以后不要打电话给他。但不知道是葵花粗心，还是她有意为之，有几次，碰巧百合就在家里，葵花的电话突然就打了过来，弄得邹树接也不是，不接也不是，很是紧张。硬着头皮接了，却都是些鸡毛蒜皮的小事。后来，邹树干脆把葵花的电话号码设置成黑名单，这样，葵花就无法在邹树下班后打给他，有什么急事，只能通过QQ给他留言。

女人一旦与你有了肉体关系，就好像成了你的主人，何况两人还有一个货真价实的儿子。核桃还不到百天，葵花就要邹树与百合离婚，然后娶她。

"这样你就妻儿双全了！"葵花说。

"怎么可能？"邹树从来就没有想过这个问题。

"我不勉强你！"葵花温柔地说，"但核桃是你的儿子，也是我的儿子，你得为他的未来着想。"

邹树发现,葵花是欲擒故纵。一天,两人在床上完事后,葵花用两只手臂圈住邹树的脖子,一脸柔媚地说:"给你半年时间与百合离婚,如果你离不了,我会把核桃抱到你单位的。"那个时候,邹树感到葵花圈在自己脖子上的那两只手臂,就像是一根绞索套,他感到呼吸越来越困难。

14

年前,邹树去看望岳母,想与老人商量百合入土为安的事。好久没见到邹树了,岳母一定要留他吃饭。当老太太在厨房里炒菜时,无所事事的邹树站在饮水机旁边,翻看墙上挂着的那本老皇历。32开大小的日历上,不但有日期、星期,还有宜做什么不宜做什么。邹树去看望岳母的那天,日历上写着的是:宜嫁娶、祭祀、祈福、求嗣、出行;忌作灶、塑绘、行丧、诉讼、伐木。

不知道百合出车祸的那天,老皇历上都有些什么提示。邹树握住了老皇历,想看看百合去世周年的那天,有什么宜忌。快速翻动中,有什么东西夹在日历里一晃而过。邹树重新放慢速度,当翻到4月20日时,他看到有人用记号笔在日历中间硕大的阿拉伯数字旁,画了一个三角符号。那一天是二十四节气里的谷雨,也许,岳母是想在这一天给百合下葬。

客厅里的布艺沙发被岳母浆洗得非常干净。靠着端头,有一摞相册。上一次邹树来看望岳母的时候,相册就放在那里了。

可以猜测，岳母独自一人的时候，一定常常翻看相册里的那些照片来打发时光。让邹树稍感意外的是，那摞相册里数以百计的照片，全都是百合的，邹树的岳父一张也没有。

与那些喜欢热闹的人不同，邹树的岳母喜欢安静。茶几上，有一个藤编的箩筐，里面装着许多纸叠的三角板。那是岳母的一个特殊爱好，她喜欢把家里不要的书拆散，然后叠成一只只三角板。手工艺爱好者，能够用那些三角板组装成佛塔，也可以组装成菠萝、带有锯齿的碟子或其他。有一段时间，她还让邹树找来了一大摞废弃的画报，用剪刀剪成细条，裹在回形针上，再串起来，做成门帘。乐此不疲的手工活，帮助岳母打发掉了许多孤寂的时光。

百合安静的性格也许正是遗传于母亲。她隐忍、明理而又安静。翻开相册里那些照片，就找不到百合开怀大笑的，她的喜悦与幸福，只能在她的表情上找到微弱的影子，而当年，邹树是那样着迷于她的文静。

除了不能生育孩子，百合几乎无可挑剔，哪怕是知道邹树在外面与葵花生了孩子，百合也没有过激的表现。虽然说她在瑞光医院有点失控，但回到丹城以后，她没吵，也不闹。有几次，邹树叫住百合，想说点什么，可百合总是说不用解释了。的确，孩子都生下来了，还有什么可解释的呢？

那天在岳母家，吃晚饭的时候，邹树与岳母谈起了安葬百合的时间。岳母提出最好是在清明节以前，不过选在百合的周年也行。可岳母为何在谷雨那天的日历上作了标注呢？

15

邹树是后来才得知这个秘密的。地处南方的丹城,每年四月,谷雨前后,气温会迅速升高,雨水也会不期而至,此时如果真能下上两场透雨,沉睡了大半年的野生菌丝就会苏醒。原来,等墙上挂着的老皇历撕到谷雨这天,邹树的岳母一早就会提着竹编的提篮,到五孔桥菜市场去碰运气,看能不能买到头水的红牛肝菌。

红牛肝菌又叫见风青,黄色的菌肉只要一遇到空气,立即就会变为青黑色。在丹城人所吃的野生菌中,红牛肝菌是毒性最大的一种。而谷雨前后碰到的头水红牛肝菌,毒性尤甚。

邹树不知道,去年岳母吃红牛肝菌中毒之后,症状刚刚消失,她又悄悄出现在菜市场的菌摊上。此前,在邹树的印象中,岳母最喜欢的野生菌当属干巴菌,此后才是鸡𱊢菌和牛肝菌。但中毒之后的岳母到菌市只买红牛肝菌,越鲜艳越高兴,她对其他野生菌都失去了兴趣,问都不问一下。岳母去的次数多了,贩卖菌子的小贩对她都非常熟悉,他们知道,那个提竹篮的老太太只要看到好的红牛肝菌,眼睛就会发亮,再贵的价格她也会买。

作为丹城的内科医生,每到夏天,邹树也会接诊不少食用红牛肝菌中毒的人。他知道吸食海洛因会上瘾,吸食冰毒也会上瘾,那是因为吸食这些毒品后会令人产生巨大的愉悦感,人一旦沾上就欲罢不能。但红牛肝菌中毒后,虽然说也会产生幻觉,但伴随而来的呕吐和腹泻会让人寻死的心都有。吃红牛肝菌中毒会上瘾,邹树从来没有听人说过。

是岳母的邻居苏老师告诉了邹树这一秘密消息的。百合去世以后,邹树去看望岳母,在楼道里碰到了苏老师。"我偶尔才会过来一下,"邹树把自己的电话号码给了苏老师说,"如果我岳母有什么事情,麻烦您电话告诉我一声。"

苏老师没打电话来,而是亲自跑到了丹城医院找到了邹树,她满脸狐疑,却欲言又止。邹树把她让进诊室,关上了门,苏老师才结结巴巴地说:"你岳母,神经好像是出了问题。"

"您慢慢说。"邹树用纸杯给她倒了一杯水。

"昨晚我去找你岳母聊天,"苏老师端着纸杯的手在微微颤动,"刚进屋,你岳母就把嘴凑近我的耳朵边,告诉我说百合回来了。"

邹树一阵哆嗦。

苏老师与邹树的岳母同事多年,亲眼看着百合出生、长大、结婚,以及后来的早逝。邹树还记得去年在七里屯殡仪馆,低沉缓慢的哀乐声中,苏老师握住他的手,让他节哀。老太太心善,提起百合小时候的事,泪水从她皱皮的脸上流下来。邹树当时不忍看她的眼睛,他抬头越过苏老师的头望过去,看见了告别大厅正面墙上百合的遗像,相框里的百合被黑纱包裹着,脸上有淡淡的笑意,好像眼下这令人悲伤的告别仪式与她无关。

"你岳母拉我坐在沙发上后,她叫百合来给我泡茶,左一个百合,右一个百合,好像百合真活过来了,她看得见,而我看不见,有点瘆得慌。"

"怎么会这样呢?"邹树感到疑惑又有些恐惧。

"她还时常去买牛肝菌,"苏老师说,"去年她中毒,差点儿……"

"我明白了,"邹树安慰苏老师说,"我岳母一定是有幻觉了,红牛肝菌中含有一种类似于麦角酸二乙胺的毒素,那是一种致幻药物,难怪我岳母会觉得百合回来了。"邹树松了一口气。

16

一次又一次中毒,岳母摸索出规律来了,她不再去医院治疗,而是选择在家中调养。她似乎是已经能精确把握每次炒红牛肝菌的投放量和生熟程度,甚至,老太太能微妙地判断出雨天和晴天所采红牛肝菌毒性的区别。这样,她能够控制住毒性缓慢释放,这既可以让她产生百合回来的幻觉,又不至于致命。因此雨季是邹树岳母最幸福的季节,她会感到百合从没离去,而是整天与她生活在一起,看着她笑,陪她吃饭,看电视,甚至聊天。百合的声音还是那么熟悉,她会撒娇,趴在她怀里,像小时候那样,让母亲给她梳辫子,每晚母亲入睡前,她还会前来道晚安。

想着菌子上市的雨季,岳母就这样生活在幻境中,邹树既悲伤又不安。

百合周年这天,邹树开车带着岳母,一早去到了青祠公墓的佛堂，准备把百合接出来安葬。路上葵花打来电话，邹树看了一眼手机屏幕，直接挂掉了。墓地是清明节过来看望百合时买好的，此前，岳母查看了老皇历，周年忌日的这天，宜安葬，日子就这样定了下来。

邹树本想约几个朋友一起来的，但岳母坚拒了。百合的墓地离邹树岳父的墓地只有一百多米，当工人施工的时候，岳母就坐在一侧的空地上，望着对面的山梁发呆。六十多岁的岳母，看上去比实际年龄要大，她的头发花白而缺少光泽，每当有山风吹过，头发拂动，再看她瘦削的脸，总觉有几分凄苦。

葵花的电话此时再度打来。电话接通后，她在里面抱怨说："核桃昨晚又发烧啦！打电话给你，你也不接，是不是又到外面风流去了？"

"昨晚有应酬，"邹树解释说，"酒喝多了！"

"那一个小时前呢？"

"在开车。"邹树离开百合的墓地，朝岳父墓地的方向走去，他不想与葵花的对话被岳母听见。

"哄鬼去吧！"葵花在电话中大声表达她的不满。

邹树不想过多解释。葵花打电话过来，是催促邹树要尽快给儿子核桃上户口。但邹树没有与葵花领过结婚证，核桃的户口没法落。"这事我不管，"葵花在电话中非常强势，"核桃到时候要是因为没户口进不了幼儿园，我就把他送到你们医院去！"

儿子核桃渐渐长大，智力也没问题，只是百合已经去世了，无法与她一起收养一个孩子。葵花催促了邹树几次，提出要与邹树结婚,给孩子核桃一个完整的家。不知道为什么,一想到要娶葵花,邹树就觉得特别对不起百合。他只好找理由告诉葵花,说岳母答应百年之后,让他继承她现在住的房子,如果娶了葵花,岳母的房子估计就得不到了。邹树说,等继承了岳母的房子之后再结婚也不迟,弄得葵花也很是犹豫。

不知不觉就来到了岳父的墓地。老头儿过去是个地质工程师,走之前,因为中风偏瘫,一天中大部分时间都躺在靠近书架的长椅上。有时候晚上也睡在上面。岳父的房间里,沿墙放置的两个大书架上几乎全是封皮被翻旧了的小说,许多书邹树连听都没有听过。岳父读过的小说里,有不少是苏联作家写的,有一次,邹树从书架上随手抽出一本纸张发黄的书来,是一位叫阿扎耶夫的作家写的《远离莫斯科的地方》,人民文学出版社1953年出版,直排,繁体字,根本看不下去,没翻上几分钟他就走了神。

曾听百合说过,她父亲年轻时,常常只身在滇西的大山里找矿,每天一大早离开营地,背一个水壶和一个布包。布包里除了装几个馒头外,还会放一本小说。枯燥静寂的山野生活,阅读小说成为地质工程师主要的精神享乐。自从中风以后,岳父几乎就没有运动过,死之前形销骨立,可只要一聊起小说来,他立即神采飞扬。记得在弥留之际,回光返照的岳父还对来看望他的邹树大段大段背诵了艾特马托夫的《死刑台》。

这一天,当邹树重新回到百合的墓地时,墓碑都已经竖起来了。由于两人没有孩子,墓碑是以邹树的名义立的。单人墓碑，选择的是一块一米五高的黑色大理石，烧制成瓷质的百合遗像有姑娘的手镜那么大，椭圆形，正在被一个工人小心地镶嵌在墓碑的右上方。

邹树想起了百合火化那天，一大早，他就到殡仪馆告别大厅参与布置灵堂。参加追悼会的人还没有来，有一会儿，灵堂里就只有他一个人，空旷的大厅安静异常，邹树站在墙边，整理着那些花圈的顺序。谁的该放在前面，谁的又该往后挪。百合的遗体还没有推来，但她的遗像已经挂在了大厅入口对着的那面墙上。邹树发现，无论他走到大厅的任何角落，百合好像都用目光追寻着他，眼睛里意味深长。

17

安葬完百合，邹树开车送岳母回家。本来他想晚餐就在外面吃了，可岳母说还是回去吃，外面的餐馆不卫生。来到岳母家，邹树才发现应该是早上去青祠公墓之前，岳母已经买了一篮红牛肝菌回来。放在冰箱里的菌子拿出来的时候，上面凝结着一些细小的水珠。望着岳母像捧着宝贝一样把红牛肝菌捧进厨房，邹树打了个寒战。屋子里光线有些暗淡，应该是心理作用，天花板上，仿佛有几个小人在钻出钻进，眨了眨眼才消失。

岳母从厨房里抓了几个大蒜出来，让坐在沙发上的邹树帮她剥。

"妈，这东西以后还是要少吃！"邹树说，"您忘记上次中毒的事啦？"

"没忘，"老太太低声说，"我这不还活得好好的吗？"

有一瞬间，邹树觉得百合去世这件事情虚幻得像是一个梦境，以往邹树来岳母家，老人从不让他下厨，而只让百合给她打下手。这会儿邹树觉得百合就在厨房里，一切都没有什么变化，还像从前一样。

坐上餐桌的时候，终究还是少掉一个人了，餐桌似乎变大，几盘菜挤在桌子的中央，局促而冷清。吃饭的时候，邹树总是感觉岳母炒的红牛肝菌火候不够，他担心这样吃了容易中毒。"应该熟了！"岳母微笑着看着邹树说，"炒过头菌子就蔫了，不脆了。"

"再说了，中毒了我也不怕！"岳母舀了一勺牛肝菌在邹树的碗里，"真中了毒，我就会看见百合活回来，她就像小时候那样，整天与我形影不离，陪我说话，陪我吃饭，陪我睡觉，与她活着的时候没有两样。"

邹树无法反驳，他把饭含在嘴里，不知道该怎么与岳母说。

"见不到百合，我活着比死了还痛苦。"岳母又说。

邹树的心里一冷，身体变得僵硬。天是早已黑了，不知道是不是昨晚没有睡好，邹树怎么看餐桌上方的节能灯，都有一圈光晕，安静而诡异。桌上的红牛肝菌，装在一只青花瓷碗里，盯着它看一会儿，就会发现那只青花瓷碗正缓慢地膨胀、变大，那些切成片状的牛肝菌，仿佛变成了蠕动的水蛭，而岳母固执地舀着牛肝菌，你一勺我一勺，不容邹树推辞。

在岳母的注视下,邹树只好把那些牛肝菌艰难地吞咽下去,他的身体僵硬,上下牙机械地咬合,舌头变得迟钝,完全不听使唤。他感到全身的肌肉正在收紧,仿佛被一条浸湿水的麻绳从头捆到脚,窒息、紧张、恐惧,他的味蕾失效了,吃不出菌子的香味。

感觉就像是最后的晚餐。邹树内心的恐惧被放大,他甚至觉得自己已经出现幻觉,身旁的墙体上,似乎有绿色的常春藤长了出来,叶片葱绿,藤蔓垂落,爬到了餐桌上,死死地缠住了桌上的那些碗碟。

"吃干净,我明天再去买新鲜的!"岳母抬起青花瓷碗,将里面的牛肝菌全部扒给邹树。

从岳母家里出来,邹树跌跌撞撞奔下楼,他忘记了可以乘坐电梯。楼下的院子里,十字交叉路口的东南侧,有三个绿皮的垃圾桶。天已经完全黑了,像一块沉重的幕布覆盖在小区的上空。胃里吃下的牛肝菌像是活了过来,变成了一条条滑溜溜的泥鳅,在胃里钻来钻去。邹树朝垃圾桶奔过去,刚用右手把桶盖打开,胃里暴动的泥鳅一下子就从他的喉咙里蹿了出去。

翻天覆地的呕吐,就像是有一只手从他的嘴里伸进去,把胃里的东西一把又一把掏了出来,甚至把他的肝、肠、肺、心都拽出来了,胃已清空,可呕吐还没停止,胃部的每一次痉挛,都让他的身子弓成一只虾,邹树满脸通红,前伸的脖颈上青筋凸现,苦水灌进口腔,是身体里含着腥味的胆汁,伴随着鼻涕和眼泪,一道流了出来。

18

回家的路上，邹树意识到，自从核桃出生后，他的生活就变得千疮百孔。

百合出车祸之前的那段时间，核桃的身体越来越弱，邹树去看过，孩子的面色苍白，看上去发育不良，似乎有贫血的症状。开始的时候这并没有引起他的重视，以为是葵花带孩子没有经验，等到他发现核桃的口腔和鼻腔频繁出血，并持续发烧时，这才警觉起来。葵花偷偷带核桃到丹城医院去检查了一次，拿回来的化验单上，白细胞数畸形增高，比例和形态都出现异常。

这个结果吓了邹树一跳，出于职业敏感，他怀疑核桃患的是少儿白血病。邹树顾不得照顾百合的心情了，请了工休假，开车与葵花一道把核桃送往昆明肿瘤医院进行进一步检查，结果印证了邹树的担心：急性淋巴细胞性白血病。

邹树知道，治疗这种病最好的办法是干细胞移植，但孩子没有落户口，也没买保险，手术费用需要一大笔钱。葵花整天以泪洗面，逼邹树去筹措手术费。"给你的那一百万呢？"邹树忍不住问葵花，但葵花解释说给家里人还债了。邹树不愿意他与人私生孩子的事情被别人知道，先前问别人借的钱还没还清，现在再找人借，总得找出借钱的理由。那段时间，邹树到处骗熟人，编理由……整个人活得一点尊严也没有，朋友们有的怀疑，有的拒绝，有的随便给个零头打发他，焦头烂额的邹树觉得一切都是对他的惩罚，被逼无奈，他只有在百合上班以后，打开了她的房间。

邹树在床头柜里发现了一个笔记本，灰黄色的塑壳右下端印有图案，是两片荷叶中间夹着一枝荷花。打开笔记本，里面大多是阿拉伯数字，除了日期，就是金额。那些钱，既有医药代表送来的回扣，也有小病大诊盈利后医院给的提成，加起来有上百万之多。冷汗顺着邹树的后背流了下来。

想到百合一直躲避着他，邹树怀疑百合是不是希望他自觉一些，按照婚前的约定净身出户？原来百合安静的性格里，包含着一般人难以发现的心机。邹树想，要是自己不主动提出来净身出户，百合会怎么办？她会去告自己重婚？还是拿着那本笔记本去举报？再加之葵花生孩子的时候，百合可以不声不响地从丹城跑到省城昆明，将他在瑞光医院的产房里堵个正着，他就越发觉得，百合将会在接下来的日子里，慢慢折磨他。

就是那个时候，他幻想百合出车祸的。在他的脑海里，一条笔直的大道从城里延伸出来，道路两侧，每隔五十米就是一盏路灯，玉兰花形状的灯罩，在清晨发出弱光。一夜的雨，天亮时还在下，百合驾驶的桑塔纳轿车碾过积水的街道，消失在城外迷蒙的细雨中……

百合的车速很快，车轮在积水的路面卷起白色的水雾，雨刮器左右摆动，挡风玻璃前端一下清晰一下模糊。邹树幻想百合出城以后不久，一头青黑色的水牛突然越过高速公路的护栏，百合猛地打了一下方向盘，失控的汽车飞离了路面，这时，有一个手指，按在了百合安全带的插销上。

最初的时候邹树被自己的这个幻想吓了一跳。他想起了多年以前自己放学回家时的那段往事，想起了县城的郊外那个差点被马车撞死的男人。"呸呸呸！"他伸手拍打了自己的嘴唇，以示刚才的念头不算数，就像是他在试卷上写下了错误的答案，又慌忙用橡皮擦把它擦掉一样。

等到第二次、第三次幻想百合出车祸时，邹树已经相信，床头柜里的那个笔记本上记载的，正是百合搜集的有关他的罪证。他需要一个理由，支撑他那些可怕的幻想。那段日子里，他越来越偏执，在他眼里，百合的内秀成了冷漠，安静也成了寡趣，邹树的幻想越来越具体，具体得仿佛在虚拟世界里，他已经完成了一次对百合的谋杀。

19

百合去世以后，邹树作为受益人，领到了一大笔赔付金。车祸发生前的半年，百合给自己买了高额的人身伤害保险，保单上，邹树成了唯一的受益人，当那笔钱打在他卡上时，他才意识到自己误解百合了。

更让邹树意外的是，他在收拾百合遗物的时候，在一个透明的塑料文件袋里发现了两封信。用的是百合单位的牛皮纸信封。一封上面写着邹树的名字，用的是碳素笔，字是百合的字，邹树非常熟悉。她的字小而拙朴，"邹树"两个字笔画工整，这让他想起了多年以前的圣诞节，他去财大找百合，正值百合在宿舍里写新年贺卡，邹树凑过头去看，百合慌张地抬手遮挡，羞得满脸通红。

打开一看，牛皮信封里是一张卡，中国建设银行的龙卡。另外的一个信封里装的是百合写给葵花的信，信封口用胶水封了起来，显然是不想让邹树看见。邹树用手捏了捏，很薄，应该只有一张信纸。邹树想象不出来，百合会在给葵花的信上写些什么。

生前，百合一直觉得她的字丑，邹树也觉得她的字写得很难看，但此时再看时，竟然觉得"邹树"那两个字被她写得很漂亮，再翻看那本有着他秘密的日记本，邹树发现，百合的字其实娟秀、耐看，但他没有机会告诉她了。

龙卡的密码是邹树的生日。在小区附近的建设银行，邹树小心地把磁卡插进卡口，在语音提示中，他输入了百合的生日，显示错误，又输入了他们俩的结婚纪念日，还是不对，后来灵光一现，邹树便知道密码了。此后，每一次取钱，当邹树在自助机的数字键盘上按下自己出生年月日的时候，他都会感到胸口传来微弱而持久的刺痛。当然，还夹杂着不安和羞愧。

邹树一直犹豫着，要不要把百合写给葵花的信给她。百合为什么会写这封信，信上又会写什么样的内容，这些都让邹树好奇，但他还是克制住了打开那封信的欲望，邹树觉得，去世以后的百合，像是无所不在地监视着他。

有一天晚上，邹树住在葵花那儿，夜里，邹树在睡梦中竟然把怀里的葵花当成了百合，他在梦中与久违的百合做爱，让他意外的是，在床上向来羞涩的百合，一反常态地大胆，好像是她的身体第一次苏醒了。

邹树的身体从来没有这么松弛过，他想象自己的身体变得越来越小，最后整个人钻进了百合的身体里。最后，凝固的银河突然快速流动，满天的流星密集地从天空划过，大地被照耀得如同白昼。

醒过来的时候，天已经亮了，邹树伸出自己的右手，从拇指、食指、中指一路端详下去，仔细观看每一根手指端头的指纹。当年，在云南西北部永胜县城那家简陋的旅馆，初夜之后的那天清晨，百合就是这么近距离地观看邹树指尖纹路的。邹树的右手，除了无名指外，全都是螺纹，细腻的纹路有如等高线，逐渐缩小，在顶端形成肉眼费力才能看清的椭圆。只有无名指的指端是个歪簸箕，就像是心不在焉的陶瓷工人，在圆形的器皿快要成形时，突然力度发生严重倾斜，导致陶坯的一侧迅速坍塌。

一螺穷，二螺富，三螺四螺开当铺。百合曾在清晨小声地背诵儿时的童谣。邹树的两只手，共有八个螺，照民间的说法，未来是要做官的。但他一个医生，能做什么官呢？莫非以后会做丹城医院的院长？

长时间盯着无名指的指端，邹树仿佛看到有一些英文字母在上面轮流浮现，一会儿是"PR"，一会儿又是"ES"，那些字母组成的单词"PRESS"是什么意思，邹树至今也没有弄清楚。事实上，那是灰色的安全带锁扣中红色塑料按键上的字母，只要指端在那些字母上一用力，金属的插销就会跳出来。

百合也许是少有的能够记住自己丈夫指端纹路的女人。邹树又想起了那年在永胜雏燕宾馆度过的那个夜晚，他在回忆里隐约捕捉到了一股熟悉而亲切的味道。百合身体的味道。一阵感伤袭来，邹树把头埋在枕头里，深深地吸了一口气，但当他试图回忆起百合的面容时，他的脑子里竟然一片模糊。

百合写给葵花的信是这样的：

衬衫：他喜欢保罗牌，XL码，肩宽48，蛋青色

裤子：美酷思牛仔裤，灰白色，长二尺五

外衣：他穿夹克的时间多，喜欢棒球服款式，纯色

鞋子：40码的旅游鞋，新百伦，他喜欢灰色的

牙膏：他常用的是冷酸灵牙膏，有时也用云南白药牙膏

他的胃寒，早点吃大米粥最好

……

"你写的吧？"记得邹树把信给葵花的那天，她撕开信封，抽出里面的信纸，看了看就扔给了邹树，"我可不是谁的保姆！"她说。

直到此时，邹树才意识到百合去世之前，已经患上了轻度的抑郁症。沉默，无尽的沉默。她一定是去意已决才会留下这样一封信吧。这封信是她自愿从婚姻中退出时给继任者的交

代,还是心灰意冷告别这个世界时留下的遗言?随着百合的死,这成为邹树终生的一个谜。

20

又一年的清明节就要到了。夜里,当雷声响起的时候,邹树警醒过来。他就像一个归闲的老兵,听到起床号后仍会条件反射。雷声让他陷入某种万劫不复的深渊,雨季就要到来,邹树额头上渗出一层汗,冷汗,心脏咚咚咚猛跳。他翻了个身,挣扎着按亮右边床头柜上的台灯,拿起手机看了一下时间,凌晨四点,离天亮还有差不多两个钟头。

睡意有绵长的尾巴和令人慵懒的暗示,邹树感到整个身体还在下陷,柔软的沼泽地敞开温湿的内部。前几天干燥得要命的空气因突然降临的雨水变得湿润,也许是因为百合死于雨天的一次事故,每当到了夏天,随着雨季的到来,邹树都会觉得日渐浓厚的水汽会聚集成一个人影。尽管邹树尽力克制自己不要去想百合,可没有办法,百合还是像那些纸张上的秘密书写,用米汤轻轻涂抹上去,藏在里面的暗影就会显露出来。

头痛欲裂。昨晚的酒喝得太多了,邹树现在还隐隐感到有些头痛,好像是颅腔有了缝隙,脑髓如同池水那样晃动着拍打在颅壁上。恍惚中,他想起了十多年前,离家去县城参加高考的那天清晨。暴雨下了一夜,就像是有一条河挂在他家的窗帘上,村子外面的溪水陡涨。打开房门,邹树发现有成千上万的蟾蜍在村子的石板路上跳来跳去，密集而热烈，仿佛是要去参加一场热闹的庙会。邹树背着书包，瞅准时机，把脚踏在蟾蜍跳离后的空地上。据说，那些蟾蜍后来蹦蹦跳跳进了村外的那个土地庙，但小小的土地庙何以容纳那么多的蟾蜍？邹树并没有多想。

邹树用手拍了拍疼痛的脑袋，感觉胃里一阵翻滚。下次不能喝这么多酒了，他有些后悔，摇了摇头，闭上眼睛，仿佛看见一辆拉着泔水的马车，野外的土路凹凸不平，车身颠簸起伏，扭动着，泔水在暗绿色的塑料桶里晃动得厉害，橡胶轮胎发出吱吱嘎嘎的声音，在泥地上留下了清晰的车辙。睁开眼，是自己熟悉的房间，有一只鸡在遥远的地方啼鸣，四周一片漆黑，只有窗子那儿透着模糊的光亮。

酒意还未完全散去，邹树的思绪在半醒半醉间信马由缰。他好酒，可酒量却很有限，有时二两白酒就可能让他的世界一片模糊，所幸的是，再醉，他也能准确地打的回家。只是百合去世后，再没有人会在邹树酒醉之后在他床前放一个垃圾桶，在床头柜上放一杯泡好的葡萄糖水。

屋子里很安静，好像这个世界除了雨声外，再没有其他声音。昨晚是怎样回的家，记得不甚清楚了。但他模模糊糊有印象，睡前他曾坐在沙发上打开电视看了一会儿，还吃掉了半个西瓜。此时，一个男人的头像出现在邹树的脑子里，不是那个差点被马车撞死的供销社职工，而是一个中年男人，头发已经花白，脸瘦削，牙齿错进错出，一脸苦相。邹树不认识他，但似乎是在哪儿见过。自己的患者？还是什么时候认识的一个熟人？邹树闭上眼睛想了一阵子，才突然意识到那个男人是他在电视上看到过的。

央视十二套的《一线》栏目，一位警察在一间局促的小屋里，抓住了一个男人的头发，让他把脸扬起来。此后，那个人被屋外的一群警察押解着，从一个杂乱的采石场里走了出来。

男人后来坐在审讯室的椅子上交代了作案的过程。大约是在二十年前，他在广东佛山打工，一度山穷水尽，铤而走险的他躲在街边的垃圾桶后面，把一位夜里独自回家的坐台小姐给杀了。男人把那姑娘的尸体拖到路边的水泥管道里，街道被大型的机器破开，那些灰白色的圆形水泥管道正待埋入地下。在那个水泥管道里，男人还把那个姑娘的尸体给强奸了，从而留下多年以后让他认罪伏法的生物检材。完事后，他拿走了那个姑娘包里的一千多元现金，从此开始了东躲西藏的生活。邹树记得，坐在审讯椅上的男人，一头乱发被剪短，穿上了干净的囚服，与他刚被警察从砖厂押解出来的时候相比，看上去精神多了。

"终于可以睡个好觉了。"男人对审讯他的警察说，"作案以后，我东躲西藏，一直等待着这一天，现在踏实了。"

邹树脑海里不断回响着男人的话。如果不借助酒力，他不知道自己何时才能睡得踏实。也许，自己什么时候也该去剪个短发了。

21

这年的雨季来得坚决而笃实,雷声一直从夜里响到天亮,感觉在灰色的天空之上,有一个酒醉的巨人醒了过来,那是个莽撞的大汉,他好像无法控制自己的身体,在楼上跌跌撞撞,他碰翻了屋子里所有的东西,桌子、椅子、茶几、衣柜、书架,甚至他自己……这些东西像是倒在了牛皮制成的大鼓上,传来的声音势大力沉。

邹树又一次想起了百合去世的前夜,那场记忆中的大暴雨,撕心裂肺的闪电划过夜空,他在阳台上站了将近一个小时,直到浑身冰冷才回到屋里。那个夜晚,他其实在百合的房间外站了一会儿,犹豫着要不要进去。要是那晚进了百合的房间,百合会不会避开第二天发生的车祸呢?

一晃,百合去世就快两年了。

清晨,雨小了,空气中弥漫着大地被雨水清洗后散发出的清凉。丹城的夏天,第一场雨落下,意味着这年的旱季结束,雨季开启。带着久违的欣喜,这座城市的人们迎接着第一场雨的到来。有人把雨伞放进了私家轿车的后备厢,骑自行车上班的人,则把闲置了一个冬天的雨披找了出来。只有邹树,看着窗外落下的稀疏雨滴,心情沉重。

邹树昨晚睡得不是太好。洗漱池紧贴着的玻璃镜,掀开上面的喷绘画,镜子里出现了一个中年男人略微有些浮肿的面孔。眉头紧蹙,眼睑旁边已经有了皱纹。曾经,这副面孔也清瘫,散发过超凡脱俗的光泽,看上去令人赏心悦目。邹树长时间盯着镜子中的脸,感觉有些陌生,他对自己长的这副皮囊有一些失望。色泽灰暗的脸,这几年似乎苍老得很快,有什么东西从他的面孔后面撤走了,不声不响,年轻就像水渍阴干。邹树想起了刚搬到这儿来的时候,每当百合站在洗漱池边化淡妆,他就会走过去,用手围住百合的腰,把下巴靠在百合的颈窝,从镜子中看两人靠得很近的脸。

洗漱、吃早餐、收拾东西出门,邹树觉得有些神思恍惚,像是一个木偶,被无形的手操纵着。下了楼,走出单元楼的铁门,站在潮湿的步行道上,邹树突然怀疑自己没有关好屋子的门。犹豫了片刻,他像是与自己赌气一样,放弃了重回屋子检查的打算。此时,雨基本上已经停了,抬头仰望天空,薄云间已经露出些许蓝。邹树从小区穿过时,他能感觉到那些赶着去上班的人脸上洋溢着淡淡的笑意,就像是昨晚下的雨带来了好运,心情像一朵干燥的木耳一样,被发开了。前往小区大门的时候,邹树发现步行道旁的花台里,栀子花已经绽放,白色的花朵散发出清新的气息。

邹树记不清了,前一段时间,他在一本杂志上看到一则消息,说是人的意念也是一种能量。车祸的事,邹树能不去想就尽量不去想。这天早晨他去医院上班的时候,没有开自己的沃尔沃去。百合死后,邹树用一部分保险赔付金给自己重新买了辆新车。他认为,这个牌子的车是所有轿车里安全性能最好的。

有几位熟悉的人开车从小区出来,把车停在邹树的身边,问邹医生要不要搭顺风车,都被邹树礼貌地拒绝了。他决定步行去上班。早晨清凉的空气,有利于他一个人静静地想一些问题。

丹城是个不大的城市,但每天早晨上班的时候,还是会陷入阶段性的拥堵,有几个中学生骑着山地车从远处迤逦而来,速度不慢,好几次,邹树觉得他们就要撞到人了,可就在两个身体贴近的瞬间,他们又会巧妙地闪开,身手灵活,像有意卖弄绝技的魔术师。邹树目睹他们从眼前飞奔而过,没有人坐在座椅上,都是用力踩着踏板,左右摇晃着身子。

有那么短暂的几分钟,邹树什么也听不到了,这个世界像是一个巨大的哑剧舞台,一张张嘴张开又闭合,人们行走的动作仿佛也因此变得缓慢,车辆悄无声息地在大街上穿行,像是一些巨大的甲虫。邹树抬起头来眺望天空,夏天的确来了,云不再是混沌的一片,而是一块一块,彼此之间有明显的界线,有的地方,云朵之上还是云朵。而蔚蓝的天空,则缩成深邃的井底,不时被飘浮的云朵遮盖。

曾经,邹树是丹城医院被许多人看好的医生,他给人们留下的印象总是品行端正、医术精湛,但这一切都因为核桃事件的败露和一次手术事故彻底改变。他是有一段心神不定的日子,恍惚、灵魂出窍,但也不至于把手术钳缝合在病人的体内。

路边的一些商店已经开门营业,一个年轻女子背对着大街,站在"小胡鸭"的门口,正在把打包好的小胡鸭放到塑料袋里。一个中年男人,牵着一个七八岁男孩的手,他的背上背着儿子的书包,这一幕突然让邹树的鼻子一酸。一辆公交车从身边的街道上驶了过来，带来了一股能把衣服下摆掀起来的气流，巨大的轮胎在湿地上留下了明显的车辙印。

有一滴冷雨掉在邹树脸上。不是从天空降落的，而是梧桐树上落下的水滴。不管怎么说，漫长的雨季已经开始了，接下来，潮湿的空气、雷声、闪电、泥泞的街道、新鲜的蔬菜、伞……这些暗示雨季的东西将充斥着邹树的眼睛，仿佛是他遗留在罪案现场的东西，时时刻刻提醒着他曾经的恶意、幻想和渴望，这让他感到一阵窒息。

顺着这条街道望出去，无数的人向他走来，更多的是人们远去的背影。从街口两排房屋中的豁口看出去，远山清晰可见。百合走了两年多，现在已经消失在云层的黑暗里。此时的邹树，突然怀念起与百合在一起的日子，简单、安宁、静水流深。

默默计算了一下时间，百合死的那年，邹树才三十岁，如果他再活五十年，每一年有一半的时间是雨季，那样算上去的话，这一生中雨季的时间会长达二十五年。

二十五年。比无期徒刑改为二十年有期徒刑的时间，还要长。

第三个夜晚

三把刀

"尤其是在静寂的夜里,他的磨刀声会拐弯,像泛着寒光的水流那样,沿着城中村里宽窄不一的巷道流淌,让人不寒而栗。"

刘文明

从记事起,刘文明就害怕大个头的蛾子。双翅上的一对间隔很宽的圆形图案有如两只眼睛,配上像蚕一样的蛾身,很像一张诡异的脸。生母去世那年夏天,他在她床榻前坐至半夜。阵雨降落前格外闷热,他仿佛置身于村外用红砖修筑的烟叶烤房。一个灯泡悬垂在屋子正中的木梁下,上面有薄薄的尘垢,模糊的光亮照着生母苍白的脸,让刘文明感觉有什么东西正从她身上流走,这令他想起山下那条河流,想起大水退去之后,渐渐裸露出来的岸边泥地与浅滩。这时,一只小孩手掌般大的蛾子突然闯进来,围着昏暗的灯泡盲目绕行,好像那灯泡是一个发光的线轴。刘文明心生寒意,从床头抓起蒲扇,但被气若游丝的生母阻止。在生母看来,不期而至的蛾子是她某位业已过世的亲人,现在充当信使,来通知她上路。"你不要怨恨妈妈,小明!"生母双眼像两口黑暗的枯井,一丝微弱光亮在井底闪现了一下。刘文明知道生母是在说将他寄养的事,他握住生母柔软而冰凉的手,看见皮肤透明的手背上,长出了蝴蝶样的暗褐色花纹。

这天一早，刘文明打开房门，借着屋里的灯光，看见一只蛾子躺在门外地上，一丝不祥的感觉袭上心头，生母离世的那个夜晚再度被他想起。他蹲下来一边仔细观看蛾子，一边搜索大脑中的记忆。刚刚过去的这个夜晚，他似乎听见有人轻叩房门，想起身查看，但这个念头迅速被海水一样卷来的睡意淹没。

楼道灯泡坏了，一直没来得及更换。而那道暗红色的防盗门关上后，屋子里的光线无法渗漏出来，蛾子趋光，照理说这儿不应该有它的尸体。刘文明站起身来，借助屋里的灯光仔细查看房门，发现上面有几处留下零星的花粉，是这只蛾子撞向防盗门时留下的。躺在水泥地上的蛾子，羽翅残破，是什么让它在昨天夜里一次次扑向房门？刘文明打了个寒噤，他折回屋，翻出一个半透明的塑料打包盒，把那只蛾子的尸体小心地装进去，放进楼下的垃圾桶。

田素芬夜里没回来，轮到她值夜班。即使不值夜班，她也常常找理由住在单位，两人已经有段时间没住在一起了，彼此渐行渐远，如同大雾中的船离开堤岸，码头上送行的人看见船舷边的人影变得模糊，却无力挽留。骑电动车穿行在丹城时，刘文明不时会怀念起两人亲密的日子。曾经，田素芬在北市区的餐馆打工，晚上回来会给他带餐馆卖的早点，有时候是一笼包子，有时候是一盒煎饺，她还曾带过一个棒槌样的面包，说是餐馆新来的师傅烤制的法式面包。自从在餐厅打过工，她不仅知道要吃早餐，还知道要吃得有营养。

但现在，刘文明的早餐有一顿没一顿的。这天早晨，他在城中村入口的包子铺买了笼核桃大小的包子，狼吞虎咽地吞下，这才留意到天空中铺陈开去的灿烂朝霞。此刻，太阳正在巨大的红色帷幕后缓缓升起，他的目光越过眼前的建筑，眺望东边，觉得田素芬工作的宾馆就在那片彩霞下。

从城中村狭窄的巷子出来，是东西走向的宽阔街道，早高峰刚过，大街重新变得有序。道路两侧延伸到尽头的建筑，此时沐浴在金色的阳光里。工人上班，学生上学，店铺开门营业，这座城市像一台巨大而复杂的机器，再一次开始按部就班地运转。六七年前，他和田素芬离开滇东北僻远的山村，来到陌生的丹城，一度晕头转向，不知所措。现在，他知道怎样在这座城市骑行，知道怎样在斑马线前停下，知道用什么口吻与那些表情严肃的保安套近乎，知道酒店是用来睡觉的，而酒吧才是用来喝酒的，他还知道怎样沿右边骑行可以绕开许多红灯……

作为这座城市里的送外卖的小哥，刘文明动了在这座城市按揭买房的念头，并将省吃俭用的钱存了定期，期待早一点攒够首付的钱。他幻想买房之后，接下来买车，然后开一家餐馆，自己做老板……有时候，他会放任自己的梦想由一棵野草长成一棵大树。

因为那只蛾子，刘文明上午心神不宁。骑车穿行在丹城的街巷，他不时回忆起刚刚过去的夜晚他做的那个怪梦。那似乎是丹城的某处，周遭是拆得一片狼藉的城中村，残破的墙上有一个个血红的"拆"字，还有几个用黑色记号笔写下的电话号码。他梦到有无数幢水泥楼撑破地表，在他身边拔节生长，越长越大。灰黑色的水泥建筑像一些身形巨大的怪兽，上面密布黑色小孔，令他恐惧。他还回忆起自己在梦中，好像置身一个巨大漏斗的底部，孤单、无助、身不由己。

这天上午，借送外卖的空隙，刘文明去城西看了一个楼盘。他原计划下午抽空去理个发，然后早一点回家，洗澡，换掉穿了一个星期的美团外褂。如果田素芬愿意，他还想约她晚上去吃清汤鹅，算是给她补过生日。自从看到老杭给他的视频，两人已经冷战了一段时间。现在，刘文明决定单方面求和。

刘文明看的楼盘位置偏远，在三环外面。通向楼盘的道路两侧，人行道铺上了铁灰色的水泥方砖，每隔十来米就有一个准备栽种行道树的浅坑，就像音乐的节奏匀称而固定。之前，刘文明从喧嚣的城里出来，感觉像是季节从热烈的秋天滑向了冷寂的冬天，这附近的空旷让他感到有些孤单。生活中有些事无法诉说，最近一段时间，与田素芬的冷战让他感到有些窒息。

看完楼盘出来，刘文明站在冷清的马路上，遥望郊外零星的树木，以及远处落寞、孤寂、了无生气的村庄，他想起了入赘前的那年除夕，想起吃过年饭，他离开大伯家，独自一人回到村外磨坊的那个夜晚。

记忆中，天空漆黑一团，远处不时有密集的鞭炮声传来，气温在零摄氏度以下，村庄道路结了冰。他在那座村庄生活了十五年。刚记事，就被父母过继给没有子嗣的大伯，从此就像一只被砸飞的陀螺，偏离了原本运行的轨道。也许是那段被过继的经历让他顺从而叛逆、恐惧而无畏、自卑又自负，像一只在洞口打量外面世界的土拨鼠，呆萌的脸上会突然亮出一对锋利的牙。小学四年级，续弦的大伯生了一个儿子，家里的关系立即变得微妙。亲生父母那边不亲，大伯这边，新婶子总把他当外人，客气中有种冷漠。十九岁那年，夹缝中的刘文明入赘在二十里以外的田家，一晃，已经十来年了。

自从来到这座城市，他就幻想能够留下来。最近，每到新建的小区送外卖，他都会打听楼房的价格。这天上午，他来看的小区位置偏僻、价格低，七八幢二三十层的高楼在三环外的菜地里拔地而起，隔一条灰白色的过境高架桥与城市相望。但即使是这样的小区，刘文明抬头看着高高的楼顶，心想送外卖的盒子，不知道要向上垒多高才能攒够首付的钱。

曾经，他也信心满满，省吃俭用，每天辛苦工作。他想买的房子面积可以不大，但要有三房，到时把女儿和儿子接来，他和田素芬住一间，姐弟俩各住一间。他想象未来某一天，儿子田学军和女儿田学丽能够像这座城市里的孩子那样，一早穿着镶白边的藏青色校服，结伴去读书。想起这个温馨的画面，刘文明感觉生活还是有奔头的……何况，余庆就是活生生的榜样。听老杭讲过，余庆当初只身来到丹城，一无所有，可如今他不但有家拆迁公司，还有半座宾馆。就是田素芬工作的金星宾馆，那是幢白色的建筑，有一百多间客房，余庆有一半的产权。

老杭电话打来时已近中午，早晨的满天朝霞已被乌黑的浓云替代。远处的天，厚厚的云层正被撕裂，闪电发出短暂的白光。刘文明停下电动车，将脚支撑在地上，接通了电话。

"见到葛青山了，进了布草间，"也不知道是因为激动还是紧张，电话那头的老杭声音有些结巴，"赶、赶快来，晚了抓不到现行！"

这是刘文明盼望的电话，又是他害怕的电话。骑车往金星宾馆方向赶，他的脑子里又浮现出田素芬扭曲的脸：眼睛微闭，眉头轻皱，分不清她究竟是痛苦还是享乐。从老杭那儿看到这段视频，刘文明才得知田素芬在外有了私情。男的叫葛青山，老杭说是混社会的，他答应等葛青山再来找田素芬时就告诉刘文明。想到田素芬给自己戴了绿帽子，刘文明备受煎熬，他委屈、痛苦、愤懑，同时伴随一丝好奇和刺激……心里就像煮了盆沸腾的杂锅菜。

此时，他恨不得长一双翅膀，立即飞到金星宾馆。

老　杭

早晨，老杭整个人还深陷在那个电视画面里。半夜醒来，他没能再入睡，打开电视搜索频道，有个台在重播《海湾战争》，他看见一只海鸟坠落在满是原油的海面，翅膀沾满油污，身子往下陷落，只留下带喙的头无助地左右摇摆。老杭觉得自己就像那只海鸟，正在进行无望的挣扎。

临近中午，他坐在值班室刷手机，突然听见有刺耳的喇叭声传来。窗子外面，桑塔纳轿车里的葛青山把手伸出车窗打了个响指，诡异地笑了笑，算是打了招呼。老杭阴沉着脸，呼吸突然变得有些急促。

车场里，葛青山打开车门，一只黄色的泰迪犬跳下来，往宾馆大堂方向跑，老杭的心提了起来，他预感这天中午会是一个特殊的中午。值班室墙上，悬挂着九宫格监控，不一会儿，灰白色的视频里，葛青山从电梯口出来，走向楼道左侧的布草间，而他的泰迪犬阿黄，已经跑到布草间门口，伸出右前爪轻轻拍门。老杭按捺住内心的激动，低头拨通了刘文明的电话，他清晰地听见自己的呼吸声。

挂了电话之后，强烈的焦灼感袭上老杭心头，就像童年时父亲带他到海边，涨潮时，他牵着父亲的手站在沙滩上，看见海水爬上来，淹没脚背，浸到小腿、膝盖、小腹直至胸腔，父子俩好像被一种无形的东西控制了。现在，他焦急地眺望着宾馆外面的街道，期待刘文明能够早点赶到。

中午时分的街道像煮沸的稀粥，汽车行驶的声音、电动车的喇叭声、商店里传出的音乐声以及行人嗡嗡的交谈声让老杭心神不宁。葛青山消失在布草间没几分钟，可老杭觉得他进去已经好久了。时间有时会变成可长可短的橡皮筋，就像多年前的某个清晨，他还在轴承厂上班，早上睡过了头，他打开卫生间的水龙头，双手捧一把水潦草地抹一把脸，甚至来不及漱口，抓起母亲放在蒸锅里的馒头便冲出家门。吹箫巷外有个公交站，停靠在那儿的九路车可以直接开到轴承厂，可是每当他急着赶路时，他等的公交车都迟迟不见影子。

老杭不时瞄一眼墙上的挂钟，他咬紧牙齿，左右颧骨的斜下端隆起两块坚硬的肌肉。高架桥、穿城而过的铁轨、斑马线、红灯绿灯变换的十字路口、汽车缓慢行驶的街道……他想象刘文明在丹城大街飞快骑行的情景，幻想那个被戴绿帽的男人赶到后，气势汹汹地跳下电动车，从车后外卖箱里抽出一把尺余长的锋利刮刀，发疯一般冲进宾馆，抢到三楼，一脚踢开布草间的门，然后将锋利的刀刃插向葛青山裸露的脊背。一下、两下、三下……老杭似乎握住了一把锋利的刮刀，他想象鲜血从葛青山的背部喷出来，他的嘴里隐约弥漫着一股令人窒息的血腥味。

雷声从远处传来。老杭望着窗外天空，乌云正向西天汇集，空气中有股潮湿的水腥味。他想起了葛青山那张瘦削的脸，心里既恐惧又仇恨。短短两年，因为葛青山，老杭从"钻石王老五"变成个丢了房子还欠下十多万外债的穷光蛋。一想起自己的房子像鸽子一样飞走，老杭就想抽自己两个嘴巴。他盯住监控屏幕里布草间的门，杀人的念头像从船上抛下来的铁锚，死死抓住水底的岩石。

先是葛青山诱惑他把钱存进小额信贷公司。"百分之二十四的年利啊！"坐在麻将桌边的葛青山心不在焉地说。他给老杭的印象是不在乎输赢，从容、处变不惊，稳坐钓鱼台。一切都因为他所说的，投五十万在小额信贷公司，每个月光利息就有一万块钱。老杭经不住诱惑，把自己多年攒下的十多万块钱投了进去。

怎么可能是骗局呢？老杭想不通。小额信贷公司在绿湖边，寸土寸金的地段，门脸豪华，从台阶到墙体，全是赭红色的大理石贴面。走进门厅，迎面是一艘放在桌台上的帆船，罩在巨大的玻璃罩里。船体在屋顶射灯的照耀下金光闪烁，看上去像是用黄金打造。屋子里的财富气息让他感到自卑，他想从里面抽身出逃，可是双腿不听使唤。

那天，老杭花了一个小时才办完手续。他在一本合同上签完字，还用拇指涂印泥，按在自己名字上。事后回想起来，他在签字时感觉就不好，像是在签卖身契。不过与后来贷款签字相比，前者只是签卖身契，后者则是签不会赢的生死状。

想到贷款，老杭感到窒息，铅灰色的天空好像有块浸透污水的湿布覆盖过来。这天，打电话给刘文明之后，老杭故意在桌子上放上一把铁黑色的三角刮刀，期待着那个老婆与人私通的男人能够一眼看见。此前他曾经用拇指试过刀口，锋利、冰凉，刀锋会因角度变化而闪过一丝难以捕捉的光影。

刘文明骑车冲进宾馆的瞬间，老杭偏头看了看墙上的监控，谢天谢地，葛青山还没出来。有一抹微笑从老杭僵硬的脸上一闪而逝，他预感一出好戏开演了。

余 庆

  时隔多年,余庆忘记第一次是在什么场合见到的葛青山。时间像一块肮脏的抹布,经过它的擦拭,原本清晰的记忆变得模糊不清。真正留下印象是三四年前,那时余庆在搞拆迁,拿到一个工程,在城西北的佐龙溪边。占地五十多亩的丹城皮革二厂破产后,废弃的厂房被城市投资公司看中,要在原有的土地上建个城市综合体,有那么两个月,那座倒闭的工厂是余庆每天必到的工地。

  停产两年,工厂已是破败不堪,厂区到处长着杂草,夏天的雨水积在低洼处,干涸后青苔的痕迹清晰可见,外来植物紫茎泽兰甚至霸道地长上行政楼的台阶。余庆记得,法院派人来揭厂房封条那天,有如一个尘封已久的秘密被打开,他在散发着芒硝味的车间里看到许多陌生机器,凑近看,有液压裁断机、高头缝纫机、缝纫包边机、打包机……昔日忙碌的机器停止运转,赭褐色的铁锈像花一样从灰蓝色的油漆下破土而出,地上丢弃着一些刀具和色泽黯淡的皮革边角料,好像某一天,有人一声令下,工人们慌乱撤离,之后再也没人返回这里。

  拆除的速度很快,仅仅一个多月,那座工厂就只剩个骨架,人声鼎沸的情景成为历史。挖掘机在瓦砾上发出轰鸣声,排气管冒出浓烟,巨大的铲斗像拳头那样有力地伸出,红色砖墙往前扑倒,弥漫起一团烟尘。有时候,余庆喜欢凑近挖掘机,他觉得油烟里有种奇怪的香味。那段时间,余庆的拆迁公司就是一块移动的橡皮擦，它经过的地方，就会有建筑物消失。联想起自己离开坛城后一路改头换面，一路擦除留下的痕迹，余庆觉得他干拆迁这行，像是命中注定。

行政楼最后拆除。站在顶楼的临时办公室，余庆看见一座工厂在钢铁机械的吞噬下渐渐消失，既充实又感伤。那天下午，他在窗边俯瞰楼下时，葛青山摸进来，站在他身后咳了一声。余庆吓了一跳，回过头，看到一张似曾相识的脸。

"好久不见了，余、余总！"葛青山满脸笑意。

余庆皱了皱眉头，他没有想起来这人是谁。

"我原来是许总的司机。"葛青山坐在门边破旧的皮沙发上，跷起二郎腿，掏出烟，扔了一支给余庆。香烟在空中划了道弧线，落在余庆的办公桌上，滚了几圈，停在他泡普洱茶的飘逸杯旁。余庆把烟卷拿起来看了看，是新出品的"重九"。

"许总的司机不是陆师？"余庆有些困惑。

"我在陆师之前！"葛青山从沙发上站起来，打燃火机，要给余庆点烟。

"不抽，戒了！"余庆摇摇头。

"余总的身份证还是我去办理的呢！"葛青山突然把身子倾斜过来，诡异地朝余庆笑了笑，目光让余庆起了一身鸡皮疙瘩。

"我姓葛，葛根的葛，葛青山！想起来了吧？"来人又说。

余庆警惕地摇了摇头。

"贵人多忘事！"葛青山脸上的肌肉跳了一下，他咧开了嘴，露着一排被卷烟熏黑的牙齿说。

那天葛青山找来，是想向余庆借两万块钱，当然遭到了余庆的拒绝。葛青山轻描淡写地说："余总手里不方便就算了！"声音听上去夹带着威胁。临走时，他从衣袋里掏出张名片递过来说："如果余总手头宽裕了，还是希望能够帮这个忙！"

余庆接过名片，顺手丢在桌上。他没有起身相送。等葛青山的背影从楼道里消失，他才把桌上的名片拿起来看，一看发现那不是名片，而是一张写有户名、银行账户、开户行、身份证号和电话号码的白色卡片。

余庆没有多想，愤怒地把那张卡片撕成两半，扔在地上。

那天下午，余庆独自在办公室里坐到黄昏。下班后的工地静寂得可怕，暮色笼罩过来，窗外的建筑亮起点点灯火。余庆坐在办公桌后的黑皮转椅里想了很多。离开办公室前，他弯腰在地上捡起被他撕成两半的白色卡片。

从那次开始，葛青山陆续从余庆这儿借走的钱，加起来已有好几万。可余庆没有想到这一次，葛青山开口就说要借二十万。

刘文明

远方传来隆隆的雷声，仿佛一些大小不一的石头在天街上滚过。街景暗淡下来，如同暮色降临的黄昏。刘文明身下的电动车像条惊慌失措的鱼，穿行在巨石般移动的车流和水草间。急停、突拐、左晃右让，引得非机动车道的骑行者纷纷避让。在这座城市送了几年外卖，他对每条大街甚至每条巷道都了若指掌，不用思考，下意识就能规划出最便捷的线路。

　　一路上，视频中的刺激画面总是浮现在大脑里。这段时间，有空的时候，他会悄悄把老杭发来的视频调出来看。最先出现的画面是间陌生的屋子，没有音乐，凌乱的床铺上有两个纠缠在一起的男女。男人裸露的背上有模糊的文身，他低伏着，仿佛想躲避什么。那个男人从背后看上去像个低头摇橹的船夫。女人的脸被遮住，只从男人身体两侧露出两条白皙的小腿，以及脚趾上翘的脚掌。突然，男人鳄鱼一样扬起头，挺直身子，继而委顿下来，将头伏在女人的颈窝。女人的脸从男人肩头暴露出来，清晰、具体，是田素芬。看上去她仿佛在忍受某种痛苦，又像在享受令人眩晕的快乐。

　　这段视频刘文明看过多遍，每次都看得心里发堵，好像那儿坠着一块冰冷的铁块，让身体里的某处传来尖锐的疼痛。这些日子，他幻想过无数种办法来收拾给他戴绿帽的男人。幻想过用铜炮枪，将煮熟、尿液浸泡过的晒干的糯米粒射进那个男人的背部，想象那些干透了的糯米粒在男人皮肤下受潮、膨胀、引发炎症。每颗糯米粒要取出来，都得用小刀剜下一团肉来，想象那个男人撕心裂肺地号叫，刘文明艰难地笑了笑，脸上有种令人毛骨悚然的寒意。

　　这天，刘文明赶往金星宾馆的路上，身体像是被什么东西焚烧着一样。路上，他接到过老杭的两个电话，均是催促。离宾馆还有一百多米远，看见老杭焦急地站在值班室门外张望，他将电动车的把手扭到底,加速冲了过来。

看见刘文明,老杭兴奋地说:"快到布草间,抓他们现形!"

"嗷,我去他妈的!"刘文明将车丢在一边,冲进值班室,愤怒地寻找着什么。他对门边桌子上一把半尺多长的刮刀视而不见,而是从墙上取下一根电警棍,冲了出去。

他先是奔到大堂电梯门口看了眼按钮上端,发现两部电梯都正在上行。他等不及,折向身边的楼梯,三步并作两步冲上去。在三楼,他一边跑一边查看房门。来到了布草间门前,他侧耳倾听,里面有动静。他倒退两步,犹豫了一下,猛地发力上前,抬腿一脚踢开房门。

屋子里,葛青山坐在床上扣着衬衫,田素芬则趴着,身子耸动,像是在哭泣。

刘文明冲到葛青山面前,举起警棍,两排牙咬得死死的,眼睛里满是杀气。

一道黄色的闪电突然射过来,是葛青山养的泰迪犬,它对着刘文明咆哮,露出两颗尖利的白牙。

"阿黄!"葛青山呵斥了泰迪犬一声,故作从容,好像根本没有把刘文明放在眼里,仿佛这间屋子里没有其他的男人。

刘文明犹豫了。他闯进门时看见那个男人的胸前有一条巨蟒张着血盆大口,正吐着红红的信子。刘文明意识到,这个男人是黑道上的,这个意识占据他大脑后,他的愤怒因隐约的恐惧而消减。此时,田素芬已经慌乱地套上衣裤,她满脸羞红,低头冲出了屋子。

直到老杭赶来，刘文明才将警棍砸下去，但砸的不是葛青山而是床头的铁管，一声脆响。反弹的力量过大，警棍从刘文明的手中挣脱，飞在老杭的脚边。此时，葛青山已经穿好衣服，他极为不屑地望了刘文明一眼，弯腰抱起脚边狂吠的泰迪犬，抚摸着它的头，大摇大摆地离开了布草间。

屋子里出现短暂的静寂。片刻后，刘文明蹲下身，双手扯着自己的头发，将头夹在胳膊里，发出撕心裂肺的叫声。

那天中午，刘文明不知在布草间坐了多久，他突然喜欢这种安静，喜欢周围没有人，甚至喜欢这个世界只剩下自己。他摸了摸裤袋，迫切想抽支烟，脑子里像混浊的海水得到净化，渐渐澄明。六年前的夏天，他带着田素芬来到这座城市，决心要在这里扎下根来。他一直为此努力，房子首付就要攒够，余下的钱按揭。他觉得为这个目标，什么苦都能吃，什么屈辱都能咽下。男人嘛，他想起几年前在如意巷，他把朝他狂吠的一只野狗踢飞，立即有一个肥硕的女人奔了过来，披头散发地与他抓扯，说踢伤了她的爱犬，拳头大的狗，让他赔了一千块钱。从此以后，他在这座城市小心谨慎，碰到真正被人遗弃的野狗都绕道而行。

可他知道自己以前不是这样的。当年在老家鱼洞镇，他也曾经一个人与县城的几个小混混打过恶架。

那是十八岁那年的夏天，天气酷热，他从镇卫生所体检出来，在街上碰到三个衣着时髦的青年。等他站在房檐下乘凉时，田素芬正走在用青石镶嵌的街道上。见到亭亭玉立的姑娘,几个县城青年立即将目光投过去,尤其是那个斜眼,扭过脖子来对同伙眨了两下眼,返身跟了上去。那时的田素芬像一株蓬勃生长的玉米秧,干净得不含一丝杂质,散发着植物成长的清香。当她被三个小混混拦住纠缠时,英雄救美的一幕随即拉开。

刘文明在镇上读完初中,熟悉小镇上仅有的两条大街和无数旁逸斜出的小巷,也能在这个小镇不时见到一两张熟悉的面孔,清楚镇上的人都讨厌县城青年,这让他信心满满。真正打起来,刘文明才发现他自小干农活积蓄起来的力气,远非几个养尊处优的县城少爷可比。以一敌三,刘文明不落下风,当那三个人狼狈跑掉后,刘文明站在街中央,威风凛凛,内心充满豪情。

英雄救美的下午,刘文明把田素芬送回家。返回时,天黑了,月亮照着静默的山冈,路边的稻田正在抽穗,有只萤火虫在他的前面飞,尾部的光一闪一闪。原本充满蛙鸣的稻田,在他经过时,所有的青蛙都噤声,屏气凝神,等他走过之后,才又开始合唱。

因为大伯和婶子不愿出聘礼,两年后,刘文明去田素芬家做了上门女婿。转眼,他们结婚都十来年了。

老 杭

看见葛青山大摇大摆地离去,老杭特别沮丧,对留在布草间的刘文明也失望至极。电梯间外面,透过右侧的玻璃窗,葛青山驾驶着桑塔纳驶出了宾馆的大门。此刻，老杭要是扛着一支火箭筒，他会毫不犹豫对着那辆桑塔纳来上一炮。

天空飘起豆大的雨点，老杭冒雨回到值班室。他想起几年前的一天，那时他刚到金星宾馆上班，见到有人开着一款老式桑塔纳轿车进来，挂的是丹城牌照，后面三个数字是"712"，那是老杭的生日，所以他看过一遍就记住了。那一天，桑塔纳进宾馆的门禁后停在路边，那人在车里叫了他一声，老杭看到一个头发梳得一丝不苟的脑袋从车窗里伸出来。

"你是？"老杭一脸疑惑，眼前这个男人他没想起来。

"五一小学，记得不？在长春路！"

这时，一只黄色泰迪犬的脑袋也从车窗里伸出来，叫了两声。

老杭茫然地点着头，大脑里迅速搜索，车里这个男人他真记不起是谁了。

"葛青山，还没想起来？小学毕业那年，我们几个同学约了去爬长虫山。"

这事老杭有印象。小学毕业后，同学们去了不同的中学，老杭说了几个小学同学的名字，葛青山有的记得，有的记不住了。

老杭离开值班室，来到桑塔纳旁，伸手接过葛青山递过来的烟，两人共同回忆起小学时的一些往事。告别时，葛青山告诉老杭，他与宾馆的余总是老朋友，还说以后要请余总多多关照老杭。

除了麻将，老杭这辈子没什么爱好。曾经，老杭上衣兜里随时有几张麻将牌，既为锻炼技艺，又为过麻将瘾，还为活动手指关节，原理与旋转健身球相同。时间一长，他的拇指和食指只要一搭上麻将张子，花色就会顺着手臂传递上来，清晰得就像是用X光机透视一样。有人见过他表演非凡的技艺，将十三张麻将牌一股脑儿放进口袋，摸一张，打一张，速度一点不慢，说和了，大家睁大眼睛，看他把口袋里的牌一一掏出来码放好，竟没有丝毫差错。

但老杭的牌技只用于表演，真要上牌桌，输多赢少，就像把阿拉伯数字写得漂亮的人，未必都是数学高手。葛青山认为老杭输牌是因为鼻尖有颗米粒大的痣。"老鼠屎啊！"葛青山很有把握地说，"打牌怎么会不输？"

"平时我也不怎么打，"老杭解释说，"就只打打娱乐麻将，输赢不大。"

"但你一手绝技可惜了！"葛青山说，"相书上说鼻梁有痣的人没有赌命！你要是去把那颗痣取了，我敢肯定，凭你的麻技，找不到对手！"

取了鼻梁上的痣，葛青山便带老杭四处打麻将，他不打，他只押注，也就是说老杭赢他赢，老杭输他输，他对老杭牌技的无条件信赖，让老杭很有成就感，也很感激，两人的友谊迅速升温。离奇的是，鼻梁上的痣取掉后，老杭果真连战连捷，手气好得不得了，他根本没想过这会是一个陷阱。

那天晚上手气就没顺过。越打越输，越输越打，天快亮时，老杭输光卡里的两万块钱，为回本，借了两万块高利贷，也输了，还让葛青山也输了几万块钱。此后，老杭的劫难开始了，他从一个陷阱跌入另外一个陷阱。这个四十多岁的保安没有想到，一年多时间，他两万元的贷款倒腾几次手后，会变成几十万。莫名其妙的违约金，找另外的贷款公司应急，他拆东墙补西墙，慌不择路，投进小额信贷公司里的钱也因老板跑路打了水漂，到最后，他的房子被抵押不说，还欠人家十多万块钱，每隔几天就有人来要账，老杭后悔得要命，寻死的心都有了。

后来，老杭隐约听人说，葛青山其实是借贷公司的托，这才明白他之前牌桌上赢的钱都是别人做的钓饵。

第一次被他们"敷面膜"，是老杭付不出钱之后。那天，几个身份不明的人把老杭堵在吹箫巷里，为首的长相彪悍，理了个"天菩萨"的发型，手里拿着一瓶矿泉水，不时扭开瓶盖喝上一口。那几个人打人很有经验，老杭没有伤筋动骨，但吃了不少苦头。末了，有两个人把老杭摁在墙上，其中一个抓住老杭的头发往后拽，老杭被迫抬起头来仰望天空。那是个静寂的夜晚，残月斜挂在屋顶上空，老杭余光看见"天菩萨"从怀里掏出一块手帕，覆盖在他脸上，手帕上有淡淡的腥味。他不知道这个男人想干什么。

等"天菩萨"把矿泉水往他的脸上倒，老杭才意识到不对。潮湿的手帕像一块冰冷的皮肤长在老杭脸上，他呼吸困难，挣扎、扭动身体，试图摆脱控制，却被人用膝头重重地顶了一下腹部。疼痛扩散开来，仿佛一颗深水炸弹在肚子里爆炸。继而，窒息感排山倒海而来，让他觉得每一根血管都快要爆裂。吸不进空气，他难受极了，近乎疯狂地摆动头部，但那块湿手帕无法甩掉。恍惚中，好像有个黑巨人迈着沉重的步伐，从他的心脏顺着喉管走了出来，"咚，咚，咚"，每一步都有巨大的回音……

"杀人偿命，欠债还钱！""天菩萨"凑了过来，伸手把湿手巾揭开。

"我真借不到钱了。"老杭半晌才说。

"这我可管不着！""天菩萨"在老杭耳边说，"我要的是还款，还款，还款！"

"我不差你钱，你们设局……"老杭的话还没有说完，"天菩萨"又把湿手帕盖在他脸上。老杭绝望地睁大眼睛，鼻子里发出一阵"呜里哇啦"的声音，他感觉好像天一下黑了，乌云像黑色石块一样垮塌下来。

之前，老杭没有听说过这种惩罚。实在是太难受了，不是完全不能呼吸。吸进去的氧是那样少，少到活着就是为了清晰地体会这种不能呼吸的痛苦。几番下来，老杭屈服了，借着天空里模糊的月光，他在一张张模糊的合同书上签下自己歪歪扭扭的名字。

余 庆

偶尔，余庆会去福寿巷杜敏店里坐一坐。余庆刚到丹城不久便认识了她，有一次，余庆途经一条狭窄街巷时，看见有道门的右边挂着块木牌，上书"手工毛衣"。他停下看了看，注意到那是一道奇怪的门，比一般的门高，要上几级台阶。很快余庆反应过来，那道门是用窗户改造的。

当时，余庆正在逛身后的竹器店。店里挂着各式各样的竹编物品，除了竹桌竹茶几外，还有竹编的各种椅子。空间有限，店主把一些大件竹器放在屋外人行道上，包括一张漆成金黄色的摇椅。编竹器的人利用不倒翁原理，将竹椅的脚设计成圆弧形，坐在上面的人能借助自身重量不停地摇来晃去。那个下午，余庆的身体埋在摇椅里，犹豫要不要请对面门里那个女人给自己织一件毛衣。

在坛城的时候，余庆身份证上的名字叫许志刚。至今，他钱夹里仍然插着那张身份证照片。黑白照，小平头，瓜子脸，眉毛浓密，嘴唇因面对镜头不适而紧紧闭合。那是张青春、帅气、无忧无虑的脸。他记得，那是自己满十六岁，去派出所办身份证前照的。

照相那天，气温寒凉，他穿件深色夹克，里面是灰色的高领毛衣，是母亲在余庆进高中那年冬天为他织的。许多年后，他还记得母亲织毛衣的样子。阳光下，母亲坐在靠窗的藤椅上，戴着眼镜，手中两根银白色毛衣针灵活跃动。那时，高领毛衣很时尚，余庆在照相馆里正襟危坐，觉得自己一夜之间长大成人。离开坛城这些年，偶尔，余庆会在夜深人静的时候，把这张照片翻出来看。照片上的人目光清澈，一脸稚嫩，与今天的余庆判若两人。

杜敏的手工毛衣店唤醒余庆尘封的记忆。后来的一天，等他再次从福寿巷经过时，他走上了台阶。门脸上方悬垂着一根拇指粗的竹竿，上面挂着五六件织好的毛衣样品，余庆在门那儿仰头看着那些颜色不一的漂亮成品，说想织件高领毛衣，灰色的。余庆从钱夹里掏出自己珍藏的照片，指着身上的那件毛衣给女人看。手织毛衣是技术活。杜敏说，即便是加班加点，织一件高领毛衣也要一个星期。说这话时，她端详着余庆的照片，时间长得让余庆有些紧张。

"我看你照片上是什么花纹，"女人说，"不同的花纹用线多少不一样。"

余庆站在店门外与女人聊了一会儿天，女人手中还有一件尚未完工的活，她说余庆的毛衣得三天后才能开织，还对余庆说要把照片留在她那儿。

女人目测了余庆的身高，又张开手量了量余庆手臂和上身的长度，之后，还伸手抚摸了余庆的两个肩头、腋下和腰，就像她的手是两把特殊的尺子。那一瞬间，余庆想起多年前在坛城，母亲给他织毛衣时也是用手当尺子在他身上量了又量。余庆也不清楚，他后来对杜敏有种天然的亲近，是不是就始于她那双手抚摸他的那个瞬间？

那天下午，余庆离开福寿巷时感觉有点怪怪的，好像他把什么东西留在那儿了。不仅仅是照片。这些年，他仓促地从一座城市辗转到另外一座城市，见过太多惊慌失措的人，从来没有见到一个女人像替他织毛衣的杜敏那样，在纷乱的城市中安静地守着一间四五平方米的铺子。此后，无论是他去拿毛衣，还是后来天气凉下来，他穿着女人替他织的毛衣经过福寿巷，他都会到女人的铺子去坐一坐。

余庆想，什么时候他要穿上女人织的毛衣去照张相，再办身份证时用得上。

余庆的确不知道，他如今用的身份证是许雷让葛青山办的。认识许雷，是余庆到丹城的第二年。有一天，他照着《丹城晚报》的招聘信息来到明达公司。老板许雷亲自面试，在看了余庆递过来的身份证和伪造的材料，他嘴唇咧开，露出意味深长的笑容。那时，丹城大规模的城市改造刚刚开始，有太多城中村、倒闭工厂和老旧小区等待拆除。这是桩刀口上讨营生的事，同行的竞争与拆迁户的对抗，有时需要像余庆这样来路不明的人来解决一些事情。

后来的事情证明许雷没看走眼。在拆吴家营时，有几户人家抵死不搬，许雷到现场协调时，一块水泥预制板突然从高空坠落。那时的余庆对突如其来的危险非常敏感，他用力推开许雷，自己闪到一旁。事后许雷说，他倒在地上时，看到那块预制板就砸在他刚才站的地方。

吴家营的拆迁让许雷获利不少。工程结束后，明达公司在重庆老灶火锅搞团建，酒酣耳热之际，许雷当众宣布让余庆做他的助理。那天晚上余庆破例喝醉了,失忆,怎么也想不起来是怎样回到住处的,只记得从老灶火锅店出来,又去了许雷的办公室,喝他的大树普洱茶。

直到当月工资打在卡上,余庆才发现许雷给他涨了不少薪水,他到许雷的办公室道谢,许雷伸出手来揽住他的肩膀,亲热地说:"本家兄弟嘛,不客气!"

听到许雷叫他本家兄弟,余庆脑子嗡的一声。他不知道那天酒醉之后对许雷说了些什么,不好问,只是暗自给自己提了个醒,从此不再喝酒,滴酒不沾,哪怕是许雷让他喝,他也想方设法推辞。

重新办身份证是许雷提出来的。去拍照时,余庆特地穿上杜敏织的毛衣。新办了身份证,他成了丹城人,名字也变成了余庆。他不喜欢有人知道他的秘密,哪怕这个秘密小到只是伪造一个身份,也让他觉得像是脱光衣服让人看到他的隐私。他很感激许雷不打听他的往事,那个年纪和他差不多的老板聪明绝顶,接过余庆的身份证看了看,满意地笑了,从此称呼他"老余"。

余庆做了许雷的助理,除了晚上睡觉,白天两人形影不离。一次,余庆开车送许雷去城建局办事。车上,许雷谈到他从报纸上看到的一则消息,说有人吃草鱼胆明目,结果导致肾坏死。余庆便说他有一个舅舅,就是肾衰竭走的,先是血透,后来找到了匹配的肾源,换上去后却产生了强烈的排斥反应。

"患了这种病,生不如死!"许雷感慨地说。他告诉余庆,以后他死的时候,希望能够死得干脆利落。一语成谶,余庆后来想，如果许雷知道两个月后上帝满足了他的这个愿望，他当时还会不会说得如此平静？

那是余庆应聘到明达公司的第三年，许雷约了几位客户去法院运动中心打羽毛球，累了，到场边的条凳上坐着休息，就再也没有醒来。

是心肌梗死。许雷死得干脆。他突然离去，让老婆魏惠不知所措。幸好是余庆帮她妥善料理了许雷的后事。葬礼那天，余庆站在许雷的墓前，眺望山下的丹湖，既失落又轻松。毕竟许雷待他如兄弟。但想到随着许雷的死，他酒醉后吐露的秘密已被烧成灰，埋进身后的水泥石匣里，他又感到轻松。直到几年后，葛青山找上门来，余庆才发现事情并没有他以为的那样简单。

刘文明

那天中午，他最后究竟是怎样离开布草间的，刘文明大脑一片模糊。他只记得离开金星宾馆时，天空下起了大雨，世界混沌一片，马路上许多汽车开着双闪灯。像是要惩罚自己一样，刘文明没有找地方躲雨，而是骑着电动车冒雨回家。电动车摔了一次后，车头老是向左偏，他得扭着身子才能骑行，这引得许多站在街边躲雨的人好奇地望着他。自行车道上只有他一个人冒雨骑行，雨水从额头流下来，眼前模糊不清，他得不时用衣袖揩一揩眼睛。

回到出租屋，他把潮湿的衣裤脱下丢在地上，用毛巾擦了擦头，光着身子钻进了被窝。窗外，雨水密集降落的声音传来，带来潮湿的气息。屋里光线昏暗，刘文明的目光望着地上那堆衣裤，把它想象成一座逶迤的大山，有一瞬间，他觉得自己是只蚂蚁就好了，随便爬进任何一条墙缝，都是最好的藏身之所。

刘文明感觉身体疲惫不堪却又无法入睡，回忆起当年与田素芬到丹城打工的情景。最初他们是在月亭卸货，那儿有丹城最大的粮食转运站，一条铁路穿过低矮的丘陵，每天源源不断地运来大米。汽车得把月亭卸下来的米运到两公里外的仓库，扛大包的人就在这两公里做手脚，他们总有办法从每一袋米里偷出一点来，积少成多。刘文明不行，不是笨，而是心理素质太差，也不愿意做。这样，扛了两个月的大包之后，他在城北一家物流公司找了份接货员的工作，田素芬则去了一家餐馆打工，两人上班的地方相距不远，早晨便一起乘坐公交车上班。工作虽说辛苦，可比起干农活来，毕竟要轻松些，收入也高得多。

刘文明盯着天花板，脑子里乱极了，他不知道该怎么处理田素芬出轨的事。回忆来丹城这几年的生活，刘文明心里清楚，公交车上发生的那桩事，像一个楔子一样，死死地卡在了他与田素芬之间。

丹城的公交，有早晚的高峰期。上班的人和学生挤在一起，让小偷有机可乘。但田素芬始终保持警惕。那天，就在眼前，她看到有只手，从另外一个人的腋下伸出，悄悄顺走刘文明衣袋里的手机,而她男人却浑然不觉。"小偷!"田素芬当即大叫起来,双眼牢牢锁定身旁一个理着平头的龅牙。

见是个操着外地口音的乡下女人,龅牙挑衅般望着田素芬,小眼睛里有凌厉的光。这个年头,面对这样的事,出头的人很少。男人们都不吭声,一个女人不识时务地站出来,对龅牙的盗窃进行指认,这惹恼了他。龅牙大叫起来,高高举起双手,大叫冤枉,要田素芬搜身。"搜不出来咋个整?"龅牙的舌头像是短了半截,说话笨拙,吐字含混。"如果搜不出手机,"他用手指着田素芬说,"你哪只眼看见我偷的手机,我就把你哪只眼剜出来!"

田素芬气得满脸通红,抬起头望着刘文明,希望他为她出头,可刘文明紧张地摇头,意思是说不要吭声。

"就是,也不能随便冤枉好人!"龅牙身边有人帮腔。

"就是你!"田素芬不退让,"我看见是你偷了他的手机!"

"哎嘿,"龅牙用眼睛盯住了刘文明,厉声问,"有人说我拿了你的手机?"

"对不起,对不起!"刘文明想息事宁人,用手拉了拉试图争辩的田素芬。

龅牙却得理不饶人:"你婆娘?"

"我老婆!"刘文明哈了哈腰,一脸的谄媚。

"你要管好你婆娘的嘴,"龅牙警告说,一边斜着眼望着田素芬,"以后再血口喷人,小心老子割了你的舌头!"

也就是从那天上午开始,两人一有争执,田素芬就嘲笑刘文明不像个男人。

这一天,田素芬很晚才回家,两口子为中午的事争吵了半宿。田素芬记忆的仓库码放整齐,打理得比刘文明好得多。她把跟刘文明来丹城后所受的委屈一一细数,还抱怨招了一个憨包做丈夫。一开始刘文明还能反驳,后来只能哑口无言。本是刘文明追究田素芬出轨的事,后来变成田素芬对刘文明的控诉,好像招刘文明上门让她倒了天大的霉。

提起葛青山,田素芬一点也不回避与他的奸情。"他就是比你像个男人!"田素芬丝毫也不顾虑她的话像盐一样,撒在刘文明的伤口上。

争吵中,公交车上的那桩事被再度提起。刘文明记得,从那以后,两人再没有早上结伴去上过班。后来他送起了外卖,而田素芬也从那家餐馆辞职,去了一家足浴店打工,并在那儿结识了葛青山。

"我在足浴店被两个陕西人欺负,"田素芬声嘶力竭地说,"告诉你你只会叫我忍气吞声,可葛青山愿意为我去拼命!"

刘文明不想有人知道他们夫妻的争吵,嘀咕着说:"我要不是想着家里有两个孩子……"

"哼!"田素芬的鼻子喷着冷气。

"中午的时候,老子真该把警棍砸在那个杂种的脑袋上!"

"你要真砸了,我还看得起你!"田素芬喘着粗气说。

"下次再碰到,你看我砸不砸!"刘文明发狠说。

"到时候,不知道是你砸了人家,还是人家砸了你!"田素芬哭了,"我怎么嫁了个憨包男人!"

争吵持续到深夜,从布草间的现场捉奸,吵到田素芬与葛青山的视频,刘文明情绪渐渐失控,他举起拳头想打田素芬,田素芬却毫无畏惧地迎了上来。

"你打,你今天要是不打你就不是男人!"

但刘文明的拳头没有砸在田素芬身上,而是砸在自己脑袋上。屋顶的白炽灯一直亮着,惨白,散发着一种令人不安的光。田素芬冷冷地望着刘文明,目光中的鄙视让刘文明伤心欲绝。

老 杭

老杭知道自己掉进陷阱,却又无力爬出来。有时他想,要命的话,拿去就是了,不要这样折磨他。可贷款给老杭的公司不要他的命,他们更喜欢将老杭当成铁笼里囚禁的黑熊,养着的目的是不停地取胆汁。他们拿走了老杭的工资卡,还逼他到处借钱,借不到钱便给他敷一次"面膜",让老杭生不如死。

后来,对方让老杭把吹箫巷的房子抵押给他们,老杭拒绝了,于是他们把老杭请去商谈。那天,当老杭走进那间奇怪的办公室,立即有种不祥的预感。十几平方米的屋子,里面什么东西都没有,唯有一把粗壮结实的褐黄色木质靠椅。还有就是,窗子外面安装了防盗铁栏,每隔五厘米就有一根拇指粗的钢筋。老杭不明白,这间空空荡荡的屋子,究竟有什么东西值得偷？

没过多久，屋外进来几个穿黑色西服的彪形大汉，他们沉默寡言，将老杭粗鲁地按在那把木质靠椅上。老杭意识到又要被"敷面膜"，他害怕得全身发抖，求饶，许诺去借钱，那几个大汉却不为所动。

这一次，他们对老杭加了码。老杭反应过来，窗棂上的钢条不是防盗，而是防他想不通一头从窗口扎下。这次给老杭"敷面膜"的是一个体格更为强壮的疤脸。用的还是手巾，上面沾着许多辣椒粉。疤脸还当着老杭的面，将尿撒进手中的矿泉水瓶里。等浸泡尿液的手帕覆盖在老杭脸上时，他才知道这有多难受。拼命呼吸进去的空气里，有许多细小的刀刃，顺着他的鼻孔、喉管蹿到肺里，把那儿搅得血肉模糊。强烈的咳嗽愿望被憋住，就像火山的岩浆遭遇阻碍，变得更有爆发力，他感觉五脏六腑要变成炮弹射出来。眼看老杭要憋死了，疤脸把手帕揭开，让他喘上几口气。

"还是把房子抵押了吧！"疤脸凑近老杭说。老杭才稍犹豫，疤脸立即又把手帕给老杭敷上。疤脸比"天菩萨"还歹毒，他把矿泉水瓶举在老杭额头上，不时淋下几滴尿液，好像下面是一棵等待浇灌的花。一颗颗水底炸弹在老杭的身体里爆炸开来，弹片夹杂着血肉四处溅开。突然，那毁灭一切的爆炸像是远去了，风和日丽，水净沙明。这一天，老杭被折磨得休克过去。

不知过了多久，老杭醒来，他躺在屋子角落，喉咙、口腔像是被火灼伤，疼痛得要命，好像此前他吞下了一块通红的火炭。

脸上的手帕揭掉了，中午吃的饺子在他昏迷时从胃里呕吐出来，他的脸就压在那摊秽物上。有什么东西围着他的脸嗅来嗅去，他吃力地睁开眼，看见一只黄色泰迪犬，就什么都明白了。

老杭报过警。这么明显的欺诈，怎么会是经济纠纷？他后来找过律师，律师翻看他带去的合同书，同情地望着老杭说："你中的是套路贷！这种官司你要打，还真不一定打得赢！"

"那我怎么办？要房不给，要命有一条！"

"你要是真死了，"律师叹了口气，"按照合同，你欠的债务还得还，房子还是保不住！"

走投无路的老杭，最终丢掉了自己视为性命的房子。

搬家前夜，老杭很晚才回到吹箫巷。他在这个巷子生活了四十年。坐在路口的花坛上，能看到一条安静的巷道通向深处，通向一个让他感觉温暖和柔软的地方。巷道的尽头，拐弯的空地上有一棵槐花树。春天，一场春雨便能催开树上所有的花朵，他似乎又闻到那股略带甜味的清香。有一瞬间，他觉得自己好像回到了过去，回到十多年前的一段幸福时光里。那时，他下班后会去幼儿园接女儿朵朵，五岁的小姑娘顽皮得要命，下了公交车走到这个巷口就怎么都不愿意走路了。"爸爸，爸爸，你蹲下来！"她半是命令半是撒娇的声音像蜜汁一样，老杭无法抗拒，只要蹲下身子，女儿便会爬上来，骑在他的肩膀上，两只手扯着他左右耳朵，一紧双腿，叫声"驾"。许多年过去了，他似乎又看见女儿脚上的一双红皮鞋在他胸前晃荡。老杭抬头望着森蓝的夜空,眼泪流了下来。

他很后悔那天要吃什么米线。妻子说她下班以后去菜市场买,顺便接朵朵。他更后悔之前妻子自行车前面的菜篮螺丝掉了,他没及时安装好,而是任凭妻子用一根绳子绑住。一定是悬挂着米线的自行车龙头左右摇摆,撞在搬家公司小型货车的尾部,母女俩摔了出去,朵朵的身子卷进尾随在货车后面的一辆吉普车下。老杭觉得从那时起,他的人生就被扳到一条岔路上去了。

搬离吹箫巷,老杭在豆腐营租了一间房子,搬来的东西,除了床和被子,都没有拆开,全部打包放在屋子一侧。他租住的房子很小,好在有一个阳台,如果不是房主就是上一任住户,把阳台改造成了一间窄窄的厨房,靠窗沿的地方有一块紧靠水池的长条形水泥台。马牙石混合水泥浇铸而成的平台,上面可以放砧板、菜篮和锅碗。

有一样东西老杭离开吹箫巷时就没打包,带过来后直接放在窗边的木桌上,他躺在床上一偏头就能看到。那是一家四口的合影,朵朵刚进幼儿园,身上穿了件胸前绣了两只小鸭子的红色套衫,被妻子抱在怀里与母亲并排坐着,他站在她们身后,左右手扶着身前两个女人的肩头。放大的彩色照片镶嵌在一个尺余长、半尺多宽的木质相框里。

搬到豆腐营的那天晚上,老杭无法入睡,脑子格外清醒。他回忆自己这一生,回忆童年时的快乐时光,回忆自己曾经爱恋过的女人，回忆严厉的父亲和慈爱的母亲，回忆在车祸中丧生的妻子和女儿。他觉得自己好像一直生活在一个漫长的冬天，萧瑟、暗淡、令人沮丧。考大学名落孙山，父亲好不容易托人把他弄进工厂，工厂便不景气了，除了朵朵的出生给他带来短暂的幸福，他一生中倒霉的事似乎一直如影随形。下岗，再就业，再下岗。妻子与朵朵死后，他做了以前不屑一顾的保安，还被人下套，把父母留下的房子弄丢了……他越想越绝望。

悔恨、自责，半夜时，老杭翻身从床上下来，跪在桌子前，低着头忏悔。桌上的相框里，他最珍视的几个亲人正望着他。他把房子弄丢了，让她们无家可归，只好跟他来到这个嘈杂的城中村，可她们没有责怪他，脸上是一如既往的微笑。这宽厚的微笑，让老杭心如刀绞。

余　庆

有一天，葛青山在与余庆通电话时，脱口叫了一声"许总"。随即，葛青山纠正了自己的错误，改叫"余总"。不祥像阴云一样从余庆的心上飘过，他弄不清楚葛青山是错把他当许雷叫了一声，还是知道他以前的名字。

在改为余庆之前，他曾用过许多假名，几乎新到一个地方，他就会换一个名字。那些假名，简单易记、普通，不容易引起别人注意。这是当年他与师父分手时，师父特别嘱咐的。

余庆庆幸自己在开始逃亡时就碰上师父。那年秋天，他从西安火车站出来，茫然不知所措。后来在东八路和尚勤路的交叉口，他看到一群人围在一起。当时，师父正在路边的人行道上，用塑料布铺了个地摊，在那儿卖艺。余庆看他用报纸包了十元钱，众目睽睽之下，等再打开报纸，十块钱变成了百元大钞。还有更神奇的，师父摆放在地上的三张扑克，任凭你的眼睛死死盯牢，总是会在翻开后，变成不同的花色和点数。那天下午，师父以教学为幌子，骗走了余庆身上仅剩的五十元钱。傍晚收摊，围观的人散去，师父将道具放在一个手提包里，离开时发现一位脏兮兮的年轻人跟了上来。

一开始师父对他很排斥，但余庆不给他多事，默默地背着行李跟着师父走村串寨，余庆跟着他去了河北、河南、山西、江西、福建……不只是省会城市，有时也会去地级市甚至一些偏远的县城。一路走，一路卖艺，没有预定的目的地。余庆是个勤快人，每到一地，不用师父过多吩咐，他就会帮师父把摊子摆好，知道师父接下来要说许多话，会口干舌燥，又从随身带的热水瓶里给师父把茶沏好，等黄昏来临，两人准备离开，余庆又主动把摊子收拾了，手脚麻利。

师父收留余庆，让他跟随自己，但直到两人分开，他也不承认是余庆的师父，说是不想以后有挂碍。相处的那段日子，碰到雨天，无法出去卖艺，师父便传授余庆一些纯手法魔术，比如手里的纸牌一晃就消失得无影无踪，然后从嘴里给变出来；或者，让包在纸巾里的硬币消失不见，却又能够从耳朵后面挖出来；甚至他还教余庆用鼻子一吸，让近尺长的筷子一下进入鼻中……

从师父身上，余庆不仅学到用来谋生的小魔术，更重要的是他活学活用，举一反三，利用魔术原理来与警方周旋。制造假象，故布疑阵，转移视线，这些年来，他行踪飘忽，难以捉摸，名字也一换再换，就像一张扑克牌在师父的手上，需要变成什么花色就变成什么花色，需要是几点就是几点。

但是现在，因为葛青山，余庆心里不再踏实。

心神不宁的时候，余庆会去杜敏那儿待一会儿。算起来，两人已经交往了好几年。第一次是什么时候？应该是许雷去世的第二年春节，除夕前一天，余庆意外收到杜敏发来的微信，说他如果没地方过年，可以去她那儿。余庆犹豫一下就答应了。之前，他们常在微信上聊天，彼此互有好感。

除夕的头晚，余庆没怎么睡好，想到这年的除夕不再是一个人过，他隐隐有一些兴奋。第二天，他特地穿上杜敏织的那件高领毛衣。自从离开坛城，这么多年来，除了在山西的一个煤矿与人一起过了半个除夕，合家欢聚的时候，余庆都是独自一人面对这个喧嚣的世界。

除夕的下午，街道上行人稀少，空气比往常澄净许多。步行去杜敏家时，余庆经过体育馆外的路口，看见城市北面东西向绵延的蛇山，灰白色的山体在阳光朗照下格外清晰，距离似乎比往常近了许多。那一天，余庆有一种"下班回家"的错觉。他才意识到，自己骨子里其实向往着踏实安稳的生活。那天下午，城里许多商铺提前关了，不时有鞭炮声遥远地传来，带给余庆异样的温暖。

余庆还能够记得，当走进杜敏家时，闻到了一股熟悉而又亲切的味道，那是薰衣草沐浴露的味道。高中毕业那年，他与几个同学去坛城的远郊，看见了大片紫色的薰衣草。此后一段时间，他的记忆中一直弥漫着那种植物淡淡的香味。

杜敏的房子不大，两室一厅，砖混结构，屋内布置得干净而简洁。过节的菜杜敏已经准备好，不需要余庆再下厨，余庆就靠在厨房门边与杜敏聊天。那时，他的丹城话说得还不顺溜，舌头好像真是短了半截，杜敏不得不时常停下来纠正他。"'干吗'叫'整哪样'，'讨厌'叫'槽奈'，'糊涂'叫'颠东'……"余庆古怪的发音，常常让杜敏忍不住发笑。

刘文明

这一年丹城雨水特别多，入夜后又下起来，他和田素芬租住的房子在三楼，面北，隔着一条几米宽的巷道，对面有一排六七层楼高的自建房，这让他的屋子一年四季都晒不到太阳，阴冷、潮湿，一个人睡在里面常常做噩梦。刘文明醒来后睡不着，身旁，女人蜷曲着身子，孤单地背对着他，一点声音也没有，甚至听不见她的呼吸。

捉奸的事情过去了几周，两人都不再提及。刘文明侧着身子，望着窗口垂挂的窗帘。刚刚过去的这个白天，刘文明闯了个大祸，现在回想起来还心有余悸。当时，住在金康园的一位客户在丹城饭店点了一份蒸河蟹，要求刘文明路上的时间不能超过二十分钟。于是接了外卖后，他骑着电动车拼命地赶，在人群和车流中快速穿梭，结果"咣"的一声，撞上了一辆杏黄色的汽车。

像是被霜冻住了一样，大祸临头的感觉像电流一样穿过他的身体。刘文明从地上爬了起来，感到膝盖那儿火辣辣地疼，他来不及查看自己的伤，也来不及查看电动车破损的外壳，而是上前查看被他撞上的轿车。他伸出手去擦了擦车身上的那块撞痕，不严重，他感到一丝侥幸，松了一口气。

女人从车上下来，气势汹汹："你知不知道你撞的是什么车？"

刘文明抬起头望着女人，他摇了摇头，他的确不知道撞的是什么车。

"宾利，你妈的！"女人嘴里骂骂咧咧。

刘文明不敢还嘴，他像个犯错的孩子，半跪在车后，不停地用他的袖口擦车身上细小的凹痕，动作充满讨好的意味，脸上是犯了错乞求原谅的笑容，胆怯、隐忍、卑微。

"擦擦就完啦？你这个花子！"女人居高临下，眼睛里充满鄙夷。

来丹城五六年了，刘文明在这座城市看见过太多不屑的目光，但都没有这个女人的目光那么让他挫败。有一瞬间，他的大脑像是抱死了，他只知道用袖口不停地擦那块凹痕，直到那辆杏黄色的汽车突然从他的眼前移开。灰头土脸的刘文明站起身来,从地上扶起电动车,第一次对这座城市充满了仇恨。

但是这天的倒霉事情还没有结束。当刘文明赶到金康园,汗流浃背地敲开房门,点外卖的客户竟然以时间过长为由拒绝接收。刘文明辩解了几句,对方竟然"咣当"一声把门关上了。情绪低落的刘文明只得去电动车维修点换了外壳,把没有送出去的外卖带回家。在此之前,他没有吃过蒸河蟹,他相信田素芬也没有吃过。

下午刘文明窝在家里,他需要一点时间来舔一舔伤痕。屋子里了无生气,冷清清的,不像一个家。他们已经有一段时间没在家里做饭了,这段时间以来,两个人小心回避在一起。

刘文明在米桶里舀出米,淘洗后放进电饭煲,然后到附近的菜场买点蔬菜。他想让自己的生活恢复正常,幻想田素芬值完夜班早晨回家,给他带回金星宾馆白案师傅做的破酥包,现在想起来,那真是自己吃过的最好的包子。在菜市场,刘文明除买了藕、茄子、四季豆、瓜尖外,还用打包盒给田素芬带回了一碗豌豆凉粉,刘文明知道,这是田素芬的最爱。

路上,他回想起那个开豪车的女人望他的神情,回忆起她精致的五官、华丽的服饰以及色彩艳丽的豪车,心里充满悲凉,大脑里满是一些恶毒的想法。他幻想在一个杳无人迹的地方,只有他和那个高傲的女人,他会像猎狗围捕猎物那样,将她逼到一个死角。他想象那个女人在他面前浑身发抖,哀求,乞求他的原谅,这样的想象让他感到一丝快慰。

晚餐吃得沉默,但有默契。吃完晚饭,田素芬主动将桌上的碗筷收了,抬到屋外的水池边清洗。刘文明给自己泡了杯茶,水汽氤氲,他吹掉浮在水面的茶叶,噘起嘴来吸了一口,于熟悉的茶香中,重新感受生活分泌出的些微糖霜。屋外传来什么声音?刘文明凝神一听,是田素芬在呕吐。他冲出屋子,看见水池边的垃圾桶里,全是他中午没有送出去的外卖。没有想到河鲜会那么娇气,短短几个小时就变质了。田素芬弯着腰,喉咙里再次喷出不久前吃下的食物,刘文明伸手拍了拍她的后背,心中充满内疚。

夜里刘文明醒来,再次想起开豪车的女人居高临下的眼光,突然觉得睡在身旁的女人也挺可怜。他长叹了口气,发现这个让他戴了绿帽的女人,带给他的伤害,似乎还不如那位开豪车的年轻女子大。

老 杭

一大早,老杭接到余庆的电话,心里嘀咕,不知道余庆找他什么事。他在金星宾馆工作了五六年,余庆还没有接手这家宾馆他就来了。从轴承厂下岗后,他应聘了好几家单位,长的干上半年,短的就几星期。他就只会车工,车外圆、内圆和防尘盖,那个工作耗尽了他的青春和热情,使得他在干其他工作时总是无法全身心投入。后来,他接受街道的安排,来做一名不需要任何技能的保安。他与余庆没有任何私交，两人只是员工和老板的关系，唯一的交集是三年前的单位团建活动，在丹湖边的鱼庄，他们配对打过"双扣"。

一个单位，老板永远是员工谈论的话题。他们的婚姻、收入、爱好、长相、习惯，他们的前世与今生。无数关于他们的信息从四面八方汇聚，彼此重复、相互矛盾也相互印证，渐渐构成余庆一生模糊而粗陋的轮廓。他不是丹城人，尽管他能够说一口在外地人听起来无法区分的丹城口音，但老丹城人还是能够听出他发音中的不同。余庆让人感兴趣的是，怎样从一个打工仔成为今天丹城金星宾馆的总裁。每个人都希望可以参考和借鉴别人的励志故事。

葛青山曾经告诉老杭，说他与余庆是铁哥们儿，那口气，就像余庆对他唯命是从。老杭知道葛青山在吹牛，但田素芬到金星宾馆工作，的确是葛青山向余庆推荐的，这件事他问过田素芬。

余庆的办公室在顶楼的楼道尽头，是一个套间，门虚掩着。老杭敲了敲门，听见余庆的声音从里屋传了出来："进来！"

"余总您找我？"老杭轻脚轻手地走进余庆的办公室，站在里屋的门边问道。

余庆指了指他对面的沙发，示意老杭坐。老杭对着余庆弯了弯腰，迟疑着坐在沙发上，望着余庆，不知道老板找他有什么事情。

"听说有人来宾馆骚扰员工，"余庆说，"老杭，你作为保安，为什么不管啊？"

"主要是……"老杭犹豫着说，"葛青山说他与余总您是铁哥们儿！"

余庆不置可否，但对老杭说："你只要认真履行保安的职责就行，别管我与葛青山哥们儿不哥们儿！"

"他下次来我提醒他！"老杭说。

"有人告诉我，你们是同学？"余庆问道。

"是，小学的同学。"

"有人还告诉我说，你们两个联手打麻将，坑别人的钱？"

"怎么可能！"老杭急了，"葛青山是黑道上的，玩套路贷，挖坑给我跳！"

"可葛青山给我说的是，你会老千，玩假骗别人的钱！"余庆说。

"余总您有所不知，"老杭激动得从沙发上站了起来，"我是与葛青山一道出去打过麻将，可那是葛青山的圈套，他一开始让我赢钱，让我尝到甜头，等我后来输钱的时候，是他怂恿我找人贷款。我不知道是套路贷，只借了两万块钱，可变过去变过来，我赔了一套房子不说，钱还没还清，还差着十多万。"

"为什么不报警呢？"

"报啦，有合同，警察也没办法。"

"你怎么知道是葛青山给你下的套？"

"我有确切的证据，"老杭说，"再说上当的不止我一个人!有的人损失比我还惨,恨不得剥了他的皮。"

老杭的确有杀葛青山的想法。被疤脸用尿液"敷面膜"的那天,他被折磨得死去活来,在看到那只泰迪狗后他有了杀机。老杭想借刀杀人,他想利用田素芬与葛青山的奸情怂恿刘文明出手,但那个男人的表现让他失望到极点。

从吹箫巷搬到城中村,老杭的心情就像进入连绵的雨季,再也没有晴朗过。这儿嘈杂、拥挤、混乱、肮脏,空气中弥漫着一股泥土混合腐烂植物的腥臭味。老杭每次下班回来,都会望着桌子上的木质相框发呆,脑袋里有一群黑暗的鸟飞过来飞过去。他租住的城中村里有一家没有名字的五金铺,里面有铁匠打制的粗糙菜刀,铁灰色的菜刀沉重、阴冷。老杭买了两把回家,左右手各提一把,走在城中村的巷子里,瞬间有神挡杀神、佛挡杀佛的气势。

那一天,老杭回到租住的地方,心绪难平。他来到阳台,在窗边长条形的水泥台上浇上水,把菜刀抵在上面,伏下身子,幅度很大地磨起来。从那天起,他就没有停止过磨刀。有时候是上午磨,有时候是下午磨,有时候则是夜里磨。"哗,哗,哗。"刺耳的磨刀声传出一公里远,尤其是在静寂的夜里,他的磨刀声会拐弯,像泛着寒光的水流那样,沿着城中村里宽窄不一的巷道流淌,让人不寒而栗。

一天晚上,老杭打电话给刘文明,让他过来吃烧烤。最近一段时间，疤脸和"天菩萨"再也没来找过麻烦。

夜里十点多，刘文明骑着他的电动车赶来。他一早出去送外卖就没有回去过，中午的时候只在路边小店吃了盘炒饭，现在他的胃像是一只巨大的滴漏，正在一阵阵往外冒着酸水。老杭让摊主先给刘文明煮碗米线，看来他的确饿坏了，喉结不停地蠕动。米线端过来，刘文明也不客气，抽了双筷子，搅了一把米线，便把头伏在碗上。那一刻，老杭发现这个世界上还有比他更艰难的男人。他朝摊主招了招手："再来一碗！"刘文明难为情地笑了，推开空碗，将新端来的米线揽在面前，又将桌上的油辣椒舀了一大勺放进碗里，吃得满头大汗。

老杭扭开两瓶"小二"——二两一瓶的红星二锅头，烈酒——顺着桌面推了一瓶到刘文明的面前。"知不知道我为什么把你老婆和葛青山的视频给你看？"老杭提起他面前的酒瓶，倒了几滴在刚上桌的油炸花生米上，"嗞嗞嗞"的响声立即传来。刘文明捏着酒瓶，望着老杭摇了摇头。

"我想借刀杀人！"老杭望了一眼刘文明说，"没想到你小子是个胆小鬼！"

"杭哥，你是不是小瞧我？"

"是！你小子就是没有一点血性！"老杭用血红的眼睛瞪着刘文明说，"谁要是像葛青山那样欺负我老婆，我二话不说提刀上去就砍！"

"我也想，可是……"刘文明的声音弱了下去。

"你要是不敢杀葛青山，我来！"老杭的声音从牙缝中挤出。

那天晚上，趁着酒劲，老杭把葛青山玩套路贷坑他的事告诉了刘文明。"我不会放过他的！"老杭又说，仰头喝了一大口酒。

"只要杭哥领着我，我没有什么不敢的！"刘文明手里的酒瓶碰了过来，力量大得差点把老杭手里的酒瓶碰碎。

余　庆

隐约听见远处传来警笛的声音，微弱的鸣响预示着这是个不寻常的上午。余庆心里一紧，有种不祥的预感袭来。好些年了，他一直不能区分 120 救护车与警车的警笛有什么不同。刚离开坛城的那几年，每当听见尖利而婉转的警笛声，他都会觉得有警车朝自己奔来。

这天一早，他进办公室刚把茶泡上，桌上天蓝色的电话就响了，接起来一听，里面传来惊慌失措的声音，告诉他田素芬出事了。

"在哪儿？怎么回事？"

"在三楼的布草间！"

余庆一听，大脑里迅速浮现出葛青山的样子，他总觉得这事与葛青山有关。

有一些精瘦之人自带杀伐之气，葛青山就是这样的人。他已经不年轻，身上却没有这个年龄段的男人常有的赘肉，他每周进两次健身房，据说还是跆拳道黑带高手，只是从来没有见他展示过。他与田素芬的事余庆不是不知道，而是睁只眼闭只眼。刘文明来捉奸的事也有员工给他汇报过,他还真希望那个戴了绿帽的男人丧失理智,把葛青山给杀了。

三楼乱成一团,奔跑的人发出乱哄哄的声音,布草间外围了不少人,都是金星宾馆的员工,见余庆过来,自动闪开一条道。屋子里,圆形的白炽灯发出惨白的光,有两个身穿白大褂的人正弯腰忙碌,黄褐色的木质地板上能见到暗红色的血迹。有一股奇特的腥味钻进他的鼻孔,隐隐约约、难以捉摸却又清晰无比,这么多年来,这股奇特的腥味一直如影随形,从未远离。

这时,手中的电话响了起来,接通后,是送外卖的人说在他办公室门口。要他签收送来的虾饺。余庆挂断电话,抬头寻找老杭。他觉得老杭应该阻止那两个白大褂进入布草间。应该先报警,让警方先勘查现场。

田素芬的血流了不少。当那两个白大褂用床单将她包裹起来往外抬的时候,余庆看见床单上有血流下来。从布草间到电梯口,留下了一串血印。楼下,120救护车的车头闪着蓝颜色的光,刺耳的鸣叫让人心神不宁。

救护车离去后,宾馆重新安静下来。电梯口的右侧是窗子,从那儿居高临下,能够看到宾馆的大门、外面的街道以及街道那边一排巨大的桉树,再过去就是被桉树挡住视线的丹湖以及湖对岸阳光朗照的山体。

这天一大早起来,他围着小区人工湖走了一圈又一圈,他的脑袋里塞进太多的东西,需要边走边厘清。一直走了一万两千步,他才停下这几乎是自我折磨的行走,掏出手机来要了份外卖虾饺，让送到他的办公室。此时在他身旁，电梯门打开又合上，余庆感觉有一个人从电梯口出来后来到他的身后，他警觉起来，回过头，发现是个送外卖的小哥，询问后才知道这人并不是送虾饺的，而是田素芬的老公。

这天，120救护车刺耳的警报让余庆再次意识到自己是个逃犯。二十年了，他在坛城制造的那桩凶杀案已经淡出许多人的记忆，刊登案子的报纸已经发黄，上面的字迹模糊不清。但余庆知道有人与他一样，惦记着那桩案子，除了死者的亲人，还有当年发誓要将他缉拿归案的警官。

为了躲避警方的追捕，这些年来，他不停地改名换姓，做过许多工作。在到丹城之前，他频繁更换城市，从不在一个地方久留，直到被许雷收留。

即使是在丹城安定下来，余庆也不时会梦见自己逃亡。他梦见过自己不顾一切地钻进一个黑暗的隧道，哪怕是在睡梦中，他也能清晰感到脚下的碎石在延缓他逃亡的速度。身后，隧道尽头是顶部呈圆弧形的洞口，黑暗中唯一的光亮，看上去就像是在漆黑深夜悬挂在树杈上空的月亮，清冷、静寂，弥漫着凄清的白光。继续往隧道里行走，每一步，他都想努力踩在碎石中的铁轨上，光滑的铁轨，还没有鞋掌宽，人走在上面，过不了多久，就会摇摇晃晃。跳下来走铁轨中间的枕木，余庆感觉相当别扭。一步跨一根，窄了；跨两根，又宽了。隧道里空气潮湿，能听到有水滴从穹顶掉落下来的声音。越往里走，光线越发暗淡。身后的隧道洞口那儿，警察已经追过来，他们像几只黑色蝙蝠，行动敏捷而迅速。余庆想跑得快一些，但脚不听使唤，身子好像被魔法钉住，无论怎样挣扎，都还在原地。从噩梦中醒来，余庆在万籁俱寂的午夜，见到过最为冷清的月亮，也曾在孤独的夜晚，仔细倾听过雨滴敲打在地面的细碎声响。

偶尔，余庆会想起那个遥远的下午，他外出旅行回家，打开房门，听见母亲卧室传来奇怪的声响。他站在客厅那儿，侧耳倾听了一会儿，听见了母亲的哭泣和喘息。"不要，不要！"这两个字在身体的撞击声中清晰地浮现出来。余庆瞄见客厅餐桌上的那把水果刀，鲁莽地奔过去将它握在手中，冲动地推开母亲卧室的门，立即看见让他怒不可遏的一幕：卧室的床上，那个男人正光着身子骑在他母亲的身上，摇晃着身子，像站在甲板上的水手。听见身后有响动，男人满头大汗地转过身来，他睁大眼睛，张大嘴，亲眼看见一把闪耀着金属光芒的刀，像一条泛着银光的小蛇，轻巧地钻进他的身体里……

一切就这样不可挽回。此后逃亡的途中，他一直认定是那个男人纠缠着他母亲。直到认识杜敏以后，他才怀疑自己当年对母亲的保护或许正是对母亲的伤害。之前，他曾经在家中见到过那个男人，余庆记得，在父亲患病走掉以后，那个男人便不时出现在他的家里。尽管每次见到余庆，那个男人脸上总是一副讨好的笑容，但一点也没有减轻他心中的敌意。他问过，母亲总是说那个男人无聊，有家室，却来纠缠她，脸上也是厌恶的表情。

可从杜敏的脸上,他似乎获得了另外一种答案。当年,母亲从那个男人的身体下撑起身子来,红润的面孔上是一双惊愕的眼睛。杀人的那天下午,他与母亲一道把那个男人的尸体埋进后院废弃的水井,然后开始长达二十年的逃亡。

刘文明

发蒙的午后,刘文明坐在病床旁的黑色软椅上,大脑里的机械仿佛停止运转,有如电视突然黑屏,又如同将鼻尖顶在一面巨大的白墙上,视野里没有远方和未来。直到天边隐约传来雷声,直到大风吹拂街面,卷起的枯叶和尘土飘浮在空中,打开的窗户涌进潮水般的腥湿空气,屋子里的病床、天蓝色的隔帘、输液器械、墙体上的窗子以及天花板上的圆形玻璃灯罩,才渐次清晰起来。

田素芬躺在病床上,身上覆盖着白色的薄被,一动不动。偶尔,刘文明会从那把黑色软椅上站起来,俯视妻子,越看越觉得她陌生。他试图回忆起田素芬十六岁时的模样,灌浆的面孔在叶片下浮动,饱满、鲜活、生机盎然。而现在,她比刘文明为她打架时消瘦了很多,失血的面孔有种病态的白,额头上密布着细小的汗珠,让人想起冬天草地上夜晚降下的白霜。

医生说,如果晚送来十分钟人就悬了。出事的那天上午,接到老杭的电话时,他正好就在金星宾馆附近。等他赶到宾馆,田素芬已被送上120救护车。刘文明返身下楼，骑上电动车一路狂追，想着学军、学丽或许没妈了，刘文明悲从中来，将车骑得飞快，他顾不上红灯绿灯，跟随着救护车一同冲进了丹城医院。

三人间的病房，素昧平生的人在身旁忙碌，屋子里弥漫着一股奇特的味道，让刘文明有打喷嚏的冲动。仰起头来，他看见天花板上的椭圆形滑槽，垂落的挂钩吊着输液瓶，输液软管上的滴斗，药液正从上面的落口滴下，一滴，又一滴，最终消失在田素芬的身体里。有一会儿，他觉得滴下的不是药液，而是钱，是他们到丹城打工省吃俭用剩下的钱，一毛，两毛，他的心脏跟随药滴的节奏收缩，短短一个上午，就有上万块钱从他的手中像湿滑的泥鳅一样溜走，让他绝望。

回想几个小时前的茫然无助，如果不是余庆，刘文明不知道该怎么办。"家属签字！"身穿白大褂的医生像严肃的判官，令刘文明身不由己，他笨重地握住笔，在医生食指抵住的空格处颤抖着签下自己的名字和医生口述的文字。可是，当医生让刘文明去交两万块预付金时，他不知所措，身子重得无法挪动脚步。是余庆及时出现解了围，他揽住刘文明的肩膀说："预付金我替你刷了！剩下的医疗费，你去筹措！"

刘文明重重地点了点头，不知道说什么好，只觉得有股暖流流淌在心间，让他有流泪的冲动。

田素芬住的是妇产科病房，空气中有股隐约的奶腥味，这座城市有无数的新生婴儿从这儿出生，他们的命都比学军、学丽的要好。想起两个孩子，刘文明便觉得自己不是个称职的父亲。两个孩子出生时都没去医院，是乡村接生婆接的生。护理田素芬的间隙，他想起了那个脸颊通红、长得像冬瓜的接生婆。她整天马不停蹄，从一个村子到另外一个村子为人接生。据说，她只需要用眼睛瞄一眼孕妇的肚子，就知道里面怀的是男孩还是女孩。田素芬临产前，刘文明用摩托把她从镇上接来，有一截山路比较颠簸，她便把双手从刘文明的身后伸过来，毫无顾虑地扣在他的肚腹上，粗壮、结实、不可动摇。孩子出生时，刘文明像局外人，连烧水一类的活计都由岳母做了，他无所事事，坐在院子里的长条木凳上，听着田素芬的惨叫捅破窗户传了出来。

每次都是有惊无险。接生婆经验丰富，她会在接生时恶毒不堪的语言一直咒骂婴儿的父亲，以此来缓解产妇的痛苦。曾经，她的双手像一双有力的焊枪那样，牢牢抓住一位孕妇腾空的腹部，硬生生把一股奔涌而出的血流阻止在女人的血管里，将那位产后大出血的女人从死亡的悬崖拉了回来。

宫外孕大出血差点要了田素芬的命。此前，他从来没有听说过宫外孕，更没想到它会让人流那么多血。他想起老家那位产后大出血的女人，不知道接生婆面对田素芬这种情况会怎样处理。

"医生，什么是宫外孕？"趁着上卫生间路过护士站时，他小声问里面的一位护士,不想让田素芬听到。

"就是子宫外面怀孕啊!"一位嘴上有浓重汗毛的护士用古怪的眼神看着刘文明说,"就是受精卵没有着床在子宫里,而是种在了腹腔或者输卵管里!"

"哦。"刘文明一脸懵懂。

"你们这些男人,只图快活,也不做好防护措施!"

回到病房,刘文明掏出手机,在百度上查"宫外孕",越看越窝火、越坐不住。这幢大楼让他感到窒息,白色的大楼、白色的走廊、白色的房间和白色的床单,他觉得这个世界到处都是让他心烦意乱的白色。他站起来走到外面的走廊,脑袋里乱得不行。走过来又走过去,很想找支烟来咂上。他觉得自己倒霉透了,被人戴了绿帽,还不能够申辩。卵子受精的事他知道。没有性生活卵子就不会受精,而他已经有好几个月没有碰过田素芬的身子了。他清楚是葛青山造的孽,刘文明再次想起老杭发过来的那个视频,想起了葛青山赤裸的背部和田素芬的呻吟。那个杂种!刘文明痛恨自己那天的软弱,他想起了老杭值班室桌子上的那把刮刀,他后悔那天没有提着它去布草间,如果换成现在,刘文明觉得,他会毫不犹豫把刀插在葛青山的身上。

刘文明后来想,如果田素芬抢救不过来,凶手算不算葛青山呢?

自从几年前他没有在公交车上替田素芬出头,两人便出了问题。刘文明知道，从那时开始，田素芬对他的态度就变了，包括在床上。还隐约记得，那天晚上，他试图与田素芬亲热。换了以往，田素芬会热情回应。她本来就是一块肥沃的土地，从来不惜生长灿烂的花朵，尤其是在生下学军和学丽之后，她在这方面有了饱满的热情，不时还会主动撩拨刘文明。可那天晚上她的反应很反常，就像是被冷水泡软的面条，任凭刘文明摆弄，她不拒绝、不挣扎，也不配合。这种事情，剃头挑子一头热实在是太令人尴尬了，刘文明最后无聊地停下来。他拉亮电灯，问怎么了，田素芬不说话，只是冷冷地望着刘文明，眼睛里好像长出两把冰冷的刀子。

田素芬在丹城医院住了十来天，每天都有一沓钱被大风刮走，刘文明内心愤懑而又无处诉说。为了给田素芬治病，他不得不到银行，把原本准备付首付的定期存款取出。很快，他的积蓄就花得精光。

葛青山一直没有出现。刘文明觉得田素芬住院的钱应该由那个杂种来付才对，但这个时候那个杂种像乌龟一样躲了起来。偶尔，刘文明会从田素芬长长的叹息里听到她的失望与悲凉。刘文明知道，田素芬的心里盼望葛青山能够来看望一下她，毕竟因为他造的孽，她才到鬼门关前走了一遭。后来，她算是明白葛青山不会来看她了。田素芬凄婉一笑，仿佛从一个长梦中醒来。

田素芬住了两个星期的院，花光了两口子所有的钱，还没痊愈就被迫出院。从医院回到出租屋的那天夜里，田素芬在身后轻轻抱住了刘文明。"我们回去吧!"她小声地哀求。

"不,我要找那杂种算账!"刘文明咬牙切齿地说。

刘文明整夜都没能入睡,他想了很多事。他的梦想像大风里的烛火,晃动着就灭了,憧憬的生活被黑暗的湖水淹没,杀人的念头却像水草一样疯长起来。

老 杭

老杭决定要反抗了。他随身背了个黄色的帆布包,这种包在20世纪曾一度流行,包盖上方有一颗红色的五角星,下面有印刷的五个毛体字:"为人民服务!"没有人知道,老杭在包里藏了一把菜刀。

好像是知道老杭打定主意鱼死网破,葛青山不见了,让他吃够苦头的疤脸和"天菩萨"也消失了,甚至以前一直打电话催他还款的公司也好些日子没打来电话,这让老杭感到有些奇怪。

一天早晨,老杭去上班,穿过豆腐营的时候,看到有人提着油漆桶,站在一截围墙下刷着标语。傍晚下班回来,他在那面原本贴满开锁、办证、疏通下水道一类小广告的围墙上,看到了一则用红油漆写就的标语:"弘扬正气,维护稳定,坚决打赢扫黑除恶攻坚战!"

老杭搬到豆腐营已经一个多月,丹城一环内的城中村,租住着天南海北的人,从事什么职业的人都有。理发的、卖五金产品的、开小餐饮的、卤肉的、送外卖的、擦鞋的……当然也有从事皮肉生意的年轻女性。往城中村里走，老杭又发现好几条标语，巷道边的一幢建筑的二楼，挂着的是"积极检举揭发黑恶犯罪，警民联手促进社会和谐"红色布标，而另外一幢建筑裸露的侧墙上，从上到下写了八个大字："有'伞'必打，有恶必除！"老杭疑惑地走回租住的屋子，隐约感觉到有什么事情发生了。

腊八节的下午，老杭下班前，桌上的座机响了起来。乳白色的按键上方，是浅蓝色的来电显示屏。老杭把头伸过去，看见上面显示的电话号码，有些熟悉，但想不起是谁的，接起来才知道是辖区派出所打过来的，找的正是他。

"什么事？"老杭的口腔起了溃疡，火辣辣地疼。

"你来就知道啦！"电话那头是派出所警官不容分说的语气。

放下电话赶去派出所，一个年轻警官问了老杭一些问题，包括他的贷款和房屋抵押是怎么回事。老杭一一回答。最近几年，丹城莫名其妙丢失住房的远不止他一个人，几乎都是中了一个套路：借贷之后，先经过公证委托，然后制造违约，过户房产，暴力清户，卖房变现。原来，自从被葛青山确定为目标人物之后，他就面对一群看不见的对手，他们中除了做局的人，还有被收买的公证员以及沆瀣一气的律师，是扫黑除恶专项斗争，才让这些像影子一样的对手暴露出来。

在派出所里，老杭得到一个好消息，也得到了一个坏消息。

好消息是疤脸和"天菩萨"被当成是涉黑人员给抓了起来,坏消息是葛青山没抓到,人不知去向。

从派出所出来,天色已经变暗。回家的路上他上错了公交车。78路车在吹箫巷与人民路的交会地有一个站,他都不知道这一生在那个公交车站上下多少次了,所以下意识地上了车。等公交车开动起来,老杭才反应过来,他已经不住吹箫巷了。一阵悲伤袭来,老杭从车窗里往外望去,暮色中的城市毫无生机,大街两侧的行人急匆匆往家赶。才短短的二三十年时间,老杭从小生活的这座城市变得面目全非,记忆中那些熟悉的街道差不多都拆光了,只剩下了一些熟悉的地名。以来寺见不到寺庙,槐村林见不到槐树,得胜楼自然也见不到门楼。老杭意识到,没有了自己的住房,他在丹城其实与刘文明一样,是一个无根的异乡人。

这个傍晚,老杭像以前一样,在吹箫巷与人民路的交会口下了车,想象着妻女与母亲活着的时候他回家的情景。如果时间真能够倒流,他会好好地守着她们,不会沉迷于外出找人打麻将。天气有些阴冷,老杭将两只手伸进衣服口袋,裹紧身子迎着风往前走。他将两个拇指从四个指头的指端摩挲过来又摩挲过去,悔恨不已,幻想用一把斧头将他的手指头剁掉。

吹箫巷老杭曾经的房子面积不大,两室一厅,是父亲单位的房改房。原本也在市郊,但随着城市扩大,渐渐成了市中心。院子西南角,不知是谁种了棵蓝花楹,春天,满树开着淡紫色花朵，招摇、热烈，喇叭状的花朵悬垂，几乎没有叶片。老杭年轻的时候，总能够从那些蓬勃的花朵上嗅到情欲的气息。

走进吹箫巷，老杭觉得有人在暗中注视着他。他回过几次头，害怕碰到熟人。进了院子，他才意识到，注视他的人是早已去天国的父亲，父亲藏在越发暗淡的天空里，一声不吭，但老杭能够听到他责备的声音。父亲活着时是丹城物资公司的采购员，走南闯北，去过许多大城市，见识过各地不同的风俗，但也在频繁的出差中感染上了乙肝。老杭进入轴承厂工作不久，父亲的乙肝发展为肝硬化，最后活活被疼死，死前皮包骨头，一米七的人，四十公斤都不到。

如果不是葛青山，父亲留下来的房子不会丢，可那个杂种此时在哪儿呢？这是老杭最近急于想知道的问题。他想起两个月前的一天上午，他去总经理办公室，进门的时候恰好葛青山从里面出来，两人撞了个满怀。葛青山手中拿着的牛皮纸袋掉落在地上，有两沓钱从里面探出头来。当时，老杭凭直觉觉得那是余庆给葛青山的钱。

老杭过去的房子已住进了陌生人。站在院子里就能够看见，那套房子有人进行过简单的粉刷，换了客厅的顶灯，此时有橘黄色的灯光正从窗口流泻出来。回想在这儿生活的情景，尽管相隔的时间不长，老杭仍感觉恍若隔世。下午，他在派出所问过那位年轻的警官，得知葛青山即使被抓获，他的房子也未必能够要得回来，心中沮丧得要命。

余　庆

　　秘密怀揣在心里太久，需要找个人来倾吐，否则就会发霉，滋生出漫无边际的病菌。但余庆的秘密无法向人倾诉，就像是一块瘀血埋在身体里，让他心怀担忧，无法真正轻松和快乐起来。来丹城之前，余庆不知道自己在一个地方会住多久，也不知道下一站会是什么地方。一切都靠直觉，他逃亡的路线因此变得毫无逻辑和规律。如果将他这些年到过的地方用细线连接，那么在到达丹城之前，他的逃亡线路看上去会像一团乱麻。

　　凭借从师父那儿学来的手艺，余庆在逃亡的路上时沉时浮。有关他的线索在坛城警方看来，像一行在太阳下渐干的潮湿足迹，无法判断他接下来会逃往什么地方。这些年来，他好像无所不在，像一条湿滑的泥鳅，在追捕的警员手中钻来钻去，给对手留下满手的黏液，却又不知所终。

　　当年，与母亲一道将那人的尸体埋进废井后，母亲让他跑得越远越好。逃亡的路上，他不知道母亲最终会如何收拾因他莽撞留下的烂摊子。他想象死者家属到处寻找死者，想象坛城的大街小巷四处贴满寻人启事。让余庆没有想到的是，他刚逃出坛城没多久，有一张网就从四面八方罩了过来。在安康火车站告示栏上，他看到了自己的通缉令。

　　二十年的逃亡生涯，他小心而又清醒地掩盖这一秘密，像一只爱干净的猫用泥土掩盖自己的粪迹，从不与人谈及他的往昔。除了许雷。每当想起曾经的酒醉失忆，余庆就后悔不已。

他不知道自己酒醉后究竟与许雷说过些什么，但许雷曾有一次称呼他为"本家兄弟"，足以说明酒醉那一次，他对许雷暴露过自己的真实身份。余庆心怀担忧，希望自己的秘密腐烂在许雷那儿，直到许雷突发心肌梗死离世，他才悄悄松了口气。

时隔多年，余庆的外貌与当年判若两人。通缉令上的照片，与他工作证上的照片是同一张。昔日的少年蓄起长发，二十岁的年纪，正值玩个性的年代，他与几个同事组了一个乐队，队里的人不是光头就是长发。

偶尔，他会在夜晚的灯光下静静审视身份证和工作证上的照片，觉得照片上的人根本不是同一个。追逃网上的照片也是工作证上的那张，但并没有真正的照片那样清晰。有时候，余庆在看自己的照片时，越看越觉得陌生。余庆想，再过二十年，如果他冒险回坛城，哪怕从人民路走过，估计也不会有人认得他了。由于通缉令上的照片中他留的是长发，当年，他在逃离安康时，特意让理发师给他理了个寸头，这个发型就此再也没有变过。

葛青山被警方通缉，余庆真想给他传授逃亡的秘诀。他不希望这个男人被抓获。扫黑风暴来临，葛青山准备跑路，向余庆提出要二十万元，而且是现金。余庆很矛盾，拖延着没有办理，直到有一天葛青山给他发来一张照片，余庆看到后心里一惊，意识到麻烦了。

葛青山发来的照片，是余庆通缉令上的那张。

看来，自己的底细是被葛青山掌握了。余庆觉得，给葛青山凑二十万让他跑路，他真能够跑得无影无踪倒好。可余庆又觉得万一葛青山没跑脱，那二十万便会成为他的传票。记得当年跟随师父卖艺时，师父曾说过，进了监狱的人，不会为谁保守秘密。

如果不是葛青山提醒，余庆都快忘记自己原来姓许。来丹城这些年，他一直试图把过去忘掉，记忆的硬盘只储存在丹城的点点滴滴。他学丹城口音，了解丹城的历史文化，熟悉丹城周边的山势、大街的走向、标志性建筑的位置、穿城河的轨迹……不只是为了把自己掩藏起来，而且是他真喜欢上了这座与坛城完全不同的南方城市，喜欢这儿的气候，喜欢这儿一年四季花样百出的蔬菜和水果，喜欢这座城市每天有无数天南海北的游客涌入，他隐身其间，没有人对他的来历好奇。但现在，有人用一张照片，把余庆打回原形。

那一年，余庆从坛城逃亡，一个星期之后，警方在他们家的院子里挖出失踪者的尸体。面对警方的询问，余庆母亲承认了自己与死者的私情。母亲还对警方坦承，她就是杀死男人的凶手。拘留期间，她把自己的裤子撕成条后搓成绳，并用它吊死了自己。她天真地以为警方会因此放弃对儿子的追捕。

余庆这些年的逃亡，一定程度上是为了母亲。他觉得一旦被坛城警方抓获，母亲当年的自杀就变得毫无意义。但现在，他对自己当年仓皇出逃感到后悔。二十年的时光过去了，如今回过头来想，假使当年他不跑，母亲就不会自杀，而自己即便判了二十年刑期，现在也应该出来了。

这一天，余庆下班后没有回家，他把自己关在办公室，身子窝在黑色真皮座椅里，抽了一支又一支烟。办公桌上的玻璃烟灰缸插满了烟头，喉咙那儿疼得冒烟，可他还在撕开香烟包装，抽出烟来，叼在嘴上。窗外的天色暗淡下去，但余庆没有开灯，他的心里很乱。

夜里，答应给葛青山送现金过去时，余庆心中充满怨气。从地下车库出来，天空降着冷雨，坐进切诺基，车窗前的挡风玻璃上布满了水滴，打燃火，用雨刮刮了几下，反而什么都看不清楚，余庆意识到气温已经接近零摄氏度。他打开空调吹了一会儿，勉强往前行驶，汽车与巷道边的垃圾箱贴身而过，好像撞飞了什么，车窗外传来金属物体滚动的声音。

雨夜行人稀少，余庆驾车行驶在略显空旷的大街上，速度很慢。葛青山躲藏的位置偏僻，在三环外面。此时，路边的小区，大多数屋子的窗口已经黑暗，这座城市已经进入梦乡。余庆将车窗开了条缝，冷空气灌进来，他闻到了一股不安的味道，就像这座城市的某处发生了火灾。

其实，将葛青山的藏身之地告诉老杭，余庆非但没有解脱，反而感到强烈的不安。他希望那两个寻找葛青山的人让葛青山在丹城待不住，从而远离这座城市。余庆也幻想老杭和刘文明把葛青山杀了，但如果他们真杀了葛青山，现在满城皆是监控探头，很难想象那两人能像他当年那样逃脱。除非，余庆伸出舌头舔了舔门牙，最好是老杭、刘文明能与葛青山同归于尽！

大约一个钟头后，他的车开进了一片冷清的建筑工地。是个烂尾楼，余庆将车开到一幢楼的墙边，关掉车灯，坐在车里静静地望着外面。眼前的情景让他想起十年前，那时他还在四川雅安，帮城郊的一位农民守护鱼塘。黄昏时分，他在鱼塘边的铁线上挂上形状不一的金属盒，然后坐在池塘边搭建的简易房门口，看落山前的太阳将最后的余晖涂抹在那些金属盒上。从特定的角度，能够看见盒体反射过来的光线。有时夜晚醒过来，如果有大风刮过池塘，他还能够听见铁线上的金属盒子碰撞的声音。那声音有时是激烈的打击乐，仿佛有千军万马在外面厮杀；更多的时候，外面是静寂的，或者只有风铃柔声倾诉的低吟传来。

刘文明

电动车碾过午夜潮湿的街道，身下传来车轮碾过路面的声音，地面留下细窄的车辙。刘文明与老杭藏身在巨大的雨披里，正赶往南郊葛青山的藏身地。

老杭的消息不知准不准确。这段时间，只要打探到葛青山的藏身消息，刘文明就会赶过去，这是田素芬走以后，他留在丹城的唯一理由。他发现，一旦断了留在丹城的念头，他对葛青山的恐惧就消失了，对这座城市的恐惧、不安、自卑也消失了，取而代之的是仇恨，是内心像野草一样狂乱生长的报复念头。

　　雨并不大，但是给骑行带来不便，路滑，他得小心骑行。有一会儿，他的鼻子发酸，感到非常委屈。他曾经是那样努力，刚跑外卖的时候，只要接到单，再远，或者再晚，他都会赶过去，为此还受到过保安的刁难和责骂。那时他满脑子都是挣钱买房，对未来也充满信心，觉得自己像一颗顽强的草籽，哪怕坠落的地方是岩石，他也能够借助石缝里的一点泥土扎下根来。曾经，他幻想过早晨接单之前，能像这座城市的人一样，送孩子去幼儿园或者学校，幻想一家四口能够在夏日的某个周末一起去丹湖边的湿地公园，那里生长着无数奇异的花草，有精美的石拱桥、木板搭成的步道，有可以三四个人共骑的自行车……他能想象孩子们见到那些新奇玩意儿时惊异的表情。想着一家四口骑行在公园的步道上，每个人都用力踩踏着脚踏板，有泪水从他眼眶里流了出来。

　　现在，他已经明白当年的幻想是那样遥不可及。前往葛青山的藏身地时，有如电影的快速倒带，他想起与田素芬离开故乡到丹城的那天，想起了那天清晨冷清的村道、杂乱的乡镇汽车站，想起了七八个小时的长途旅行，他们在丹城北部客运站巨大的停车场下车，掏出一个地址问了许多人都不得要领。他记得后来与田素芬坐上了一辆绿色的公交车，他还抢到了一个靠窗的座位，当车从丹城大街驶过时，他歪着头，试图看清车窗外一幢幢大楼究竟有多高……那时，他对这座城市充满了好奇，以为自己渴望的生活会像色彩斑斓的画卷一样展开。

电动车在丹城的街道上暗夜疾行。坐在身后的老杭被雨披罩着，一声不吭。冷风夹杂细雨吹拂过来，刘文明发现自己恨上了这座城市，恨它的高楼，恨行驶在大街上的车辆，恨宽敞的马路和装修精美的店铺，恨行道树、绿化带、路灯、广告牌……恨这座城市的一切。

只有在想起余庆时，他的内心才有温热的东西流过。田素芬入院后，余庆又让单位的人送来了一万多元钱，说是宾馆员工捐献的。当时，刘文明心中充满感激，幻想有一天能够报答余庆。

想起田素芬，刘文明心里就隐隐地疼。出院以后不久，有一天早晨，刘文明隐约感觉田素芬起了床，在黑暗的屋子里忙来忙去，直到她拖着旅行箱离开了出租屋，片刻之后刘文明才反应过来。他从床上翻身起来，套上衣裤和鞋袜，打开门奔下楼。清晨的城中村，巷道里空空荡荡，昨晚喧嚣到深夜的巷子在黎明到来时充满异样的静寂，刘文明发疯一般在狭窄的巷子里奔跑起来，不时侧头看一看刚刚跑过的岔道，希望能够看到田素芬的背影。后来，他沮丧地站在城中村的入口那儿，望着外面的大街茫然无措。不远处，一个身穿橘红色衣服的人正在清扫着人行道，竹制的扫帚在水泥预制板上传出刺耳的响声。

他打电话回去，接电话的是儿子学军。学军在电话里欢天喜地地问："爸爸，你什么时候回来？"那一瞬间，刘文明差点放弃了寻仇的想法。

电动车驶出二环后,在一个城中村狭窄的巷道里拐来拐去,凹凸不平的地面让骑行变得艰难,刘文明得不时伸下脚来调整一下平衡。曾经,他羡慕城中村里的房主,他们将多余的房子用来出租,不愁吃穿,整天坐在一起打麻将,从不为生计奔波与操劳。他郁闷自己的出生地为何如此偏僻遥远,想起了谷场里的分拣机,转动的扇片形成强大气流,将谷壳吹走而留下谷粒。他觉得自己就是一片无足轻重的谷壳,一直被命运的大风吹得不着地,还不知道最终会被卷到什么地方。突然,城中村变成残垣断壁,刘文明将电动车刹住,钻出雨披,他在身边的一堵墙上,看到一个大大的"拆"字。

身后的老杭也钻出雨披。两人站在一条泛着冷光的水泥路上。不远处,有一排巨大的广告架立在路边,上面的喷绘被风撕得七零八落,给人一种萧瑟破败之感。道路一侧,一台挖掘机像一只巨大的钢铁怪物,蹲在被拆毁的房屋中间,路灯的照耀下,挖掘机驾驶台一侧的玻璃反射着冷冷的光。

再往前望过去,黑暗中的远处是冷清的郊野,那儿矗立着七八幢高大的建筑,黑乎乎的,像一些史前巨兽蹲在野地里。刘文明知道这是一个烂尾小区。自从起念在丹城买房,他几乎跑遍了这座城市的新建楼盘,比较价格、位置,想象过那些冷僻的建筑工地以后的繁荣。

老　杭

　　老杭这段时间一直被一个梦境困扰。梦中的情景清晰得就像是自己亲身经历过。他梦见一座破旧的工厂，环境与他当年工作的轴承厂非常相似，陈旧的厂房、机床、轴承成品，但工厂空旷得令人心悸。

　　余庆说葛青山就藏在那座工厂的楼上。他与刘文明赶去的时候，葛青山已经被余庆控制住了，那个他恨之入骨的男人，被捆在一张行军床上，脸上盖着一张手帕，手帕上的图案竟然是麻将牌六筒，十分诡异。

　　梦中暴雨如注。大风从破损的窗户中吹进来，屋顶悬垂的电灯左右摇晃，三个人站在葛青山的床边，商量如何处置眼前的这个仇人。他们三人开了个审判会，控诉了葛青山的罪行。刘文明控诉葛青山带给他的屈辱，老杭自己控诉葛青山设陷阱害他，而余庆则说他是主持正义的法官，与葛青山无冤无仇，但正义感让他不能袖手旁观。

　　老杭在梦中想寻找他的菜刀，他在空旷的屋子里巡视了一圈，一无所获，却在回来时，看到葛青山的胸口上放着一把三棱刮刀。谁先杀第一刀，老杭与刘文明相互谦让。老杭让刘文明先杀，说要将这难得的雪耻机会让给有夺妻之恨的刘文明。刘文明举起刀来，犹豫了，说老杭年纪大，还是让老杭先杀。两人争论不休，余庆提出抓阄，他做了三个纸团，说谁抓到写有"杀"字的纸团，谁就先杀。老杭第一个抓，打开纸团就见一个"杀"字，但刘文明抓的纸团打开也是一个"杀"字，三张纸团都有"杀"字，老杭不知道该谁先动手。

后来是余庆拿起了三棱刮刀，还伸出左手指肚来试了试刮刀是否锋利。他将刀尖抵在葛青山的胸口，让老杭和刘文明握住他的手，这样，就算是三个人同时杀人了。被绑在行军床上的葛青山拼命挣扎，三人举起刮刀，用力插了下去，感觉刀柄深深刺进了葛青山的胸口。

血溅出来，淋湿握住刮刀的三只手。老杭吓得松开刀把，往屋外逃，听到身后传来刮刀掉落地上的声音。他慌不择路，一路撞倒了屋里的椅子、盆、纸篓，巨大的声响就像有人追逐过来。梦中的老杭回过头，看到屋子里悬垂的电灯突然熄灭，天空有闪电划过，光亮转瞬即逝，明灭之间的杀人现场十分血腥和恐怖。

坐在刘文明身后赶往葛青山的藏身地点，老杭一直在回忆萦绕在脑中的梦境，这个梦虚幻而又真实，仿佛他在另外一个世界经历过。有一会儿，老杭伸手抱住了刘文明，他闭上眼睛，产生了幻觉，觉得电动车不是朝前飞驰，而是急速往后倒退。仿佛两人骑的不是电动车，而是一架神奇的时间逆行器，老杭感觉到街边的建筑、行道树正纷纷前行。他真希望可以骑着它回到过去，回到屋子没抵押出去的时候，回到妻女车祸之前的安稳日子，甚至回到他的童年时代……

直到刘文明停下电动车，老杭才从回溯的遐思中返回现实。从雨披里钻出来,眼前是残忍的夜空和恶意的郊外。雨小了,但气温低,冷风不时刮来,老杭将羽绒服的拉链从胸口拉到喉结。黑暗中,他听到有几声狗吠声传过来。

电动车前灯照着一个杂乱的工地。隐约可见楼群中有一个巨大的水坑,应该是小区规划时设计的游泳池。此时,它更像是这个烂尾工地的一块溃疡,从工地四面汇集过来的雨水,正从一个缺口流进水坑,如果不仔细看,会把水面误认为是一块低矮的平地。

两人把电动车推到泥泞道路一侧的墙边,刘文明关掉车灯,这个烂尾楼迅速滑入漆黑的梦境。"葛青山这个杂种就藏在这个小区!"老杭低声说,他又听见有狗叫声传了过来。

灰暗的天光下,这个烂尾小区像一座巨大的墓地,空旷、诡异、静寂。老杭抬头仰望着黑黢黢的楼房,判断狗吠声传来的位置。他走在前面,右手紧张地捏住刮刀的刀把,觉得手心里沁出了汗。

两人轻脚轻手前行,如同黑暗舞台上跳霹雳舞的人,小心留意脚下的砖块和木板。确认了狗叫的那幢建筑,他们顺着楼梯往上攀爬,每到一层,便点开手机上的手电筒功能,短促地照射一下。一片狼藉的烂尾楼,有一些房间曾住过流浪汉、乞丐、拾荒人,房间里有他们的生活痕迹。还有的房间成为这些临时住户的卫生间,干燥的大便东一堆西一堆,空气中弥漫着一股令人作呕的气味。

余 庆

高耸的建筑仿佛浸泡在水里，楼群中偶尔有火光闪现一下，迅速又归于黑暗。远处，一个建设中的楼盘正在施工，不时有钢铁的碰撞声传过来，单调而冷清。从楼群灰色的缝隙里看出去，缓慢移动的塔吊手臂上，警示灯散发着凄冷的光。

这已经是余庆第三次来这个小区了。第一次来是一年多以前，这个小区主体断水，余庆驱车来看过，犹豫要不要在这儿买套房作为投资。这个楼盘位于丹城西南郊，从火车站一路向南，途中要经过一片低矮的建筑，那是丹城第二污水处理厂。得知葛青山藏在这儿后他又来过一次，下午，他开车沿一条施工便道进来，惊讶于这个小区竟然成了烂尾楼。当时，有几个人打着黑色雨伞站在一个水塘边交谈，看得出那个长方形的水塘是规划中的游泳池。余庆目测了一下，估计水塘长约三十米、宽约二十米。水塘已经用水泥处理过，只需贴上瓷砖便可。

余庆再次来到这个烂尾小区时，感觉和前两次来完全不一样。坐在车里透过前面的挡风玻璃望出去，有一瞬间，他如同被一股冰凉的绳索紧紧捆住，呼吸变得粗重起来。他想起了多年前藏尸的那口废井，曾经，他不止一次梦到自己被人埋在那口深井里，沿着一个巨大的螺旋往下走，一圈又一圈，底部是无边的黑暗。余庆的左手拇指，指纹是个逐渐向中间聚拢的螺，有如从天空往下坠落，他在螺旋的底部，看见了一张脸。

那个被他捅死的男人，其实是母亲的男友。等余庆明白过来，恶果都已经造成。此后的逃亡中，他曾试图去还原那个混乱的下午，他要是不提前结束旅程回来，也许一切都不会发生。他不明白自己年轻时，为何有人向母亲示好，他会有那么大的恨意。虽然那人一直想讨好他，可是余庆根本不买账，那天下午，他刺出那刀时，竟然觉得是代替父亲刺出的。后来，当他有过男欢女爱的经验后，当年的鲁莽行为令他感到了羞耻。

这天夜里，老杭和刘文明赶来后的一切都被余庆收入眼底。他看到两人穿过游泳池边的空地，就像已经精确定位了葛青山的藏身之地，他们的身影不久后消失在对面的楼道里。过了大约一刻钟，黑暗中突然传来激烈的喊叫声、咒骂声、咆哮声、惨叫声、物体的碰撞声，夹杂着狗的狂吠和被击打后的呜咽，沉寂的烂尾楼顿时热闹起来，纠缠、扭打、挣扎，有一些声音像是从高空坠落的物体那样砸了下来。余庆望着对面的住宅楼，很难想象如此暗淡的光线里，几个人是如何像风一样从楼道里刮出来的。

事情并不像余庆想象的那样一边倒。葛青山养的泰迪狗在关键时刻帮了他的忙，凭借灵敏的嗅觉和听觉，泰迪狗用狂吠对葛青山做了预警，让他有所准备。而且黑暗中的打斗常常敌友难分，等余庆看见他们时，三人已经缠斗到水塘边。

眼前的这一幕看上去像剪影，又像模糊的皮影戏，只是看不见操纵皮影的师傅。刘文明个子高大，站在他身边的应该是老杭，而与两人对峙的那个身材瘦削的人，一定就是葛青山，他手中握住一根棍棒，正在骂骂咧咧。

突然，楼群上传来杂乱的吆喝声和咒骂声，有人用木棒敲击着窗台，有人用砖块击打着铁盆，空中传来金属沉闷的回响，还有人将电筒从上面照下来，微弱的光束有如电压不足的追光灯……余庆这才发现这个巨大的烂尾楼住着的不止葛青山，还有一些来历不明的人。逃犯？流浪汉？还是离家出走的少年？

有一瞬间，四周一片寂静。突然，三人又扭打起来，余庆看见一个黑影冲向刘文明，接下来他听见刘文明的惨叫和怒吼，一个物体被抛了起来，落在水塘里，是葛青山的泰迪狗。余庆隐约看见它正吃力地游向岸边，却怎么也爬不上岸。

余庆看见葛青山跳进水中，扑向水中艰难游动的阿黄。不知这个水塘有多深，感觉葛青山踩不到底，他晃动身体保持浮力，将手中的泰迪狗奋力抛上岸。簌簌发抖的阿黄刚被抛到岸上，立即被赶过来的刘文明一脚踢回水里。

狗被一次次抛上岸，又被一次次踢下水。葛青山耗尽了力气，他的手扒在塘埂边，大口喘气。身旁不远的地方，他的阿黄时沉时浮，水塘里传来葛青山沙哑的咒骂声。渐渐地，水塘安静下来，余庆仿佛看见耗尽力气的葛青山沉入水中，他张开的手指在池塘边的水泥墙壁上留下一道湿湿的印痕。

余庆突然打开远光灯照着水塘，然后不由自主打开车门，他奔过去将身子伏在塘埂边，伸手捞向水中。后来他干脆跳进塘里，平静下来的水面，他像顽皮的海豚那样，将身子一次次插入水中寻找，那是一个令人窒息的世界，他仿佛是在黑暗的井底寻找着葛青山，抑或是在寻找记忆中被他用刀捅死的母亲的男友。失去知觉的葛青山变得异常沉重，余庆试图将他举出水面托到塘埂上，但每一次努力都失败了，就好像有塘埂垮塌下来，将他重重地压回水底。他呛进了一口水，再呛了一口水，突然呛进去的水又从口鼻里呛出，难受，他的身子也变得像葛青山一样沉重。就像有暮色笼罩过来，他将手臂伸向空中，仿佛是想在天空中打捞消失的葛青山。突然，他感觉到身体变得轻盈，好像看到像铅块一样沉重的肺离开了身体，朝远处飘去，越来越小。

等重新感觉到泥土潮湿的腥气时，他已经被人救出放在了塘埂上，头向下，胃里的水流了出来。他的身旁，伏在地上的是不知死活的葛青山。慢慢地，就像是有一列火车从黑暗中飞驰而来，车皮里装着的是光亮，他听见身旁传来一阵剧烈的咳嗽声。火车驶过，巨大的气流让余庆打了个寒噤。苏醒过来的脑袋想起多年前那桩突发的凶杀案，刺出的刀、深埋在井底的尸体、无尽的铁道、巨大的螺旋、蛛网、毛衣、翻飞的织针……无数的念头在他大脑的天空里，像一些破碎的纸片，纷纷扬扬。

第四个夜晚

孤证

"人一生的秘密,其实都写在脸上。"

找了差不多十年，才找到你的线索，这让我非常欣慰。自从离开松村监狱，我就再也没有见到过你，包括早我一年分到松村监狱的方向东和强奸犯朱志强我都再没有见过。当然，对我来说，朱志强三十年前就死了，他死得诡异、蹊跷，像一个魔术。不过要是他明天就出现在我的面前，告诉我他就是当年的朱志强，我也不会吃惊，我经历过的匪夷所思的事情实在是太多了。此时，我坐在一辆绿色的出租车从昆明城赶往三十公里外的长水机场，那儿离你现在的居住地吉林省农安县有三千多公里吧？总之四个小时的航程之外，我还得乘两个小时的长途汽车，如果顺利的话，我会在今天晚上抵达你生活的农安县城。我相信你知道我来的目的。

原谅我没有提前打电话，我担心你拒绝。司法局老干办的那个胖姑娘是个热心人，她从一本厚厚的花名册上翻到了你的地址，还有电话。早些年，她每个月都要往那个地址寄你的养老金，现在不用了，可以从银行直接打到你的卡里。你不知道，找到你是我解开那个谜的最后希望，我不是较真，真相永远不是用来较真的，我只是比较孤独，常常会觉得众叛亲离，不被人理解。很多时候，我都试图说服我自己，当年朱志强是没有死,甚至没有假死,他的尸身也没有被我送进那个潮湿的防空洞,是我神志不清,产生了幻觉。

有一点我们都没有想到,当年的松村,后来会改名为长水,两个风马牛不相及的地名竟然可以人为调换。我记得在松村的时候,每到冬天,那个地方就会大雾弥漫,空气潮湿,细小而密集的水分子吸收了光线,阳光照射不进来,浓雾里的村庄一切都模糊不清。每当这个时候,在松村监狱接受改造的狱犯就不再外出干活,那是一群被圈养的狼,狱警们担心他们会主动迷失在大雾中,那就非常麻烦。每当恶劣的天气,狱犯们会被安排坐在车间里,昏暗的灯光下,他们穿着整齐划一的劳动服,理着光头,人手一把黑色的剪刀,沉默不语地把辣椒后面的梗给剪掉。许多年过去了,我还能记得剪辣椒梗那窸窸窣窣的声音,细碎而密集,仿佛有一群老鼠在黑暗中就餐和交谈。

从远处望过去,长水机场的候机大楼外形像一架正在起飞的巨型飞机,向上高扬的檐角象征着正在昂起的机头,还有往两侧不断延伸的巨大机翼。你做梦也没有想到有一天我会在这儿乘飞机外出吧?五年前,这个机场的某截跑道下面,有一个四周建有围墙的监狱:松村监狱。你也许忘记了,我在那儿工作的时间,恰好也是五年。

再过几个月,我就退休了,你比我大二十岁还是二十五岁?时间就像是稀释过的硫酸,这世间的一切包括记忆都被它腐蚀了。我之所以不远千里去找你,是相信在人生的暮年,你会愿意把三十年前的真相告诉我,来日无多,应该没有什么事情再让你畏惧。

飞机开始倒退着滑行，原本躲在阴影中的机身现身于午后四点的阳光下。即使是没有云层的阻隔，此时的阳光与我乘坐出租车赶往机场时相比，也明显衰弱了。不是光线的明亮度发生了变化，而是隐藏在光线中的某种心气已经渐渐丧失，你不知道，我觉得这光线中有什么值得我珍惜的东西悄悄流失了。

你是二十年前离开的云南，还是更早？树上的黄叶，是不是只有落到地上才会感到踏实？我猜想你不会再来云南了，如果你割舍不下，当初你就不会离开。我突然想起一个人来，板桥镇上开旅店的秦娥，她的样子在我的大脑里浮现了一下，又沉到了记忆深处，就像是有一盏灯亮了一下，又熄灭了。

飞机滑行了一段之后，又停了下来。开阔的地带突然变得安静，只是偶尔有飞机起飞或降落的声音传来，像远方密集而沉闷的雷声，有时又觉得像是夹杂着暴雨的大风扫荡过来，它们突然、短促，像睡眠中的咆哮。你不知道，当我将额头抵在舷窗的玻璃上望出去，我看不到松村监狱的一点影子，它就像是一个巨大的坟墓，被时间的厚土掩埋，舷窗的外面，是往两头延伸出去的跑道，以及跑道之间稀疏的草皮，我们工作过的那座监狱就像是从来没有存在过一样，一座现代化的机场，把松村监狱毁尸灭迹了。这让我有小小的难过。

眼前的一切倒还真实。我坐的地方在头等舱后面两排靠窗的位置，离机翼不远，裸露在阳光下的机翼反射着白光。你要是坐在我现在这个位置，也能发现舷窗的外面，光滑的机翼是由规格不一的铝板组成，上面纤尘不染，只有一排排用于固定铝板的螺钉和用于指示的黑色箭头。当然，还有一个巨大的黑色英文字母"B"和"587"三个连在一起的阿拉伯数字。

我平时外出的机会并不是很多，但这次我乘坐的飞机在跑道上等的时间长了一点，以至于什么时候起飞也成了一个谜。机舱里面的人昏昏欲睡，仿佛这架飞机能不能起飞与他们都没有关系，我心中有努力压抑的焦虑，担心赶到三千公里外的长春之后，搭不上去农安的长途班车。不过不要紧，我可以第二天再赶过去，我已经等了三十年时间了，再多等一天也无妨。

你不会忘记朱志强吧？老方走掉以后的这十来年，我一有机会就寻找他的线索。我询问过松村监狱的管教，也向在那所监狱待过的狱犯打听过他的消息，但对于一个三十多年前在那个地方接受改造的狱犯，没有人知道他详细的信息，许多人甚至都忘记了松村监狱曾经有过那么一个狱犯，不过我觉得你不会忘记，方向东也不会忘记。因为我也没有忘记。

作为一名狱警，我当年在见到刑犯朱志强的那一瞬间，就知道他不是个善茬。人一生的秘密，其实都写在脸上。在松村监狱的时候，我看过朱志强的刑事犯罪档案，知道他是因强奸罪来这儿服刑的。原本，朱志强是个卡车司机，但他把一个搭车的姑娘给强暴了，而且在事后控制了姑娘的人身自由，挟持着她一路走南闯北，直到姑娘怀孕，不得不进医院进行人流手术，朱志强的罪行才被发现。在法庭上，朱志强坚称姑娘是他的未婚妻，是为了逃婚与他私奔的。他说，如果姑娘不是他的未婚妻，他早就找个偏僻的山野，把姑娘杀掉了，没有人会知道。不过法院最终没有采信朱志强的陈述，那个没有出庭的姑娘承认她答应过做朱志强的妻子，她对询问的警官说："如果不答应他，他就会在路上把我杀掉！"

看守所里，嫌疑犯们最看不起的就是强奸犯。他们崇拜政治犯，害怕杀人犯，羡慕经济犯。通常，涉嫌强奸的人进到看守所，都会被暴打一顿，然后被安排睡在靠近马桶的铺位上，狱头拉完屎后，会把屁股高高翘起，让你给他揩屁股。如果不会来事，往往会被狱头再打一顿，还要你把头伸在马桶里去闻大便。朱志强的个头并不高，只有一米七左右，但长得结实，像公路边那些被锯掉一半的粗壮的行道树，生命力非常旺盛，从他脸上的胡茬和密布的青春痘就可以看得出来。打斗是少不了的，谁都没有想到，形单影只的朱志强最后会占上风，打翻了监舍里所有的人，顺理成章成了新的狱头。当然也有代价，朱志强右脸的下端留下了一条长约十公分的疤痕。我不知道当初是谁替他缝合的伤口，那可不是一次成功的缝合，粗糙的手术，让他脸上的伤口愈合之后留下了明显的针脚，所以朱志强的脸上，像是常年爬着一条泛红的蜈蚣，尤其是在他激动的时候。

在松村监狱做狱警的那几年，每隔一段时间，我都会做犯人越狱的梦。梦中，有时是我带着人追捕那些四散逃走的刑犯，但有的时候颠倒了过来，狱犯暴动，我在梦中被那些野蛮的狱犯追捕。作为一名狱警，那是特别伤害自尊的逃亡，即使是在梦中，我也会因羞愧弄得满头大汗。现在我可以告诉你了，我不但做过被狱犯追捕的梦，还做过被你和老方追捕的梦，梦中的你们是狱犯的卧底，我想逃出被大雾笼罩的松村，逃得精疲力竭，我也没能逃脱那团浓雾的包围。

我之所以对朱志强印象深刻，不只是因为他死之后是我与方向东把他的尸体抬到防空洞里，而且是在我所做过的那些被狱犯追捕的梦境中，几乎每一次我都能梦见朱志强清晰而强悍的脸，我甚至都怀疑他脸上的那只红色的蜈蚣已经爬进了我的大脑里，就藏在我后脑的某个地方。

松村监狱占地应该有两百多亩吧，你一定还能记得，里面有一个巨大的土堆，上面修有监狱的瞭望哨。如果仔细观察，还会发现土堆的下面，有一道不起眼的铁门，后来才知道里面是一个刚动工就停建的防空洞。你到松村监狱的时间比我早得多，知不知道修那防空洞是什么时候？当初也没想着问一下。我现在还记得，锈迹斑斑的铁门上，有几个细小的孔，我刚来松村参加工作时，曾经去过那儿，把眼睛凑在铁门上面往里看。铁门后面一团漆黑，什么也看不清楚。后来，老方告诉我说，原本那个地方要修防空工事，可只修了一截不到二十米长的隧道，就废弃了。你也许不知道，我从分到松村监狱工作开始，就把方向东叫老方，其实我们俩的年龄一般大。

朱志强出事的那天，老方慌慌张张地跑来，让我赶快到板桥镇上去找你。那天一大早，松村监狱里的狱犯被拉到城里清理下水道去了，这是一桩苦活，但是狱犯们都愿意。他们已经有太长时间没有见到过女人了，更别说漂亮的女人，去城里干活，的确是给他们的眼睛打牙祭，每个狱犯，都会珍惜在城里干活那短暂的时光，眼睛里长出两把色情的小镰刀，亡命地收割一切美色。我还知道，每当狱犯集体被拉到外面干活以后，你都会从松村监狱里消失，偷偷溜到板桥镇去找秦娥。当时你是松村监狱的狱医，无论是狱警还是狱犯，大家都叫你席医生，其实我知道你的真名叫席如林，吉林农安人，老革命，1949年跟随宋任穷的部队从那边一路打过来。但后来你为何来到松村监狱做狱医，没有像你的一些战友那样活得飞黄腾达，我们都觉得是一个谜。

　　我还记得那是一个星期六的上午。头一天的下午，我已经向单位请了假，准备去离松村监狱二百公里外的老家看望生病的父亲，正当我准备出门的时候，老方突然推开了我的房门说，朱志强昏倒了，口吐白沫。我才知道，那天上午，当所有的狱犯进城掏下水道时，朱志强因为身体的原因留了下来。你一定以为狱犯都进城去了，没有人去医务室找你看病，就去了板桥镇。那天上午，我与老方赶到监舍的时候，朱志强已经神智昏迷，老方让我把躺在床上的朱志强背起来，你不知道一个丧失知觉的人有多重，那个强奸犯在我背上一直往下滑，我不得不弯下腰来，弓着身子蹀躞着把他背到医务室，路上我还想，那么重的一个人压在那个姑娘身上，她怎么能吃得消？

到了医务室，才知道你不在里面，老方诡异地望着我笑了笑，要我赶到板桥镇，把你给找回来，我就知道你是去会秦娥去了。老方只早我几个月参加工作，可是一遇到事情就像是我的领导那样支使我，但我向来都不与他较真。我骑上了监狱里的自行车，打开监狱的铁门，沿着一条铺着煤灰石的土路朝着几公里开外的板桥镇一路狂奔。

那时已是深秋，松村监狱附近田地里的粮食都已收割，有苞谷秸扎成的大垛三五成群地搁置在闲地里。大地突然变得空旷，让我有些不习惯，就在我骑着自行车往镇里赶的时候，我突然觉得眼前的那一幕好像在哪儿见过，是以往的一段经历，还是梦中曾经的景象，一时间也理不清头绪。

这种似曾相识的感受发生过也不是一次两次了。有时候，过去的事情一旦过去，你还真不知道它的真假，往往是梦境和现实混为一谈。我之所以这么说，是想再重复一次，我的确看到朱志强死了，不是幻觉，更不是臆想。

你知道，从松村监狱去镇上的土路并不平坦，几公里的路坑坑洼洼，如果下了一点小雨，就会变得非常湿滑。我那时的车技其实已经非常不错，但我不知道为什么摔了一跤，虽然没什么大碍，可我在跌下去的时候，有煤渣在我左小腿肚上划了一个口子，鲜血缓慢地从里面渗透出来，我当时顾不得去扶跌倒的自行车了，而是跑到路边的地埂上，扯了一把野蒿叶子，搓揉碎之后敷在了伤口上。我至今还清楚地记得，野蒿绿色的叶汁和红色的血液交汇在一起后，颜色慢慢变深……你是医生，知道野蒿的确是止血良药。

　　你应该记得，我是用自行车驮着你赶回松村监狱的，我一路拼命地蹬，并没有耽搁太长时间，可是等我们赶到松村监狱，还是晚了一步。那一天的天气不错，松村难得的天高云淡，安静得要命的监狱弥漫着一种令人心悸的不祥气息。我与你赶到监狱医务室以后，看见朱志强躺在屋子靠窗的那只条凳上，他的脸色灰白，是死人的那种僵硬的白，平时他一激动脸上那条会发红的蜈蚣好像也跟着一块不行了，我记得你当时伸过手去，扳开朱志强的眼皮，凑近看了看，然后摇着头告诉我们说："朱志强的瞳孔都放大了！"我是那次才知道，瞳孔一旦放大，就意味着生命的体征消失了。这个在梦中追捕过我的强奸犯终于死掉了，我其实内心悄悄松了一口气。可是我不明白的是，朱志强又不是你的亲人，他的死你为何那样难过，有十多分钟，你坐在平时接诊的那把椅子里，没有说一句话。你还记得不？当初你接诊的桌子上，一年四季都放着一只玻璃罐头瓶，里面插着的是兰草。

　　人死了不能复生。在狱犯朱志强的家人到来之前，尸体得找个地方存放，说不准还要做尸检，查一查死因。松村监狱是个小监狱，不会设置单独的太平间，更何况在朱志强之前，还没有狱犯在改造的时候死掉。老方不知道从什么地方找来一副铝皮担架，我们三个人费了好大劲，才把朱志强的尸体搬到担架上。是你提出的建议，说把朱志强的尸体放在那个被废弃的人防工事里，那里阴凉，气温要低一些，尸体不容易腐烂。

都说虎死如土，人死如虎。朱志强原本凶悍的脸在他死后变得无比狰狞，他的眼睛半睁半闭，而且他的瞳仁上像是蒙上了一层薄薄的塑料膜。他嘴里焦黄的牙有几颗像是变大了，从他厚厚的两片发白的嘴唇中间就能看到。等我和老方把担架抬起来的时候，你在朱志强的尸体上盖上了一块白布，遮盖了他那张平时爬着一条蜈蚣的脸。

如果不是值班，没有狱警愿意住在松村监狱。冷清、压抑、沉闷，大门一关就与世隔绝。监狱的四周，建有高高的围墙，而围墙上还拉上了通电的铁丝网。那天上午，我和老方抬着朱志强的尸体离开了医务室，往防空洞那个方向走去，老方走在前面，他的个头要比我稍矮一些。我记得很清楚，清楚得就像这一切就发生在昨天，当时我走在老方的后面，还发现盖在朱志强尸体上的那块白布原来是一件白大褂，上面还有一个平常用于插听诊器的口袋。我那时候的视力很好，所以我还能看到白大褂上面那个口袋的线头已经松了。

从医务室到人防工事有一百多米的距离，路不是太平，不知是什么时候，朱志强的一只手臂从白大褂里面滑了出来，垂在担架的右侧，随着我与老方行走的节奏有规律地晃动，看上去有点滑稽。望着朱志强那只还没来得及僵硬的手，我不知道为什么会幻想眼前这只晃动着的手，当年是怎样强行剥光那个姑娘的衣服。你还记得不，当时你从我的身后赶了上来，把朱志强的手塞回到担架上，用那件白大褂盖住。

是你打开人防工事的那道生锈的铁门，一个黑洞露了出来，我把头凑在门洞那里，闻见了一股潮湿的霉味。我看见，有一些绿色的苔藓覆盖在入口处的墙壁上，上面蠕动着一只小小的蜗牛，正伸直两条柔软的触须在空气中试探，我还看见触须的上端，各自有一个圆圆的小球。

抬着朱志强的尸体进防空洞的时候，老方不干了，他要我走在前面。走在前面就走在前面！我蹲下来，双手抓牢担架的抬杆，费劲地钻进了人防工事，大约走了五六米，老方在我的身后叫道："可以啦！"他把担架的一头放在地上，我始料不及，身子失去重心，手里的担架滑落，向后一屁股结结实实坐在了朱志强的脑袋上。我是那个时候才知道老方实际上是一个胆小鬼。把朱志强放在防空洞里以后，从洞里出来，我得跨过朱志强的尸体。当时我是背对着人防工事的门倒退着出来的，我主要是担心如果背过身去，躺在担架上的那个强奸犯会爬起来，用石头砸在我的后脑上。

把朱志强的尸体放进防空洞以后，我回到宿舍拿上换洗衣服，在监狱的热水房里好好洗了一次澡，然后就离开监狱，回家看生病的父亲去了。在家休假的那几天，我还短暂想过躺在防空洞里的朱志强，我总是担心会有老鼠爬到朱志强的尸身上，把他的耳朵或者鼻子给咬掉。

刘国军、赵大海、殷刚、查先富……下午六点，松村监狱总会响起点号的声音。这是每天的例行公事，站在台上的干警手里揣着一本花名册，目光如炬，从上而下巡视着下面上百个罪犯。每叫一个名字，台下站着的犯人中，对应的人就会出列，然后在干警尾音完全消失之前，又迅速复位。当然，偶尔也会有那种大大咧咧的罪犯，动作故意放慢半拍，以为自己还是过去的老大，那就等着明天被派最苦最累的活。

监狱就是一炉文火，再硬的牛皮下锅，一样给你炖得稀烂。

你也许会好奇我怎能把当初点名的顺序都记得如此清楚。好记性不如烂笔头。那天下午发生的事情，我后来在日记里作了详细记录。白纸黑字，我吃过记忆遭到篡改之后的苦头。

我也承认我在松村监狱的时候收拾过朱志强，当看到他犯罪的卷宗时我就决定要修理他了。监狱外面，有一个占地百余亩的水塘，水不深，却密布杂草，我在休息的时候，总是喜欢坐在水塘边钓鱼。有的时候，我的鱼钩会钩在杂草上，上下左右都退脱不出来，我就会把朱志强叫来，让他脱得赤条条地下水去，帮我把鱼钩解脱出来。长途汽车驾驶是一个体力活，从朱志强那黝黑和结实的身体就可以看得出来。有的时候，看着朱志强弯腰在水中摸索鱼钩，我还会走神，会不由自主地想起眼前这个罪犯当年强暴那位姑娘的情景，我总是会在一个人的臆想中体会那种隐秘的快乐。

事实上，我发现朱志强下水去摸鱼钩好像很快乐，他会愉快地哼起一首曲子，或许是他想以这种方式讨好一个狱警，表明他非常乐意为我效劳。每一次，我听见朱志强哼的都是一个调，如果用简谱表示，应该是："23 3—/21 6—/23 23 6/23 3—

/21 6—/23 216……"歌词含混不清,但我知道是淫邪的句子。

"朱志强,唱清楚一点!"

"怕把管教教坏了!"

"管教是你教得坏的吗?"我表情严肃地说。

朱志强说:"这是云南山区姑娘的搭车调,交通不便,姑娘在村口,发现有一辆汽车抛锚,司机修得满头大汗,刚把车修好,姑娘的歌声传了过来。"

"老司机,带带我,小妹十八啰,老司机,带带我,小妹十八啰!

"老司机心情不好,就回唱:'管你十八不十八,我的轮胎打滑啦!'

"小妹继续唱:'老司机,带带我,小妹十八啰!老司机,带带我,小妹十八啰!我的小奶给你摸,你的汽车给我坐。老司机,你说说,哪个划得着?'

"老司机于是东望望,西瞅瞅,小声对姑娘说:'你不说,我不说,两个都划得着。上车!'"

朱志强的这首歌每次都能把我唱得心花怒放,他往往会在唱完歌之后,抱屈地说:"管教,你说我冤不冤嘛!"

不过要是到了秋天,下水去摸鱼钩就不再是件愉快的事情了。秋水凉入骨,朱志强脱光衣服下水之前,他下体的作案工具还挺自负,把鱼钩摸上来,也就十多分钟时间,他的下半身变得像个女人,凶器萎缩成一颗蚕豆,就像是被阉割过一样,你都很难想象它曾经在那个可怜的村姑身上作威作福。死前的那一天，他帮我摸上来鱼钩后，无法再继续歌唱，他浑身抖个不停，两排牙齿不断叩击，像是他的身体里装着一架失控的小马达，我当时还想是不是水塘里藏着伤寒病毒。望着他的身体消失在监狱里，我内心对他的憎恶第一次变得轻了。

不过，后来让我意外的不是朱志强还活着，而是所有人都不相信他曾经死过。看望完父亲我回松村监狱的时候，狱犯们正在监狱外面挖水渠。秋收之后，土地需要平整，作为一家有着几千亩农田的劳改农场，每一天都会有很多事情。回到监狱的当天下午，我就又干活了，被领导安排了顶岗。松村监狱离板桥镇有几公里，但离城里却有三十多公里，不时会有干警请假到城里，轮休的干警就会临时顶上。所以，那天下午，在外干活的狱犯收工以后，我又像往常那样站在台上点名："刘国军、赵大海、殷刚、查先富……朱志强。"当我按顺序叫出朱志强的名字时，立即就想到这个犯人早在一周前就死掉了。但是我怎么也没想到，罪犯队列中会有一个人响亮地回答了一声："在！"

听到有人回答，我相当愤怒。我已经是有五年工龄的老狱警了，不知道是谁有这么大的胆子敢挑衅我。早几年，松村监狱发生过这样的事情，有罪犯潜逃后，他的同伙在每天下午例行点名时，代替他回答，以至于罪犯逃亡几天后才被发现。听到有人代替朱志强回答，我不得不暂停点名，用严厉的目光巡视着下面的狱犯。百多个狱犯，清一色的光头，穿着相同颜色的劳动布工装，秋日的夕阳照在他们身上，有一些晃眼。我当时就想把那个顶替朱志强的狱犯从人群中找出来，给他点颜色看看。那个不知深浅的家伙也许不知道，只需要我的一个眼神，台下那些荷尔蒙分泌过旺的狱犯中，就会有几个如狼似虎地跳出来，给他一顿胖揍。

"朱志强！"我再次威严地叫了一次，目光坚定地盯住了狱犯中那位出列的人，但我做梦也没有想到，那个出列回答的人，正是朱志强自己。巨大的错愕让我的身体有一些僵硬，手中用于点名的花名册也掉到了地上，你不知道，在我弯腰下去捡花名册的时候，我一直在纳闷，朱志强不是死了吗，怎么又活了过来？

那一天下午，草率地点完名之后，我把朱志强留了下来。

飞机经过短暂的犹疑之后，突然加速，带着呼啸狂奔到跑道尽头。舷窗外面，跑道边长着低矮杂草的空地、用于测量风向的黄颜色旗子以及几辆引导车一晃而逝。突然，机头扬起，窗外的大地瞬间变得倾斜，借助飞机的升高，我看到了滇池盆地周边广阔的大地。

那件事情发生之后不久我就离开松村监狱了，你看，一晃三十年就过去了，时间有时具体得像一个逐渐推远的镜头，从中望出去，往昔在松村监狱经历的一切，如同机身下那些变得模糊的城镇和村庄，你看见了它们的全貌，却也因此付出了看得清晰的代价。

如果老方还活着，我也许不会来找你，毕竟从云南到吉林不是件简单的事情。老方走掉十年了，他患的是肺癌，发现的时候癌细胞就已经全身转移，临走的那半个月，每天都要打两针吗啡，说是彻骨的疼痛。我是事后听他的遗孀讲的。我在老方的遗孀那儿打听过当年你在松村监狱的事情，但他的遗孀一无所知。你知道，在松村监狱的时候，老方也还没有结婚，至少我在松村的时候他还没有老婆。听说我离开那所监狱不久，老方也离开了，此后我就再也没有见到过他。

我是在老方病逝之后半年才得到消息的。要是早知道他患了癌症，我就去医院看望他了，来日无多，我相信他会把当年的那件事情向我解释清楚。一个肺癌晚期的人，还有什么秘密可守呢？

还是回到那个遥远的下午吧，当我把狱犯遣散以后，我把朱志强留了下来。

"究竟是怎么回事？"我问他。

他没有说话，而是转过头去东张西望，好像是有所顾虑。

我上前一步靠近他，我们的脸与脸只隔着几十厘米，我都能看清楚他嘴角上的几颗粉刺，有两颗已经开始化脓，粉刺尖有让人恶心的白点。我当然还看到了他左脸下爬着的那只蜈蚣，它又活过来了，身体泛红，仿佛还在扭动着身子。

"上个星期，"我目不转睛地望着朱志强，我都感觉到自己的目光像两枚图钉那样，按进了他的脑门，"你是不是假死过？"

"假死？"朱志强一脸无辜地望着我，"没有啊！"

"那我与方管教抬到防空洞里的那具尸体是谁的？"

"不知道，反正不是我的，"朱志强把头转向防空洞那个方向说，"也没听说有谁死啊！"

"那你上个星期病没病过？"

"也没病过！"

"那是谁把你背到医务室的？"

"我没生病，去医务室干吗？"朱志强皱着眉头望着我，像看一个怪物似的。

那个下午，把朱志强打发走掉以后，我有些恍惚，总觉得有什么地方不对劲。很快，狱犯们都集中到食堂吃饭去了，监狱里空旷下来。我独自又来到了防空洞那儿，铁门像往常一样锁着，从上面几个锈蚀了的孔洞中望进去，防空洞里一片漆黑，什么也看不清楚。你也许不知道，我原本想当的是侦破案件的刑警，而不是来看守犯人的狱警。我在防空洞的铁门那里蹲了下来，仔细查看地上的痕迹。即使是过了一个星期，我依然能在那水泥地上看到有杂乱的足迹。还有铁门被人打开之后，门轴下面有转动时掉下来的铁锈。

现场的勘察坚定了我的判断，一个星期前，我一定与老方抬着朱志强的尸体来过这儿，哪怕他现在活蹦乱跳也改变不了这个事实。我当时还没有想到老方也会否定朱志强死亡这件事，当然，更没有想到你也会否定。离开防空洞的时候，我已经怒不可遏，像一只愤怒的气球，我认为是朱志强在戏弄我，他一定是不满我一次又一次让他下水去摸鱼钩，我那时至少想了五六种修理他的办法，我要让这个强奸犯在松村监狱生不如死。

　　从防空洞那里回来，我就在监狱里四处寻找老方，我觉得一定是他在与朱志强搞什么鬼。我还知道他无聊的时候，喜欢单独询问朱志强，要他老实交代强奸那个村姑的细节，然后他会在夜里躺下以后，想象朱志强的犯罪细节，进行自慰。但那天下午我在监狱里找了很久也没能找到他，直到很晚了，他才回来，说是去城里约会了。是的，那段时间老方情欲勃发，到处托人给他介绍女朋友，有时一个星期会相两次亲，简直是迫不及待。

　　"老方，上个星期朱志强究竟是怎么回事？"

　　"朱志强？那个强奸犯？"老方一脸的困惑，"他怎么啦？"

　　"他不是发急病死了嘛，"我说，"你还让我去镇上把席医生叫回来！"

　　"有这事？"方向东摇了摇头说，"你说的我怎么没有一点印象呢？"

　　我伸手抓住了老方的衣服，一动不动望着他的眼睛，只要他一躲闪，我就会当胸给他一拳。

　　"你说朱志强生病了，我们两人去的监舍，还是我把他背到医务室去的，你也忘了？"

　　"没有印象！"方向东说。

　　"席医生回来以后，翻了翻朱志强的眼皮，说他瞳孔已经放大，后来是我们两人用担架把他抬了，放在防空洞里，你也没有印象了？"

"怎么可能？"老方用两只手抓住我的手臂，用力地晃动我说，"你怎么啦？是不是病了？"

老方根本不承认与我一起处理过朱志强的尸体，相反，他觉得我是发高烧说胡话，还把手摸在我的额头上，对我说："你也没发高烧啊！"

从老方的宿舍出来，我坐在监狱花台上，天已经黑了下来，有晚风吹拂，我悄悄地用手扭了一下自己的大腿，疼，清晰的疼。我还借着微弱的星光，拉起裤脚，还能看到左腿上结疤的伤口。那个时候我就想，席医生，只有你能够证明一个星期前发生的那件事了。

说实在的，我很失望。席医生，我没有想到你也与他们一样，否定朱志强死而复生的事。三十年前的那个下午，你否定我在镇上悦来旅店找到你。其实，我们都知道你与悦来旅店的老板娘秦娥关系暧昧。你身怀绝技，有着祖传的接骨术，也许是在替秦娥接她被马车撞断的右腿时，你们产生了感情，每个星期，你都会在周末去板桥镇替她换药，这个习惯在她伤好之后你也坚持了下来。后来，每当有狱犯被拉到外面干活，要晚上才会回来，你也会抽空去板桥镇。我记得很清楚，那天我从板桥镇上用自行车驮着你回来时，我曾告诉过你腿上被煤渣划了一个口子的事，上坡的时候我们还停下车来，你蹲在地上替我仔细查看过伤口。那一年你五十多一点吧，头发已经花白，我俯看着你的头顶，仿佛看见那儿隐隐约约藏着一个冬天。

此后回到松村监狱所经历的一切，我是那样的印象清晰，清晰得就像是在显影液里越来越明朗的照片，而你却对从镇上赶来救治朱志强，以及后来我们三个人把他的尸体送到防空洞里的事情一无所知。我想只有一种可能，就是外星人在我回家探望父亲的时候，悄悄来到松村监狱，他不但让朱志强重生，而且把你们三个人记忆中的某个部分删除了，就像很多年以后电脑普及，把一张图片或者一段文字删掉一样，这对你们的生活没有产生任何影响，而我却因此陷入了对自己深深的怀疑中。

你也许不知道，当年我之所以要辞去警职，离开松村监狱，就在于我无法说服自己相信朱志强死而复生的事情只是我个人的幻觉。除了你与方向东之外，我还询问过其他的狱警，以及与朱志强熟悉的那些狱犯，但他们都不知道朱志强死了之后尸体被送到防空洞的事情，不过有人能够证明出事的那天，朱志强的确没有跟着其他狱犯到城里掏下水道，他留在了松村监狱。但他们对朱志强留下来之后发生了什么却一无所知。那一段时间我一直努力寻找能证明朱志强死过的证据，可没有人愿意帮我证明，这让我非常痛苦与孤独，感觉受到了孤立与抛弃。我明明知道事情的真相，却无法言说，唯一的办法是离开，否则我怀疑自己很快就会疯掉，尽管当初你们都认为正是这个原因，我才离开松村监狱的。

离开松村监狱以后，有那么一二十年，我几乎忘记朱志强的事了。你知道，一个人没有了公职，但还得生存，我在走出松村监狱的那一瞬间就清楚这一点，所以这三十年来，我贩卖过茶叶，帮朋友经营过液化石油站，应聘到餐馆做厨师，到缅甸盗运过木材。刚刚离职的那些年，我在昆明城居无定所，有一段时间，差不多每隔一年我就得搬一次家。感谢那段颠沛流离的生活，使得我热爱房屋就像那些饥饿的人渴望食物一样，我此后的营生就是不停地买房，倒房，并从中挣到了足以保障我余生的钱。等我不再为生计奔波以后，当年朱志强死而复生的那件事，又被我再次想起，它像根插进我大脑的刺一样，不时地提醒我注意它的存在。但是我还是想不明白三十年前的那件事情，尽管我比你小二十多岁，可我知道我终究有一天也会像老方一样死去，我不想死不瞑目。这也是我在方向东死了以后四处找你的原因。

老方死后，我曾经去松村监狱找过朱志强，并在那里查到过他服刑的记录。但没有人知道他出狱之后的去向，他就像一滴水那样消失在大海之中，甚至没有留下一丝痕迹。仅只是隔了二十多年，当我重返松村监狱的时候，已经没有一个人认识我了，我当然也不认识他们。那个上午，我望着监狱里一张张陌生的面孔，突然怀疑，自己当年是不是真在这个监狱做了五年的狱警。

而这个世界，除了我以外，也许不会有人关心三十多年前朱志强死而复生的事情。

飞机在辽阔的云层上飞行，机身下面，是铺陈到远天的洁白雪原。冻土之下的世界，看不见一丝生命的痕迹。可是当我长久地把脸贴在舷窗上向下凝望,我发现下面的云层其实有着深浅浓淡的阴影。视觉上,它们并不平坦,而是有着微妙的起伏,仿佛那雪原的下面,有被覆盖的丘陵、田畴与高山,也有被冻住的大树、杳无人迹的村庄和曾经喧哗的小河……长途的飞行里,我不止一次悄悄拉起我的左裤,轻轻抚摸三十年来一直覆盖在我左小腿肚上的那道疤痕,就像抚摸我最为珍惜的宝贝一样。

第五个夜晚

夜鹆

"在堂琅山,夜鹆又被人们称为唤魂鸟,只要它逗留在村子里鸣叫,就会有人跟着它去另外一个世界。"

[序章]

  2023年夏天的一个午夜，湾镇的护林员在堂琅山巡山时，突然大雾弥漫。细小的水分子密布空中，夹杂着植物腐烂的泥腥味。原本射程数百米的强光手电仿佛照进了一个无底的黑洞，明亮的光柱被吞噬，只在护林员眼前留下隐约可见的彩色光晕。护林员关了手电，他摸索着坐在路边一块凸起的岩石上，等待雾气散去。这时，有奇怪的叫声传来："哦——啊。"声音就像远在天边，又好像近在咫尺。常年生活在山中的护林员知道是夜䴗的叫声，他的寒毛竖了起来，起了一身鸡皮疙瘩。在堂琅山，夜䴗又被人们称为"唤魂鸟"，只要它逗留在村子里鸣叫，就会有人跟着它去另外一个世界。让护林员胆寒的是，夜䴗"哦——啊，哦——啊"叫个不停，就好像大雾里，有不止一只夜䴗在他们头顶盘旋。神奇的是，随着夜䴗的叫声渐渐远去，大雾逐渐散开。就像剧场闭合的幕布拉开，护林员又重新看见隐约的山道、黑魆魆的树梢，以及树梢后面群星闪耀的夜空。

  暗夜静寂，有风从树林中穿过，传来的声音就像有一条大河在遥远的地方流淌。顺着山道望向深山，护林员看到远处有一个人，好像扛着什么东西行走在山道上，姿势有些怪异。盗猎的？护林员的心狂跳起来，肾上腺素迅速飙升。多年的封山育林使一些原本绝迹的野生动物再度现身：黄喉貂、大灵猫、黑麂鹿、猪獾、金钱豹……这些重新出现的野生动物吸引了不少盗猎者前来冒险。他们有人乱扔烟头，留下火灾隐患。这也是护林员偶尔得夜间去巡山的原因。

护林员小心朝盗猎者靠近，脚步迈得很轻，好像自己才是一个靠近猎物的捕食者。隔着几十米的距离，他看清那人脚瘸了，身上扛着一头猎物，在一段横向的山道上走过来、走过去，不停地往返。或许是刚才弥漫的大雾让那个盗猎嫌犯迷了路，又或是他碰到了传说中的"鬼打墙"。护林员按亮手电，一束强光照射过去，护林员看见盗猎嫌犯背着一杆老式猎枪，肩上扛的是头麂子。

在护林员手电光照射下，盗猎嫌犯仿佛从睡梦中醒过来一样，浑身一激灵，突然疲软地坐在路边，麂子扔在了地上。星光下，盗猎嫌犯有张模糊的圆脸，两只眼睛很亮，有些惊恐，他不停地环顾四周的树林，好像里面藏着什么危险的东西。护林员走过去，伸手去摸了摸麂子的身子，感觉到麂子身上还有余温，应该刚死不久。他在麂子前腿上方看到了一个弹孔。

"一枪毙命？"护林员问。

"当然是一枪！"嫌犯回答，脸上松弛下来，露出得意的表情。

护林员再次仔细查看了麂子前腿上方的弹孔，从弹孔里流出的血粘在皮毛上，还没有完全结痂，他看了一眼嫌犯放在身侧的猎枪，不认识，但看样式又老又土。护林员知道，麂子是国家二级保护动物，猎杀一只将会判处五年以下有期徒刑或者拘役，并处罚金。看来，眼前这位衣裤破旧的男人要吃牢饭了。

护林员有些疑惑，这天晚上他进山巡查，一直没有听到枪声。也许是被偶尔响起的雷声掩盖了。夏天，雨水在土里蒸腾，山里的天气变化迅速，夜里也是一样，前一小时轰隆隆的雷声四处响起，大雨如注，后一小时也许雨过天晴，满天星光。押着嫌犯下山的时候，护林员隐约觉得有什么东西尾随着他们，回过头去，偶尔会看见一团影子极快地掠过，让人后背发麻。直到，护林员听见身后的树林里传来"哦——啊"的一声，他才明白，有只夜鸮一直跟随着他们。

他们在堂琅山中走走停停，那只夜鸮一直如影随形。有时，护林员会将手电的强光刺进森林。夜鸮怕光，一旦被护林员手中的强光射中，夜鸮会短暂失明，甚至从停歇的树枝上掉落下来。

"它是不是一直跟着你？"护林员问。

"是。"盗猎嫌犯说，声音因紧张而颤动。

"它什么时候跟着你的？"

"我打到这头麂子时它就跟着，甩都甩不掉！"

护林员思忖，怎样才能将嫌犯安全带回派出所。天色已经泛亮，夜鸮消失在密林中不再现身，盗猎嫌犯紧张的神情舒缓下来。护林员掏出手机，山里的信号差，一直到可以看见拖布村的那个山头，他的手机才接通湾镇派出所的电话。电话中，派出所的警察听说抓到盗猎的人，还人赃俱获，都很高兴，那意味着他们又有野物吃了。按照电话中的约定，派出所的警察会把警车直接开到拖布村通往堂琅山的路口，在那儿等着护林员和盗猎嫌犯的到来。

听口音，嫌犯就是本地人。护林员虽然没有出生在拖布，但家离拖布也不远，就隔着一条河和一两个村子。但奇怪的是，他发现与嫌犯交流十分困难。嫌犯告诉护林员，说他就住在山下的拖布村，可护林员一连问了几个人的名字，这些人有的是村主任，有的是开农家乐的老板，还有一位是拖布村到县城做了局长的干部，嫌犯都说不知道。怎么会不认识呢？护林员一脸的疑惑，他又说了镇上几位领导的名字，没有想到盗猎嫌犯还是说不知道。

"你真是拖布人？"护林员的声音里充满疑问。

"是拖布的！"嫌犯回答得很肯定。

"刚才我说的那些名字你真的一个都不知道？"护林员想最后落实一下，以免抓到的嫌疑人是领导的亲戚。

"一个都不认识。"嫌疑人摇了摇头说。

"不知道就好办。"护林员说。

三个小时后，嫌犯被押进警车，他打到的麂子作为物证，与那把老式的猎枪一道儿放进了警车的后备厢。整个过程中嫌犯像梦游一样，没有出现护林员担心的那种用枪对抗的情况。前来押送嫌犯的警员里，有湾镇派出所的所长，他见到皮毛红润的麂子，开心地对着护林员伸出了大拇指，还眨了眨眼，说了声,到时我让小普打电话给你。小普也是湾镇派出所的警察,他现在正坐在驾驶位上,伸出右手来,比了个"OK"。当押着嫌犯的警车离开拖布村驶往湾镇时,嫌犯坐在后排,被所长和另外一位警员夹在中间,动弹不了。路上,嫌犯一直在东张西望,好像在寻找跳车时机。警车左边,是波光粼粼的马鹿河,河水在阳光的斜照下泛着金光,就好像河底的鹅卵石里藏着许多遗落的金币。当小普在头顶的后视镜中看到后排坐立不安的嫌犯,他机警地按下了安全锁。气温渐渐升高,警车的空调坏了,车厢像是一个移动的蒸笼,热得让人呼吸有些困难。小普按下车窗玻璃的电动开关,一股凉风立即像河水一样灌了进来。

审讯在午饭后进行。嫌犯被带进审讯室时,望着手腕上的银色手铐,一脸困惑,也一脸困倦,每隔几分钟就会打个哈欠。嫌犯长着一双杏仁眼,鼻子突出,令人联想到夜鸦的尖喙。到了派出所,他就是有天大的本事,也逃不走了。审讯室里铺着蓝色的防滑垫,墙体是柔软的阻燃材料,屋顶上安装有监控探头。嫌犯被示意坐在屋中那把没有靠背的独凳上,他前面隔着两米左右的距离是一张灰色的条桌,条桌后坐着所长和警员小普,所长负责询问,小普负责记录。嫌犯看上去疲惫而不安,他不时回头张望。他身后的墙上,张贴着几个红色的大字:严禁刑讯逼供。

所长的左额角有道疤,这让他的脸看上去有棱有角。他先是用目光死死地盯住盗猎嫌犯,直到对方低下头,他才突然发问:

"姓名？"

"达则！"

"大贼？哪两个字？"

"到达的达，原则的则。"嫌犯说。

"出生年月？"

"1943年3月18。"

所长抬起头来看了看审讯室墙上的圆形挂钟，上面的时针已指向六点钟的方向，秒针正咔嗒咔嗒地响。所长又望了望嫌犯身后墙上"严禁刑讯逼供"的警示语，厉声问道："再回答一遍！"

"1943年3月18！"

所长将手掌重重地拍在面前的桌子上。"这是在派出所！"他愤怒地用手指着嫌犯喝道，"我是在依法向你询问，你要如实回答，并为你说的每一句话负责！"

"是1943年3月18，"嫌疑人嗫嚅道，"是阴历的。"

所长示意记录的小普："如实给他记上！"

"结婚没有？"所长又问。

"结了。"

"配偶？"

嫌犯似乎没有听清警官问的是什么，把耳朵侧了过来。

"你婆娘叫什么？"所长的声音高了起来。

"吉婉尔。"

"家住？"

"拖布村。"

"几号？"

"3月18号。"

"你胆子好肥，耍我啊！我问的是你家庭住址！"所长愤怒地叫了起来。

审讯无法继续进行，就连出生年月他都不老实回答。所长怒气冲冲地离开审讯室，出门前，他对负责记录的警察小普说："你打电话给拖布的村主任，让他立即到湾镇派出所来，立即，马上！"

从警快十年了，所长还是第一次碰到那么嚣张的嫌疑人。

拖布的村主任是个四十多岁的中年男人，额头窄，头发往后梳，他隐约听到父亲生前讲过达则这个人。但这个达则不会是那个达则，年纪相差太大。那个达则活着的话，应该是八十岁的老头了。四十多年前，拖布村发生过一起凶杀案，一位从上海来拖布插队的知青，因为经济纠纷，趁达则上山打猎时开枪杀了他，并伪造成自杀的假象。那是1976年的夏天，暴雨如注，达则的尸体被卷入山洪冲到了山下的马鹿河，并漂到了下游的公社所在地，湾镇。至于男人说的吉婉尔，村主任认识，前年才去世，如果活着，也应该快八十了。而眼前这位自称是她丈夫的男人，看上去虽然一脸疲惫，神情木讷，但他的年龄也就30多岁。

"所长，我怎么觉得这个人像个精神病，不会是才从医院逃出来的吧？"村主任小声说。

怀疑盗猎嫌犯是个精神病患者，审讯变得轻松了。经村主任一提醒，包括所长在内的警察，都觉得今天抓到的这位嫌犯精神是有问题。他的穿着，他望着你时那副无知的表情，他毫无逻辑的回答，就像是他大脑里所有的一切，在几十年前的某一刻，被谁按了暂停键。

所长一脸坏笑地问他："今年是哪一年？"

嫌犯皱着眉头想了一下："今年是1976年。"

"那今年都发生过什么事？"

"东北有个地方落下石头，还有就是敬爱的周总理逝世了。"嫌犯回答。

"还有呢？"先前严肃的所长此时变得十分和蔼。

嫌犯说："前几天，朱德总司令也逝世了。"

"小普，你查一下朱德逝世的时间！"所长说。

小普便掏出手机用百度搜索。百度显示朱德逝世的时间是1976年7月6日。

"他回答都还对的哈！"所长对村主任说，"嫌犯说是你们拖布的，你问问在拖布村，他都认识些什么人？"

村主任问嫌犯："村子里谁能证明你是达则？"

嫌犯说："周威宁、吉克、陈胜前、蒋登寿、安宗龙、夏明英、申时任……"他们都能证明。

所长看到村主任的脸色变得很难看，问道："怎么啦？"

村主任说："他说的这些人都不在人世了。"

所长说:"他说吉婉尔是他婆娘,你们拖布,有没有吉婉尔这个人?"

"有的!"村主任说。

"那吉婉尔还有没有后人?"

"吉婉尔的大儿子还在拖布,但最近他不在村子里,而是与老婆一起去了市里,他儿子给他生了个孙子,没人带,两口子过去帮忙了。"村主任说。

"你有他微信吗?"所长问。

"微信有的。"

所长说:"那你拍张嫌犯的照片发给他,问是不是他爹。"

村主任面有难色:"吉婉尔的大儿子快六十岁了,我都得叫叔,他一个做爷爷的人了,我问他一个三十多岁的人是不是他爹,这话问不出口。"

"你换个方式问,再找几个还活着的问他。"所长说。

村主任就又问了嫌犯一串名字,他们的年纪也都三十多岁,可一连说了十来个,嫌犯都在摇头。村主任一脸困惑,他对所长说,这个人太奇怪了,村里的死人他都知道,可活着的他一个都不认识。

"你也不认识他?"所长问。

"我出生就在拖布,今年都四十五了,我敢向老天爷保证,我从来没见过这个人,拖布村也没有这个神经病!"

"有没有这个人不重要,重要的是他打了一只麂子,他要是有神经病还好,要是没有,嘿!"所长皱了一下眉头,偏头对村主任说,"你说他会不会装神经病来逃避打击?"

"有这种可能。"村主任说。

这天审讯嫌犯,还没来得及询问嫌犯的作案经过,审讯就因所长被嫌犯激怒没能继续下去。这会儿所长外表变得心平气和,他好奇眼前的嫌犯为什么会认识拖布的那么多死去的人,而活人一个都不认识,这暂时还是个谜。所长的态度转变之后出奇有耐心,他委婉诱导嫌犯:"说说你是怎样打到这只麂子的?"

听到有人问如何打到大麂子的,嫌犯的脸一下就亮了:"我已经好长时间没打到猎物了,周威宁不高兴了,所以我这次进堂琅山,必须打着猎物,打不着我就不回拖布!"

"谁是周威宁?"所长侧过头去问村主任。

村主任有些难堪地说道:"周威宁是我爷爷,死掉十多年啦。"

"你这次进山去了几天?"所长继续询问嫌犯。

"怕有个十天了吧!"嫌犯说。

"你在山里吃什么呢?"

"炒面。吉婉尔给我准备了一袋炒面带在身上,我饿了就吃两口,她也说,打不到大猎物,让我不要回来。"嫌犯说。

"除了你老婆吉婉尔,还有谁能证明你进山打猎?"

"丁脑壳啊!丁脑壳知道,吉婉尔让他监视我,一进山我就发现他跟在后面,我藏在一棵大树后,等他朝前走去,我从后面用枪管抵住他的腰,叫他不准动,举起手来!丁脑壳被吓坏了，回过头来看见是我，吓得飞哒哒一趟逃下山去，我知道他是要去告诉吉婉尔。"

"你等等！"村主任突然打断嫌犯的话，转过头去对所长说，"他说的这个丁脑壳还活着！无儿无女，是村里的五保户，平时有时清醒，有时糊涂。"

"那小普，你派辆车去把他接过来！"所长说。

等去接丁脑壳的人开车走了以后，村主任搜肠刮肚，把从父亲和爷爷那儿听到的有关拖布村的传闻，拿来问嫌犯。村主任说："听说有一年秋天，马鹿河上，出现了成千上万的蛤蟆，大蛤蟆背着小蛤蟆，在河水里拼命往上游，有没有这回事？"

嫌疑人说："这不是前年秋天的事情嘛！有知青还用弹弓去射那些蛤蟆，还有人说要地震。"

"听人说，吉婉尔家藏着一颗虎牙，这件事情是真还是假？"村主任问。

嫌疑人犹豫了一下，突然把村主任的手拉了过去，放在他的腰间："给你摸一摸！"

村主任摸到一根带弧形的条状物，很坚硬，有个十厘米长。

"拿出来看一看？"村主任说。

嫌疑人摇了摇头："这事可不能让李清浦知道，他一直缠着要我给他那颗虎牙，没有办法，我只能给他颗豹牙。"

"李清浦是个什么人？"

"知青啊，上海来拖布插队的知青，手很巧，会做标本。"嫌疑人说，"他跟我去堂琅山里打过猎，他买的那支昭通造猎枪，比我的这支还要好，可惜他的枪法太差了。"

"那李清浦呢？"所长问。

"本来是要枪毙他的，被我救了下来，但结果还是枪毙了！"

"妈的，护林员抓了个神经病回来，"所长说，"十有八九是神经病！"

"可麂子是真的啊！"村主任说。

这时，去拖布接丁脑壳的警官小普已经回来，身后跟着一个佝偻的老头，看上去八十几了，还被人叫丁脑壳。所长笑了，眼前带进来的这个老头他不陌生，他不相信这老头身上会藏着他想得到的答案。

[正篇]

李清浦

这是我到拖布插队的第七百三十七天。这个村位于堂琅山区的马鹿河边，秋天来临，知青屋外面的马鹿河又变得安静从容，河水清澈，坐在岸边，能看见河底有颜色各异的鹅卵石。能够看得见河底，蹚水过河的人就不会慌乱，他们每迈一步，都能选择下脚的地方。在来拖布之前，我没有见到过流动的河流。虽然我从小生活在长江的出海口，但那儿的江水看上去好像不会流淌，比大海还安静。所以，马鹿河看上去就像是一条流淌着的钟表，河水的涨缩间，像是旋转着一根我看不见的指针。

到了夏天，尤其是一连下几天的雨，马鹿河就会暴涨数倍，堂琅山里降下的雨水，好像都汇集到这儿来了。河水暴躁、冲动，颜色也变得混浊，在河流拐弯的地方，水面有一些移动着的漩涡，看着就令人害怕。此时若要去对岸，水性最好的人也只能选择绕道去湾镇。在离拖布五六公里远的湾镇，有座建于三十年代的石拱桥。几十年过去了，这个地区经历过地震、水患，可那座石桥仍然像刚建成那样坚固。到拖布的前夜，我就住在湾镇，那是公社的所在地，有小学、医院、供销社、粮库、水电站、邮电所，以及一个简陋的招待所。吃过晚饭后我无所事事，便来到马鹿河边，从那座石桥去到对岸。坐在河边的时候，我看见石拱桥的弧顶有什么东西垂吊下来，看得不太清楚。等我返回时重新走上石桥，把身子趴在石桥边，伸头下去看，发现桥中垂吊着的是一柄已经锈蚀的剑，剑柄藏在石桥里，剑头直指桥下的河水。

我们那一批到湾镇插队的知青有四五十人，有的来自上海，有的来自北京，还有的来自昆明。在湾镇进行动员之后，我们被分到公社下面不同的大队。我去的是拖布，彝语的意思是大树或者森林。

来到拖布没几天，新奇感一过，我就迫切想返回上海，做梦都想。最初那段时间，我频繁梦见外滩，梦到城隍庙、江湾五角场。有一次，我甚至梦到在七宝老街吃条头糕。自从来到拖布，我就开始写日记。心想自己如果有一天要离开拖布了，我会来到马鹿河边,将那些日记一页页撕下,投到河水中。我想象那些记录我在拖布生活的日记,一页页随着马鹿河水往下漂,它们会漂入金沙江,漂入长江,也许我回到上海,会在黄浦江边见到我投入水中的日记。

每隔一段时间,我都会来湾镇,找公社知青办的覃主任。他长得有些像《渡江侦察记》里的那位情报处长,但头要小得多。覃主任精瘦,他的身子细长,脖子细长,腿脚也细长,每次见到他,我都会想起盘踞在树枝上贪婪咀嚼着猎物的螳螂。认识他之后,我送过他百雀羚面霜、蜂花檀香皂、英雄钢笔,甚至一块上海牌手表,那是块7120手动上弦机械表,花了我120元,有点心疼。所以送出去的前一天晚上,我一直把玩那块手表直至深夜。那块表有奶白色的表盘、背面中心有"上海"两字,是手写体,下坠标有拼音,六点位方向有"防震"两个字,而八点位方向,则是"全钢"。我没有想到覃主任会轻描淡写地将表盒放在一旁,好像我送他的不是一块价格昂贵的上海手表,而只是一盒轻飘飘的火柴。

我告诉覃主任,这表可不好买,要凭票,我先是在黑市上买了表票……覃主任打断我的话,他说,上海产的东西就是好,去年你送我的百雀羚面霜,我婆娘搽了就丢不下。我赶快接过话头表示,覃主任要是喜欢,我可以写信回家,让家里的人再买两盒寄给覃主任。

这次我送覃主任上海表的时候,把保送去读大学的申请书放在了表盒下。覃主任只是很潦草地瞟了一眼,没有个明确的表态。他一脸为难地说，想被保送的知青太多了，一年就只有那么个把两个名额，僧多粥少，你让我怎么办？我只好乞求说，我家的情况主任是知道的，父亲在下放，哥哥在淮北插队，我妈瘫在床上……覃主任说，这些情况我都知道，也很同情，但保送和招工的事，也不是我一个人说了算。我便问他还要找哪几个人，覃主任就掏出笔来，在我申请书的背面写了三个人的名字，要我抽时间也去找找人家。我接过他递过来的申请书，心中默默计算了一下，三块表要花一大笔钱，我短时间根本挣不到，不免有些气馁。坐了一会儿，我站起来准备离开，覃主任用右手点了点我，示意我再坐下来。他弯腰下去，挽起右脚的裤腿。你过来看看，他说。我走到覃主任身边蹲了下去，屋里的光线不是太亮，我看到覃主任发白的小腿肚上，有两个塌陷的疤痕，成人拇指甲那么大，隔着一寸多的距离。我问覃主任是什么疤，他说是狗咬的。读小学的时候，他被一条大狗扑倒过，如今心有余悸。他咬牙切齿地说，妈的，三十多年了，每隔几天就会做个被狗追的梦，也不知上辈子与狗结了什么仇。

我当时不知道覃主任为什么给我看他腿上的疤，但当他谈起狗来，我仍然从他的眼睛里，看到了恐惧和切齿的痛恨。突然，覃主任对我谈起他年前去广西出差的事情，他说那儿的人喜欢吃狗肉，还有专门杀狗的屠夫，还说狗肉真不一样，比猪肉香。我说，主任你要是喜欢吃狗肉的话，过段时间我给你弄一条来。覃主任摇了摇头说，我不是这个意思，在广西，我听说再恶的狗，只要见到杀狗的屠夫，都会浑身发抖，远远绕道躲开。我不明白覃主任的意思，就等待他继续往下说。停了一会儿，覃主任用手抚摸着右小腿肚，将目光从我身上移开，好像看着某个遥远的地方，不无遗憾地说，我这辈子是成不了杀狗的屠夫啦！

我知道覃主任不会无缘无故说他被狗咬的事，但预感他有什么事要我去帮他办。果然，覃主任突然问我，你插队的拖布，听说有人藏有虎牙？我摇了摇头说没有见过，也没有听说过。覃主任摆了摆手说，你到那儿插队没多久，当然不知道了，可我知道拖布有人有虎牙，过去的堂琅山，可是有老虎的，现在为什么没有了？不就是被人猎杀了嘛，有人猎杀了老虎，就一定有人把虎牙藏了下来。覃主任的这番逻辑弄得我一头雾水，但又不能够反驳，只好洗耳恭听。覃主任说，那些走村串寨的货郎，偶尔有个别身上也会带虎牙，有了虎牙的保护，他们可以放心大胆到堂琅山里的任何一个地方！我问为什么？覃主任说，狗的鼻子灵敏，带有虎牙的货郎还没有进村，村子里的狗就能够闻到老虎的气味，那气味能让再恶的狗乖乖趴下来，将头贴在地上，不敢叫，连抬头望一眼都不敢。覃主任眯起眼睛，往椅背上深深一靠，脸上有灿烂而得意的笑容。他晃了晃自己的小脑袋说，要是有颗虎牙带在身上，嘿……看他那陶醉的样子，好像自己已经变成头老虎，正在巡视自己的领地，而所有的狗都俯伏下来。话说到这个份儿上我要是再不明白，就不懂事了。我说，主任的意思我懂！我去想办法。覃主任高兴地说，就是，你比其他的知青要聪明！像你这样聪明的知青，迟早应该被推荐去上大学的。说完他亲切地拍了拍我的肩头。

返回拖布的路上,我感觉只要弄到颗虎牙送给覃主任,我被保送去读书这件事就有戏。只是有点心疼我送出去的那只上海表,否则,也许我可以用它去换一颗虎牙。在拖布,究竟谁才有虎牙呢?

吉婉尔

一晃,我嫁到拖布十年了。十年里,我为丈夫达则生了一个儿子和两个姑娘,为他操持家务,出工、做饭、喂猪、洗衣……虽然只有二十八岁,但我觉得自己已经像八十二岁那样老了。这几年,达则与我的话越来越少,我知道他的心中装着那个叫阿布的女人,那是他的初恋情人,他忘不掉她,梦里他曾不止一次叫出她的名字。三年前的一天,我跟着达则在湾镇赶场,在街上碰到了阿布,我看到达则在看到那个女人时眼睛亮了一下,就知道她还在他的心里。所以这几年,达则每次进山打猎,打到的猎物腿上都会少一块最好的肉。你说,打到麂子、马鹿、岩羊和野猪这种大猎物,割块肉送给那个女人也就算了,可是有时手气不好,他进山一两天,就只打到只山鸡或者野兔,他还要把身上最好的那块肉割了送给阿布,就太过分了。

达则躺在屋子里睡觉,衣服也没脱。这两年,他睡觉的时候会打鼾了,我也没有嫌弃他。今天一早,天刚麻麻亮,他回来了,但只带回了一只兔子。我猜他又给阿布送肉去了,一摸,兔皮下果然少了一只腿。昨天晚上月亮很好，想起达则将手中的野兔和衣裤高高举在头上蹚水过马鹿河，我就伤心。夜里他行走在山道上，或者穿过堂琅山里的任何一个村庄，我都不担心。三年前我回娘家，从爷爷那儿要来了颗虎牙。娘家人不再上山打猎，那颗虎牙放着没什么用处，我求了过来给达则。我对爷爷说，你孙女差点就成寡妇啦。我爷爷问我怎么了，我说达则从山里打猎回来，碰到了鬼打墙，差点没了。鬼打墙我爷爷懂。达则从山里返回拖布时，在村外的一块苞谷地里迷路了，他顺着一条地埂，从地的这边走到那边，然后又从那边走到这边。他从傍晚走到天黑，又从天黑走到天亮，走了整整一夜，要不是有人一早去湾镇发现他，把他叫醒，他会一直走下去。那一次，达则进山什么猎物都没打到，他回来告诉我说，明明觉得顺着那条地埂可以抄近路回家，可走了一夜也没有走出那块苞谷地，奇了怪！

　　我不想失去达则，他毕竟是我三个孩子的爸。我将从娘家求来的虎牙用针线牢牢缝在达则的内裤上。虎牙放在一个两层的小布包里，不会丢失，除非达则自己把内裤一起弄丢，而他要把内裤弄丢，也只有一种可能，就是丢在阿布那儿。每一次达则从外面回来，我都会找机会摸一摸他的腰，看虎牙还在不在。虎牙在，我就放心了，哪怕他的内裤在阿布的床上脱下来又穿上。我只在结婚的第一年，问过阿布的事，达则为此很不开心，后来我就再也不问了。我其实也不是没有人喜欢，在娘家的时候有，嫁到拖布来以后还有。比如丁脑壳，他也曾经是拖布的猎手，但自从父母双双被河水卷走后，他就很少再进山打猎。丁脑壳有点神，村子里的人都说他在跟吉克学巫术，我问过他，他只是笑，不回答。这个男人见到我就只会笑，有点傻傻的。

其实以前，达则进山打猎，也不是每次都能够打到猎物。村子里原来也还有几个打猎的，但他们一连几次进山不仅没有收获，还耽搁在队里出工，渐渐地，他们不再去了，他们挂在墙上的猎枪，由于没人擦洗上油，早就已经生锈，村里打猎的只剩下了达则。这几年，堂琅山里能打的东西越来越少，连野猪都不到村子边来啃吃苞谷和红薯。为了打到猎物，达则只能走得更远，有时，他会带上几天的干粮，去山里蹲守。但我有个印象，自从他带上我家祖上传下来的虎牙后，他的运气好多了，每次都能打着猎物。

丁脑壳已经答应我了，下次达则进山打猎，他就偷偷跟着进山，看达则打到猎物以后，是怎样把肉送给阿布的。冬春季节，马鹿河里的水变小了，把裤腿挽到大腿根就能够蹚过河。阿布的娘家在拖布，她嫁的地方是河对岸的寨子，那个寨子，我站在家门口就能够看得见。如果从打谷场那儿蹚过马鹿河，一个钟头就能够从阿布家返回。但有件事我一直没想通，夏天河水猛涨的时候，达则要是不绕道湾镇的石桥，他是怎么把猎物身上割下来的肉送给心上人的？一去一回，没有个三四个小时根本不可能。

这一天，达则睡醒之后对我说，他打到猎物回来，碰到了队长。我问哪个队长,他说周威宁啊。我说周威宁怎么啦?他说周队长好像有些不开心。我说,你打到猎物,除了我和你的三个孩子,谁会开心?达则说,也说不定。我猜他的意思是,他打到猎物,阿布也很开心。在达则看来,他打到猎物,队长应该开心才是,因为他每次进山打猎,只要打到的猎物稍微大一点,他都会割一坨肉送去给周队长。夏秋两季达则用瓜叶包,冬春用棕叶包。周队长吃我们家送去的肉,牙齿都吃黄了。达则说,他不管周威宁高兴不高兴,下一次他进山去一定要打个大家伙,最好能打到一头大野猪,那样的话,拖布村的每一户人家我都分块肉给他们,连住在村北口的知青我也分。

住在村口的那些知青谁是谁我都分不清楚,但我认识他们中那个叫李清浦的,他有时候会来找达则,出钱给达则,买达则打到的松鸡啊竹鼠什么的。达则用卖猎物的钱,托李清浦请人在上海买了一件粉红色的确良衬衫,夏天穿在身上可凉快了。有一次,李清浦来家里,可达则不在,他进山了,我把自留地里刚挖的红薯捡了几个硬塞给李清浦,在他离开的时候,我问他从上海托人买回了几件粉红色的衬衫?李清浦说,就只带了一件,不便宜,怕带回来没人买脱不了手,是达则交了订金他才敢买。我不知道李清浦说的话是真是假,也许,那件粉红色的衬衫,达则只买给过我,而没买给阿布。一想起这件事来,我就有些开心。就像今天早上,他带回来的野兔虽然少了条腿,但留下来的兔肉毕竟比给阿布的要多得多。虽然我有些难过,但我也明白,家在达则的心里,到底还是要比阿布重要一些。

周威宁

我热爱拖布，就像热爱我的性命一样。尽管我曾经有机会到湾镇，甚至有机会到县城工作，但都被我放弃了。"宁做鸡头不做凤尾"，这是我的人生格言。在我看来，拖布就是人间天堂，它背靠着高高的堂琅山，马鹿河从上游带来的肥沃泥土，在山脚的一个缓滩堆积起来。我读过陶渊明的《桃花源记》，他说的"土地平旷，屋舍俨然，有良田、美池、桑竹之属"，写的就像是我们拖布。拖布地处河谷，有水田有山地，物产之丰富，数都数不过来。大米、小麦、苞谷、花生、黄豆、芭蕉、甘蔗、藕……附近村寨的人，都以在拖布有亲戚而自豪。我有一位住在深山里的远房亲戚，来拖布时，我煮了碗面给他吃，他说一生从没吃过这么好吃的东西，高兴得眼泪都快下来了。村中靠近紫薇树的那几亩水田，叫"一丘田"，产的大米，曾经是贡米，被人用马帮送到长江边的叙府，从那儿再用船运到京城。一丘田产的大米颜色发绿，就像是被油浸泡过一样，蒸出来，隔着老远就能够闻到香味，不过因为产量太少，哪怕是拖布的人家，过年能够蒸上一甑就不错了。

我每天天不亮就早起，等待我手腕上的表跳到八点。孩子们八点上学，我们八点出工，工作是头天收工时就布置下去的，我对拖布的生产有自己的安排和计划，绝不会乱，这在整个湾镇都出了名。我盯着表盘，等待着分针跳到十二点的位置，然后提着挂在门后的哨子出了家门。我喜欢夏天，夏天天亮得早，当我鼓起腮帮吹响哨子的时候，天早已经大亮。我喜欢看队里的人在我的哨声中走出家门，穿过村子，走进一块块庄稼地。冬天，天亮得晚，晚得让人心烦。有时，我把腮帮吹疼，也没有几个人出工，所以我会用哨子一声又一声催他们出门。会计是巫师吉克的大儿子，是个残废，他弟弟在部队，以前每到春节，我都会带公社武装部的同志，在他家门楣上方，贴上"军属光荣"几个字。现在他分家出来了，在离老屋几米远的地方另外建了新房。去年春节，原本该贴在巫师家门楣上的"军属光荣"，贴在了儿子会计家门楣上了。

一晃，我在拖布做队长快二十年了。时间过得真是太快，比马鹿河水流得都快。上午人们出工，我会在他们劳动的地里巡视一圈，等时间差不多到十一点半，我就会再次吹响哨子。出工的哨音短促，收工的哨音悠长，在拖布生活的人都会分辨得清清楚楚。站在路边，我看见队里的两头水牛走了过来，没人放牧它们，水牛也能够找到自己的牛圈。领头的那头水牛，我给它取名叫李逵，梁山一百单八将里排名靠前的好汉，当然是绰号，因为它的确力大无穷，与附近几个村子的牛顶架，从来没有输过。李逵膀大腰圆，当它从我身旁经过时，我这个队长都得给它让路。看上去李逵又壮了一些，尾巴在它结实的屁股上甩过来甩过去。我看到它圆形的蹄子踩在泥地上，留下的足印比张开的手掌还大。望着地上的牛蹄印，我想起队里那盒快要干的印泥。他们都说我当队长轻松，其实我比那些出工的人还要忙，几乎每一天都有人来找我盖章，介绍信、申请书、证明……那颗章在我手里已经十多年了，用青冈木雕的章，非常坚硬，我盖的次数太多，章柄都被我的手磨亮了。前几天我把章对着嘴哈气，我看到那颗章油润油润的，有油脂渗透进了公章的木纹里。

刚刚过去的那个晚上，我让人带话给达则，让他到我家里来一趟。他对我一直很尊敬，每次到我家，他都不会空着手来。前几天他打到一只大麂子，把它分给了拖布的每个人。昨晚来的时候，还用瓜叶包了一小叶肝，我在油灯下看了看，觉得没有麂子的肝大。达则说是果子狸的肝，已经用盐腌了十多天，现在用青辣椒炒了，下酒最好。我说那得等明天了，因为今天晚饭我已经喝过酒了。我不贪杯，但会每天晚上喝上一点，好睡觉。我对达则说，你光想着进山打猎，不出工，要是换了一个人当队长，会给你扣上一顶破坏生产的帽子。我这样说的时候瞄了一眼达则，观察一下他的表情。那是因为他每次打到大点的猎物，从来没有忘记我。另外，对于一个扛枪打猎的年轻人，我与他谈话的时候，还是要讲究方法。

达则承认了自己的错误，他说只顾着打猎了，没怎么出工，到了年底，一算工分，还没有老婆吉婉尔的工分高，有点羞人。他既然能够认识到这一点，说明年轻人也还是可以挽救。我委婉地说，你打猎的山林，虽然不属于拖布村，但它是集体的山林对不对？所以山林中的野兽当然也就是集体的野兽！达则听得有点糊涂,他说,是不是以后不允许他进山打猎了?我说,达则,不是不允许,而是要换一种打法!一个成年强劳力,男的干一天活儿记十个工分,女的才记八分,这个你知道,但我可以给你记十五个工分!

　　达则笑了笑,说他明白了。其实他根本不明白。达则说,队长,我明白了,以后我打到猎物,无论大小,我都分一块给你。我一听就乐了,但我很快又变得严肃起来,我说你没有明白,真的没明白!达则伸手抓了抓脑袋,以为一抓他就明白了。他问我,队长你说的是什么意思呢?换一种打法怎么打?他皱起眉头,以为我要教他怎样去打猎。我说,你其实可以每天都进山打猎,不用到地里去出工,我还可以给你记十五个工分,但是你以后打到的猎物,再小,都要交到队上来。达则是个好猎手,但不是个特别聪明的人,他还是不明白要点,与我辩解,说他以往打到大一点的猎物,从来都会想着分给村里的人。我只好点拨他,告诉他这不是重点。他问什么才是重点?我说重点是打到的猎物要交给队上,说得直白一点,就是猎物得由我这个队长来分配。我告诉达则,由我分配猎物的话,我可以每次都分最好的肉给他。达则终于明白了我的意思,他说,不是每次进山都打得到猎物。我告诉他根本不用担心,打得到打不到猎物,我都给你记十五个工分。有一句重要的话到了嘴边,我又咽了下去,没有给达则说。我要的不是他打不打得到猎物,而是他打到的猎物,要由我这个队长来分配。这是原则。

　　离开我家的时候,达则好像有些糊涂,就像是一个小学生,面对着初中的数学题，连题意都理解不了。我拍了拍他的肩膀，语重心长地对他说，在拖布，不能够只有你家飘出肉香！

丁脑壳

我叫邓来获，但连巫师都叫我丁脑壳。他说，丁脑壳，你该成个家了。巫师让我成家的时候，我就会想起吉婉尔。她是个会偷魂的女人，好在，我学会了换魂术，我能够把达则的魂魄换到我的身体里，而把我的魂魄换到达则的身体里，所以，我成不成家都不重要。那天，在水井边，吉婉尔对我说，丁脑壳，下次达则进山野打猎，你悄悄跟着他，看他是怎样打到猎物，又怎样把肉送给河对岸的阿布。但这件事情只有你知道、我知道，不能告诉任何人。我说，好，这件事情我不跟别人说。

吉婉尔嫁到拖布的那天，就住到了我的心里，每天晚上我都会梦到她。我喜欢吉婉尔穿那条黑色的布裙，上面镶嵌着暗红色的裙边，她弯腰清洗木盆里的衣服时，我喜欢站在她的身后，看她的肩头和垂在后背上的辫子。

巫师说，丁脑壳，你一个三十岁的男人，换了别人，都已经成家立业，是两三个孩子的父亲，你要赶紧找个女人。巫师是除了我父母外最亲的人，比我两个嫁到外地的姐姐还亲。那一年，马鹿河里的水像是从天上来，我爸我妈在蹚水过河时，齐头水一下子冲了下来，至今他们的尸骨都没有找到。巫师说，也许他们顺着马鹿河去了金沙江，最后去到了大海，可是大海很远，在堂琅山那边的那边。爸爸妈妈走了以后，我喝完了一壶苞谷酒，关上房门，埋头睡了三天。他们说我发高烧，说胡话，但没有人知道，那是我在梦中学习换魂术。一个年纪比巫师还大的白头翁传我换魂的法术，等我高烧退了，把家门重新打开，我已经能够偷偷进入别人的心里。只是，我不知道这件事情该不该告诉巫师。我担心他知道有人教我法术会不高兴，骂我。

我其实不只是会换魂术，我的天眼还被烧开了，能够看到别人看不到的东西。比如那天我从巫师家回来，就看到有一只虎斑猫偷偷进了我家。在我们堂琅山，虎斑猫相当于卫生所的医生，它认得大山里各种草药，不停地为那些找上门来的野兽治伤。估计我的法术还没有练精，那只虎斑猫虽然看不见我，但它的鼻子很灵，比狗的鼻子都灵，它一定是闻到了生人的气味，站在我家的堂屋里，把头转过来转过去，好像在寻找着什么。白头翁在我后背上贴过隐身的符章，他能够让我看到那些紧挨着挤进我家的野兽，却让它们看不到我。

进入我家的那只虎斑猫个子很大，有头小狼那么大，它还会缩骨和变形，能够像人那样站起来走路。我亲眼看到它侧着身子，从我家窄窄的门缝中挤进来，就像一个刚从马鹿河中爬出来的水鬼，浑身湿透，站在我家火塘边抖动身子，毛皮上甩出水珠溅得到处都是。那只虎斑猫进入我家以后，望着神龛旁的那面墙流起泪来，它好像能看到神龛旁边的墙上挂着大大小小的兽皮。看来，它还是有点道行的。那些兽皮一般人都看不见，达则看不见，队长周威宁看不见，那个会制作标本的知青李清浦，我不知道他看不看得见，但虎斑猫和我能看见。我喉咙有点发痒，像有只蚂蚁在那儿爬，但我拼命忍住，怕一咳嗽吓着那只虎斑猫。后来，我看它小心靠近神龛，好像我家堂屋里埋着地雷。它也太小心了，每迈一步，都先是提起前爪，迟疑一下，试探着才敢跨过我放在地上的一只酒碗、一条木凳，还有我平时坐的一个草编的蒲团，脚步比影子还轻。

虎斑猫来我家的那天夜里，月光很好。巫师说过，每到了月圆之夜，虎斑猫就会带着一支奇特的队伍出现，它们在堂琅山的村寨里悄无声息地穿行，寻找它们被剥去的毛皮。那些跟在虎斑猫后面的野兽有大有小，大的有黑熊、云豹、黄羊、野狗，小的是穿山甲、竹鼠、野兔和野雉，它们血肉模糊，但人看不见它们，就连达则家的猎狗雷火也看不见它们，否则，它们进了拖布村，雷火就会叫起来，其他狗也会跟着叫起来。我问过巫师，为什么那些野兽要来找他们的毛皮？巫师说，就像人死了灵魂要转世投生一样，那些野兽找不到它们被人剥走的毛皮，它们就不能够顺利投生。

李清浦来过我家。我在火塘边煮茶给他喝。他也许看得到我家神龛旁边挂着的那些野兽皮，也许看不到，也许只看到一半。他问我神龛上面是不是蹲着一只夜鸮，我说不是蹲着，而是吊在神龛上。我有一只风干了的夜鸮，我在它脖子上系了一条细线，把它吊在神龛的油灯旁。那只夜鸮长着灰黑色的羽毛，它的脸好圆，尖嘴看上去好像一把小弯刀，我喜欢夜里坐在火塘边看着它。

虎斑猫来我家的那天晚上，屋外下了大雪，冷风呜呜地吹，像有人在外面的野地里哭。我把几根木柴扔进火塘中，看红黄色的火焰从木柴中钻出来，就好像火塘里有好多舌头伸了出来。有些木柴没有干透，烧一会儿就会发出响声，有火星在烟雾中散开，这时候我听见夜鹞的叫声。"哦——啊"，它的叫声像是拖了个尾巴，每次听见我都害怕。爸爸妈妈走之前的几个夜晚，我都听到它的叫声。夜鹞飞得很快，第一声在我家屋顶叫，再叫一声，我觉得它已经飞到马鹿河了。

那只虎斑猫可不是一般的猫，它不但会像人一样站起来走路，还会把两只前爪举起来，对着我家的神龛作揖，好像得挂在神龛旁的夜鹞同意，虎斑猫才能够将墙上挂着的那些毛皮带走。它作一下揖，墙上的那些野兽皮动一下，再作，再动。我后来看见好多动物，它们身子扁平，在我家的墙上吃力地往上爬。

虎斑猫的身后，紧跟着的是一只胸脯塌陷的山鸡，它光着身子，像个迟到之后担心老师罚站的小学生。它的身后，跟着一群被剥光毛皮的动物，大大小小，没有毛皮，我都认不出它们来。好像剥掉毛皮以后，它们的长相都差不多。难怪巫师说不穿上毛皮，它们都无法投生。

虎斑猫从墙上取下来的是一副山鸡的羽毛。脱毛的山鸡个头好小，它跌跌撞撞走上前去，接过虎斑猫递过来的羽毛，费了好大力才把那副羽毛穿上，可能羽毛有点小，那只山鸡穿上以后，走起路来两腿并得太紧，经常腿绊着腿。后来，虎斑猫又递过来云豹的皮、麂子的皮、兔子的皮、豺狗的皮……它们排着队，赤裸着身子，有的瘸着腿，有的耷拉着头，笨手笨脚。那天晚上，一只又一只光溜溜的野兽重新把兽皮穿在身上，我看见它们的眼睛在黑暗中发出亮光。而那些没有领取到兽皮的野兽，望着空掉的墙壁，蜷缩在我家的墙角，开始哭泣。

达 则

一大早，我就起身进堂琅山打猎，刚出门就看到雷火对着屋后的黄桷树叫，我喝了一声，制止雷火，但雷火还在对着那棵黄桷树叫，好像树上有什么东西。我仔细一看，原来树枝上站着一只夜鸦，难怪雷火会叫。有些晦气。一早外出打猎，碰到它，我觉得非常倒霉，心想此次进堂琅山，怕是一样猎物都打不到。夜鸦与蝙蝠一样，它们白天躲起来，夜里才出来活动，所以这只一早就站在黄桷树上的夜鸦，有点奇怪。

我进山打猎多年，很少见到夜鸦，偶尔见到，也只是在树林中一晃就不见了。但这只夜鸦没有飞走，它好像是没有听到雷火的叫声，而是将头转过来、转过去。夜鸦的头能转到背面去，它还会变颜色，太阳光下，它的羽毛是金色的，阴天它的羽毛是灰色的，到了夜晚，它的羽毛则会变成黑色。我问过巫师，夜鸦为什么会变色？巫师的回答是，夜鸦不想被人看见，所以它变成跟周围一样的颜色。如果不是雷火叫，那么即使那只夜鸦站在树枝上，我从下面走过也不会发现。顺着夜鸦站着的那棵黄桷树往远处望去，最远的那座山叫轿顶山。那是堂琅山的主峰，它与夜鹞一样，也会变色，冬天的时候，山顶变成白色，夏天变绿，秋天色彩斑斓。我好奇会变色的夜鹞如果冬天到了轿顶山白色的山顶，会不会变成一只白色的夜鹞？

望着树枝上站着的夜鹞，我犹豫要不要进山？雷火在低声咆哮，它是我养的猎狗，不仅是拖布村的狗王，就是在整个湾镇的地盘，也找不出第二只比它厉害的猎狗。说起狗来，老辈人传下来的经验是：头黄二黑三花四白。意思是杀狗吃的话，黄狗的肉最好，白狗排在最后，有人说白狗的肉吃上去发酸。我不吃狗肉，不知道这个说法有没有道理。我的雷火，究竟应该算黑狗还是花狗？它是五年前，我进堂琅山打猎时，一个山中猎人送给我的，那时它是一只小牙狗，怕它发情，我就找了个劁猪匠取了它的卵子，我只是想在进山打猎的时候，让它陪伴一下我，没有想过要它做我的帮手。长大后的雷火成为一只好猎狗，它骨架大，嘴筒粗，宽肩细腰，浑身漆黑，只有四个脚爪和眉心是白色的。如果仔细看，尾巴尖也是白色的。

我从地上捡起一块石头，朝那只夜鹞扔去。我扔石头很准，小时候我放羊时，可以把石头扔在头羊的角上，告诉它返回来。但那只夜鹞不怕石头，它只是在石头砸过来时，在树枝上跳一下避让开。村里人都觉得夜鹞不吉利，比乌鸦还讨人嫌，只有巫师不害怕，他的法帽上，吊着只夜鹞的脚，做法事的时候，那只脚会在巫师的耳旁晃来晃去。半个月前，我去巫师家给他送只野鸡，结果在他家堂屋正中的神龛上看到歇着只夜鹞，把我吓了一跳。巫师把它从神龛上拿下来，递给我。奇怪了，歇在巫师家神龛上的夜鸮像活的一样，但很轻，我翻来覆去看，搞不懂它为什么那么轻。巫师说，不是真的夜鸮，而是一个标本。我不知道什么是标本。巫师解释了半天我也没有弄懂。但我知道，是在拖布插队的知青李清浦送给巫师的。

我一连扔了几个石头，都没打中那只夜鸮，它也没有逃走，站在树枝上没有飞走的意思，弄得我有点心烦。我抬起枪管瞄准它，想吓它一下，并没有想要向它射击。这大山里的鸟，还没有什么值得我抬起猎枪瞄准的。有一些猛禽，比如游隼，比如岩鹰，我总是不忍心打它们。岩鹰我父亲打死过一只，那还是我小的时候，那个时候正值饥荒，也许是太饿了，那只岩鹰竟然不顾危险，飞到我家的院子里来扑鸡，然后和我家的公鸡缠斗在了一起，时间长到足够我爸把猎枪取下来上膛瞄准。所有的鸟中，我觉得只有斑鸠值得猎捕，不是用猎枪，而是用煤油浸泡苞谷籽、用线串了，放在竹林里钓。斑鸠看上去个头不大，但撕开皮后，它的两块胸脯肉很大，比一只山鸡的肉少不了多少。

那天早晨，站在黄桷树上的夜鸮耽搁了我进山的时间。看到我抬枪瞄准，它就飞走，等我放下枪没走几步，它又飞回来歇在附近的一棵树上。每一次它飞回来，雷火都会愤怒地叫上两声，可它就像个鬼影子一样，跟着我进了山。往深山里走，不时会碰到岔道，我故意停下来，在岔道那儿抽一袋烟，夜鸮暂时不见了，但我知道它就藏在附近什么地方。我先是选择左边的那条山道往上走，果然，夜鸮的身影又出现在前面的大树上，趁着它往前飞，我折回来，走上了右侧那条山道。我有些开心，一个假动作就避开了夜鸮的尾随。可是，正当我大步走在山道上时，有什么东西在我的后背上重重地拍了一下。我没有动，而是轻轻低下头，用眼睛的余光看我的肩头是不是有狼爪。父亲生前告诉过我，在堂琅山里行走的时候，如果感觉到有人拍你的肩头，千万别回头。他说，狼会模仿人在后面拍你，只要你一回头，它的嘴就在后面等待着你的喉咙。可是，如果是狼，雷火应该是有反应的，但我看到它脚步轻快地跑在山道上，没有闻到野兽的气味。不是狼是什么呢？这时我看到那只一大早就跟着我的夜鸮，它在我的头顶绕了一圈，飞往我身后，好像告诉我路走错了一样。我有些不高兴，扬了扬手中的猎枪，但它停在我身后不远的山道上，就像是等着我返回去一样。我叫了一声雷火，提着火药枪追了上去，我想把那只夜鸮打了，扔在路边的草丛里，省得它一路跟着我，让我心烦意乱。

但我后来发现那只夜鸮有意引导着我往另外一条路走，我跟了上去，到了这个时候，我才发现一早跟着我的是只缺了腿的夜鸮。它在山道上跳得很吃力。跟着它往左边的山路走进密林，我有些心慌，总觉得有什么事情要发生，但我是个猎人，手中又拿着猎枪，我不能让自己害怕，何况我身上还带着颗虎牙，可以辟邪。我跟在那只夜鸮的后面，它在前面飞飞停停，与我保持着一段距离。在堂琅山里打猎，有时候像是在赌博，每一个岔口都面临选择，走错一个路口，也许就什么猎物都打不到。很快,跑在我前面的雷火兴奋起来,它猛往前跑几步,又折头跑回我身边,围着我绕圈。我知道前面的树林里藏有猎物了,因为雷火闻到猎物的气味就会这样兴奋。

"哦——啊",那只独腿夜鸮叫了一声,它的叫声让森林突然变得安静。夜鸮平时只在夜晚叫唤,听到它的叫声,藏在林中的野兽都会放松警惕。我猫下腰,轻脚轻手地往前靠近,看到树林里一只正在吃东西的獐子。我抬枪瞄准,果断扣动扳机,一声枪响,那只獐子往前跑了几步,一头栽倒在地,四只蹄子在空中扒来扒去。我打猎的时候,那只夜鸮就站在獐子旁边的一棵树上,两个圆圆的眼珠望着我,它偏了一下头,像在告诉我能够打到这头獐子有它的一份功劳。我这时算是明白过来了,它之前拍我的肩,让我跟着它往左侧的山道走,是因为它老早就知道左侧的山道旁有猎物。"哦——啊,哦——啊",它一连叫了几声,好像有什么话要对我说。

周威宁

拖布村两三百号人,男男女女,大人小孩,身高不一样,心思各不相同,要将他们捏合成一个团结战斗的群体,的确是要花一点功夫的。其实,只要把队里一些主要人物搞定,他们一消停,队里立即就会出现安定团结的局面。最近一段时间,我对达则的改造效果明显,他变得懂事了,能够站在大局上看待问题,当然这也跟我给他每天十五个工分有关系,我知道年终算账分红，他会感谢我，没准以后还会成为我管理拖布的重要助手。从与他认真交流思想以后，他每次进山，只要打到猎物，无论大小，都先交来队上，由我来主持分配。小的猎物不够每一家都分到，比如只是一只野兔，甚至果子狸，能分一家就一家，能分两家就两家。从村东头的人家先分起，轮着来。在我心里，拖布村的人排了个长长的队，谁在谁前面，谁在谁后面，清清楚楚，不会乱。

达则打到大的猎物，就会成为拖布的节日。猎物会被扛到篮球场上去，达则把猎物挂在篮球架上，等我来处理。上一次，达则打到了一只大岩羊，我指挥人将它挂在篮球架上费了不少力，那只大岩羊估计有一百多斤重，真不知道达则一个人是怎样将它扛下山来的。达则光明磊落，说是丁脑壳帮他扛下山的。我问达则是不是带着丁脑壳进山打猎？达则说不是，是丁脑壳在半路上等他，就好像知道他会打到大岩羊似的。我表扬丁脑壳做得好，丁脑壳就低着头笑。那年丁脑壳的父母双双去世，他急火攻心，发了几天的高烧，醒过来就变得有点傻，谁都可以指使他做事情。

我对达则说，打到这个大岩羊不容易，你辛苦了，先回去休息。接羊血的盆子丁脑壳早就端来了，每次我分肉，他都会自觉来做我的帮手。我要趁岩羊的身子还没有完全僵硬，尽可能把羊血放出来。到篮球场领肉的消息是通知下去了的，得到消息的人家，会派一个人来篮球场等待领肉，我又让丁脑壳去地里，摘了一抱南瓜叶来堆在一边。岩羊脚上头下，我将尖刀插进羊蹄，从那儿开始剥皮。说心里话，我喜欢握住尖刀的感觉，有时候我觉得比握住公章把柄的感觉还好。尤其是，刀刃从岩羊腹部划下，"嗞"的一声，就像把大门打开一样，岩羊的内脏从身体里滚落出来，掉在羊头下面的簸箕里。

空气里弥漫着一股腥膻的热气，我的刀刃在羊肉与羊皮之间游走，要不了多久，我就能将羊皮剥下来。这样的羊皮，放干后用小刀剔除皮下的油脂，用芒硝来硝制，可以卖到湾镇的物资公司收购点。

每次打到大的猎物，李清浦都会兴致勃勃地来篮球场看我解剖，他是上海来拖布插队的知青，有些不合群，不喜欢与知青们交往，反而喜欢去巫师家，听巫师给他讲那些神神鬼鬼的故事。有一次，我在剖一只野猪的皮时，腰疼，就把尖刀递给李清浦，嘱咐他千万要小心，不要割坏皮子。李清浦聪明，上手很快，我听见刀子剐肉的声音传来，很是悦耳，皮子剥得比我还完整。

李清浦问我，这些野兽皮能卖多少钱？我说有些毛皮拿去土产公司不收，比如鼠兔皮，比如珍珠鸡毛。李清浦又说，这些土产公司不收的毛皮，能不能卖给他？我说这种小动物，无法再分，一般都是分给某户人家，我让他去找人家商量。后来，丁脑壳曾大惊失色来告诉我，说李清浦会魔术，明明看到他吃掉了一只小熊猫，转眼又变出一只小熊猫来。丁脑壳不知道，李清浦是用小熊猫的皮子，制作成了一个小熊猫的标本。

这天我本来是挺开心的，拖布村的大多数人也开心，因为他们即将吃到以队上名义分配的岩羊肉。可是我在给岩羊剥皮时，发现羊屁股后面又被剜掉了拳头大的一块肉。这个发现让我很恼火。前几次我就发现这种情况了，达则交给队里的猎物，身上有时会缺一块肉，好像他打来的猎物，他得先咬上一口。我提醒过达则，他的这种行为，相当于侵占集体财产。达则欲言又止，好像有什么事情不好开口。之前，吉婉尔来找我告过达则的状，说达则送肉给他过去的相好，要我管一管。开始我还不信，但后来差不多每个猎物都被割了块肉，我就不得不相信了。我委婉警告过达则，侵吞集体财产，是会被关起来的。之后达则收敛了一些，一连几次交来的猎物都没有少肉，正准备找个机会表扬他一下，他老毛病又犯了。其实，我也不是很在乎猎物身上少那块肉，但是达则要事先跟我说，请示我，征得我的同意，就没有问题。

拖布村六十多户人家，全部都装在我的心里。给谁家分多大一块肉，我的心里也有一杆秤。听话的、出工积极的、路上见到我等在路边给我打招呼的，我的手就会松一些，刀割下来的肉就要大一点；碰到那些平常与我走动少的，我的手就会紧一点，割的肉位置也就不太好。分肉的时候，天光已经有些暗淡，拖布村吉祥安宁。每割下一块肉来，我就用张瓜叶包了，叫一声名字，围在周围的人群中，就会有人站出来，伸手接过我递过去的肉。拿到肉的人，无论拿到的是大块还是小块，都会对我表示感激。我公开发肉的目的，也有奖勤罚懒的意思，但罚的懒人不能多，每次只能选两三个典型，如果他们中有人跑来找我求情，意识到自己的错误，我也会把留下的羊下水割一块给他。我相信通过我的管理，拖布会欣欣向荣，一派祥和。

这一天，当篮球架上只剩下岩羊的骨架，球场上的人都差不多散了。地上的南瓜叶里，有我割的好肉放在里面。会计要再分一块，保管也得再给他一块，达则的女儿还没领到肉，留在了最后，眼巴巴地望着我，但我没有把肉递给她，而是让丁脑壳扛起骨架，和我一起把骨架送去给巫师。达则的女儿望着空空如也的篮球架，突然哭了起来，看着她空着手回去的背影，我狠了狠心把头转向一边。我要让达则认识到，不经我允许就割肉，是不行的！

这一招很有效果。达则后来再打到猎物，再也没有私自割走肉了。吉婉尔还特地来家里感谢我，说还是队长有办法，达则再也不敢把肉偷偷给他相好了。

李清浦

拖布村的土地，以村子为中心，像水中的涟漪那样，向周边漫延开去。我们插队知青来到这儿以后，伐木开荒，将坡地改造为台地，产量就上去了。周队长很高兴，他夸奖说，因为我们这群年轻学生的到来，古老的马鹿河谷充满了生机。听周队长说话像是个有知识的人，一打听，果然，他曾去县城读过高中，只是不知道为何没有留在县城工作，而是回拖布做了个队长。

转眼就来拖布三年了，可保送大学的事还遥遥无期。拖布不通电，漫长的夜晚比较难熬，知青们聚在隔壁的屋子里，坐在昏暗的煤油灯下打扑克或者下象棋。我对这两项活动都不感兴趣。我的同屋，来自北京的那位知青也不打牌和下象棋，他是个京剧迷，一到晚上，就抱着他的收音机躺在床上，不停地旋转机身上的那个旋钮，直到收音机里传来京剧的唱腔才罢休。偶尔，他也会跟着收音机唱上几句："临行喝妈一碗酒，浑身是胆雄赳赳……"

出工之余，有空我就制作动物标本，不仅仅是个人爱好，而且是制作的标本我有渠道卖回上海，收入远比我每天出工挣回的多。插队的第一年，我制作的标本有山鹧鸪、白鹳、大紫胸鹦鹉和白点鹛……它们都卖了个好价钱。上海那座城市大了，玩什么东西的人都有。我制作的那些标本，通过二道贩子，有些卖给了学校的生物实验室，有的被人收藏放在家中做摆设。前几天还有人写信来，问我能不能弄个金雕的标本，开了很高的价，我便找到达则，愿意出一百元钱向他买只金雕，达则答应了，但他迟迟没有打到。

其实达则打不打得到金雕不太重要，我惦记的是他身上带着的那颗虎牙，但这件事情不能着急。我采用的方法是"文火煮豆腐"，先是送达则一块白丽香皂，吉婉尔用过之后喜欢得不得了，毕竟用白丽香皂，身上会带有一股淡淡的香味。又过了一段时间，我送给达则一个军用水壶，他去山里打猎时用得到。当时，草绿色军衣是稀缺品，我也费尽心思给他弄到了一件，此外，我还给他弄到了一双穿着就可以蹚过马鹿河的塑料凉鞋……而达则也不时会把打到的猎物送给我，比如竹鼠、小灵猫什么的，豪猪是我花钱买的，他当时犹豫，说豪猪刺货郎会收去，有草药医生用它当药。从达则那儿弄到的野兽，都被我制作成了标本，它们是钱，否则，我怎么可能买得起上海手表送给覃主任？

后来达则打到猎物，都要交到队上，他不能再送我猎物了，我就提出他打猎的时候带我一道儿去。还记得第一次跟他进入堂琅山，天还没完全亮我们就进山了，山道模糊，我高一脚低一脚，走得尤其吃力。偶尔山风从达则那个方向吹过来，我能够闻到一股奇怪的味道，那股味道难以形容，让人有些心神不宁。我问他是什么味道，达则吞吞吐吐，后来还是告诉我，是虎牙的味道。我让他拿出来看一看，他说怕丢，缝在裤子上了，让我伸手摸了摸。

坚硬、结实，带着柔和的弧度，包在布袋里的虎牙与我的中指差不多粗和长。我的心一阵狂跳，覃主任告诉我，只要我给他找到一颗真正的虎牙，那下一次保送知青去读大学，就会考虑我。

晨雾弥漫，森林里的道路若隐若现，进入堂琅山中，山路两侧皆是粗大的树木，我的头顶到处是鸟叫声，它们呼朋引伴，非常热闹。达则厉害，他能够从鸟的叫声中分辨出谁是山雀，谁是杜鹃，谁又是食虫莺。斑鸠的叫声是"咕咕咕"，与鸽子的叫声最难区别。达则说着，从路边扯了一根嫩草叶含在嘴里，他能够用草叶模仿十数种鸟的叫声，一时间，森林更加热闹，好像整个堂琅山里的鸟都聚集了过来。这还不是达则绝技的全部，他将双手像个喇叭那样放在嘴边，一会儿便有野兽的声音从那儿传出来。狼的叫声我以前在电影里听过，麂子的叫声沙哑，好像粗重的喘息，黄猄的叫声尖声尖气，达则说，他可以模仿母黄猄的叫声，把公黄猄骗过来。

一路上，总能见到有些奇怪的鸟在我们前面的树林里掠起。我问达则，这些突然飞起的大鸟会不会惊吓到附近的野兽，让它们逃之夭夭？达则望了我一眼，神秘地笑了笑，说不会。后来我才发现，那些不时掠起的鸟，其实是同一只。而且是只独腿的鸟，所以它每一次起飞都好像要犹豫一下。但起飞之后，它动作迅速，身子灵活，可以在森林里自由地穿行。阳光终于驱散笼罩在树林上空的雾霾，有光线照进来，眼前的一切都格外清晰。崎岖不平的山路、无数我叫不出名字的大树、路边的野花……那只与我们如影随形的大鸟我认识，是一只夜鸮，在拖布村，也有人叫它唤魂鸟，传说它有唤魂的本领。几个月前，我去湾镇赶集时，见到有人放在街边卖，是只被火药枪发射的铁砂打死的，我花了一元钱买了回来，制作成一个标本，送给了巫师。

那一天，我们在堂琅山的一个深谷里，打到了一只公麂子。有一半功劳要归功于一路伴行的那只夜鸮，是它带着达则找到那只大麂子。达则手中的那只昭通牌火药枪喷射出来的钢珠，直接击穿了那只大麂子的心脏。它受惊一样从地上弹起来，落地以后往前狂奔，我以为达则失手了，没有料到那只大麂子只是往前跑了不到十米，就一头栽倒在地上，四脚朝天，几只蹄子在空气中轻柔地划动。

我抢在达则前奔到大麂子面前，我之前从来没有见到过麂子，看着它流线型的身子，抚摸着它额头两把匕首般竖着的两只角，我想要是能够把它制作成个标本该多好。也许是由于刚才枪声的惊吓，那只麂子没能够合眼。麂子长着一对丹凤眼，靠近额头的眼角下方，像是长着两个泪囊一样，它受难者的表情，让我的心脏蜷缩起来。山野里一片宁静，只有山风穿过树林，传出"呜呜呜"的声响。达则像变戏法那样，从腰上摸出一把锋利的匕首，刺入了麂子的肛门，他从那儿将麂子的皮剥开，剜下拳头大的一坨肉，扔给一旁树上站着的夜鸮。没等那块肉落地，"哦——啊"，那只夜鸮叫了一声，从树枝上滑翔下来，叼起那坨肉，转眼间便在堂琅山的密林里消失得无影无踪。

达　则

李清浦跟着我进了几次堂琅山，他是个聪明人，知道我每次打到猎物，靠的是那只做向导的夜鸮，但我告诉李清浦，这是我与那只夜鸮之间的秘密，不希望其他人知道。李清浦答应不告诉别人，我说得赌咒发誓，李清浦说如果他泄露了这个秘密，他就不得好死。

这几年，堂琅山里的猎物越来越少，有时要打只野兔或者野鸡，都要到离拖布十多里远的深山里。有的人在山里绕了一天，连猎物的影子都见不到，渐渐地，过去和我一道进山打猎的朋友都不再进山了，一次又一次滑枪[1]，让他们失去了信心。如果不是那只夜鸦，我也可能会像他们那样，把枪收藏起来，老老实实下地劳动，挣工分，养活一家老小。平时，夜鸦主要是在夜间捕捉老鼠、青蛙、四脚蛇和水田里的小鱼，有时它也会攻击野兔，那是在它们饿坏了的时候。野兔不好捕捉，它前肢短、后腿长，爬坡的话，连雷火都撵不上。而且它还会急停、突然转身，甚至在捕捉它的老鹰飞到头顶时，使出兔蹬腿的绝招。但那只夜鸦缺了一只脚，很难再捕到猎了，我猜想，它可能因为身体残了，才来找我合作。它负责帮我找到猎物，我打到猎物后，割坨肉给它，我们互惠互利。

周威宁让我把猎物交给队里之前，我和那只夜鸦配合默契。我给它取了个"窝嘎"的绰号，这个绰号的发音，有点像它的叫声。本来，夜鸦都是白天睡觉，晚上才出来捕猎，但因为要将就我，它不得不颠倒过来。夜鸦白天的视力不好，尤其是晴天，刺眼的阳光会让它变成个瞎子，所以与那只夜鸦一起捕猎之后，我只选择阴天进山，光线越暗，我打到猎物的可能性就越大。平时，它就藏在拖布通往堂琅山路口的那片森林里，每一次我决定要进山打猎，站在山道上"窝嘎，窝嘎"叫几声，一个黑影就会从树林里飞出，在我的头顶绕上一圈，然后顺着

---

[1] 滑枪：指打猎一无所获，空手而归。

山道往大山里飞。我走路的速度没有它快,它飞飞停停,在前面等我。有时,它会飞出森林,不见了身影,那是因为它要飞高,要高过最高的那棵大树很多很多,从上往下看,才能看到猎物在什么地方活动。

队长周威宁给我每天记十五个工分,让我把猎物交给队里,这让我很为难,没有打到小猎物的时候尤其为难。周队长表面看上去心胸开阔,其实他是一个特别记仇的人。有两次,我没有打到像兔子、野鸡那样的小东西,只打到野猪、岩羊那样的大猎物,我就在扛着它们回拖布之前,用刀剜了块肉给窝嘎。不是窝嘎,我也打不到那么大的猎物。周威宁看我扛回去的猎物少了块肉,就对我上纲上线,说我的行为是侵吞集体财产,还让人传话给我,说要把我关起来,让我反省反省。周威宁是那种说得出也做得出的人。巫师以前做过老师,还曾经教过周威宁,是他的老师,但周威宁说翻脸就翻脸,那年他把巫师强制送到县城,去读破除迷信学习班。巫师从县城回来,诅咒了周威宁几个月,直到周威宁把巫师断了右手的大儿子叫去做了队里的会计,巫师才不再诅咒。所以,每次我和窝嘎一起去打猎,我希望除了能够打到大麂子或者大岩羊之外,也能打到小野兔和小野鸡。猎物小,我把它们的皮子剥下藏起来,肉给窝嘎,回去时没有人能发现。我不怕空手回去,没有谁敢保证自己每次进山都能打到猎物。

有几次,只打到大的猎物,就没有给窝嘎分肉,当我扛起猎物回村时,窝嘎就站在我身后不远的地方,睁大两只圆圆的眼睛，注视着我的后背。但我不敢回头，也没有脸回头。

李清浦对我说，我之所以能够打到猎物，不完全是那只夜鸦的功劳，而且是因为我带了那颗虎牙。我问他为什么？他说老虎是百兽之王，其他野兽，就相当于是老天爷赏给老虎的口粮，所以带着虎牙上山，打到猎物也是老天爷的安排，让我不必对不给窝嘎肉感到惭愧。李清浦说话文绉绉的，我不管是不是虎牙的功劳，但我心里明白，没有窝嘎的引路，我不可能每次都打到猎物。窝嘎不会说话，但我觉得它能够听得懂我与李清浦说什么。

李清浦见我不相信他的话，就说可以做个试验。他让我把那颗虎牙给他带在身上，他一个人进堂琅山，要是打不到猎物回来，就证明他说的是错的。但我不敢做这个试验。我知道李清浦一直想要我的那颗虎牙，他做梦都想要。我担心一旦把虎牙交给他，就再也要不回来。可李清浦送了我好多东西，我也不好拒绝他，这让我很为难。最后，还是吉婉尔帮我出了主意，她让我拿颗豹牙当虎牙给李清浦，这样他才会死心。

堂琅山过去有金钱豹，会爬树，毛皮上像是挂满了铜钱。我爷爷打到过一只，肉吃了，皮子卖了，但留下了两颗豹牙，说是可以避邪。那颗豹牙个头很大，有两寸多长，比缝在我内裤上的虎牙小不了多少。为了把豹牙当虎牙做得更真，吉婉尔找了同样的布来，缝成一个小袋子，把豹牙装进去，从外面摸，还真是没有什么区别。我装作舍不得的样子，把布袋给李清浦的时候，我告诉他只能够借给他一天时间。李清浦欢天喜地答应,还说他第二天就进山打猎。李清浦说,带着虎牙进山,他也可能成为拖布最好的猎人。

但是第二天李清浦根本没有进山,而是一大早就去了湾镇。

周威宁

我没有想到,今年轮到了雷火倒霉。每年五月,队里都有人来找到我,说家中断粮了,向我借粮。我说,叫你们出工的时候不好好出工,多挣工分,这时候来找我借粮食,我到哪里去给你们找粮食?天气开始变热,这是一年中青黄不接的时节,上一年分的粮食,要是不节约一些吃,到现在就会断粮。我问保管,队里还有多少粮食,保管说,只有几百斤苞谷。我说是不是种子,富顺说不是。我说那断粮的人家,每家称五斤送去。我知道,保管给那些断粮的人家送苞谷时会说,是周队长让我送来的,只送给你家,不要告诉别人。保管知道维护我,比会计的觉悟要高,所以他这个保管可以一直当,而且家里从来也没有发生过饥荒。

村子里的狗多了起来。尤其是端午一过,有不少人家把平时拴着的狗放了出来,让它们去野地里找点吃的。它们饿极了,会用脚刨出地里的洋芋来吃,甚至会去刨坟。我警告过那些有狗的人家,可他们不听我的招呼,说再不放出来,狗就会被饿死。知青下来插队后,每年都有社员养的狗失踪,丢狗的人家会去找知青的麻烦，好几次差点引起冲突。因为饥饿，当苞谷快成熟的时候，狗还会去啃苞谷，有知青就按一黄二硝三木炭的比例，制作黑火药，将火药与雷管包起来，外面用苞谷壳伪装，上面还涂抹上一点猪油当作诱饵，制作成炸弹。知青制作的土炸弹，会绑在远离村子的某棵快成熟的苞谷上，狗的鼻子灵得很，很远就闻得到香味，当它们张开嘴一口咬下，炸弹爆炸，大多数的狗整个嘴筒被炸飞，当场死在苞谷地里。但雷火是个例外。

每次炸到狗，放炸弹的知青会连夜把狗剐了炖上，半夜来敲我的门。每一年我都能够吃上几顿这样的狗肉。除了我，知青还会叫上会计和保管。我们对知青炸狗的事情睁一只眼闭一只眼，队里的苞谷快要成熟了，我看到过那些被狗牙啃过的苞谷，棒子上留下两道深深牙痕，心疼得很。

但这次炸到的竟然是达则家养的雷火。以往到了青黄不接的时候，达则相反会将雷火拴在家里。他家不存在饥荒，吉婉尔每天都出工，挣八工分，达则将打到的猎物交给队里，我给他记十五个工分。秋收以后，他家分的粮食和现金，比我这个当队长的都多。达则也不知道，他拴得好好的雷火，为何会挣脱狗绳跑了出来。但雷火没被炸死在苞谷地，一声巨响之后，苞谷地里腾起一团烟雾，雷火从苞谷地里跑出，被炸得只剩半张嘴，挣扎着回到家里。活是肯定活不了啦，吉婉尔一边哭，一边用把砍猪草的刀，在木墩上剁着咒骂。而达则铁青着一张脸，他把雷火吊在家门外的桃子树上，往雷火的嘴里灌水，把雷火呛死了。

后来我听说，李清浦找到了达则，说他愿意用两倍的价格买雷火的狗皮，被达则拒绝了。达则要李清浦告诉他谁放的炸弹，他就把狗皮送给李清浦。李清浦说雷火死都死了，查到谁放的炸弹又不能让雷火复活。达则来我家里告状，要放炸弹的人为雷火的死负责。我告诉达则，以前我就宣布过，狗偷吃苞谷，等于破坏队里的生产。有人告诉达则，是我允许用炸弹炸狗的，他就不再吭声，把我家的门用力砸上，回去了。雷火死了以后，是李清浦帮着达则剥的皮，他说只要不伤了狗皮，他可以让雷火复活。

李清浦将雷火制作成了标本，雷火被炸烂的嘴难以处理，李清浦想尽办法，但雷火总有半边嘴露出尖利的獠牙。做成标本的雷火没有人愿意购买，上海的二道贩子也不收，说狗的标本没有人会要，狼的还差不多。于是，雷火的标本便留在了李清浦的屋子里，一直没有能够出手。

这年秋天，队上的粮食大丰收，上交完公粮，队里剩的粮食比以往多了几万斤，明年估计不会再有饥荒了，我谋划着要到湾镇找上级反映一下，请县城的电影队来放场电影。上一次拖布放电影，还是两三年前的事情，是县里下来慰问插队知青的，我们拖布的人跟着沾了光。年初的时候，湾镇通了公路，每个星期六下午，县运输公司都会发一趟班车下来，第二天再回去，放映员可以跟着班车来湾镇，我再带人去把他接到拖布。

李清浦

　　打谷场上挤满了人。两根竹竿之间的那块银幕上，一艘巨轮正在河流上航行，河水被船头切割，往两侧翻卷。闭上眼睛，我听到小型发电机的声音、拷贝的噪声、演员的配音、银幕上轮船燃烧时的敲打声混合在一起。即使是坐在拖布的打谷场上，我也仿佛闻到空气中弥漫着的那股硝酸铵味。正放映的这部电影的名字叫《爆炸》，是罗马尼亚拍的。去年冬天，我在离家三年后，再次回到上海。在虹口电影院，我看了这部电影，上面有个水手会拳击，他的身体晃动，左勾拳、右勾拳，电影里的那几个拳击动作，我在大脑里重复了不下一百遍，有机会我就会模仿练习。

　　这天是星期六，我一早把晚饭吃了，趁天色大亮，我就扛了个凳子，提前来到篮球场上占位子。不出意料的话，银幕会挂在篮板下方。此时放电影的还在周队长家吃饭，我没有想到放的片子会是《爆炸》。渐渐地，也有人扛着凳子往篮球场这边来。上一次在这儿放的电影是《奇袭》，我坐的位置太偏，以至于银幕上，盘山公路上飞驰的那辆卡车扭扭捏捏，有些变形，后来我干脆跑到银幕后面去看，感觉有点怪怪的。那天，电影放映结束，人们从打谷场一哄而散，队长让我帮着放映员收拾一下放映机和影片拷贝。那天晚上的月光真亮，照着打谷场中心的一个小坑。放电影的时候，有一根竹竿从那个小坑深深插入，竹竿上挂着一盏电灯，换拷贝的间隙，竹竿上的灯泡亮起，随着发电机的轰鸣声忽明忽暗。

这次我坐的位置就在那个小坑前,而从村子里扛着板凳来的人,把我围在了中间,好像我是那个放电影的。直到天黑,放映员才在周队长的陪同下来到篮球场。放映机周队长让丁脑壳挑着,他来到我身后,把机器放在桌上。我这时才发现,最中间这个位置应该留给周队长,便讨好他说,周队长,你的位子我早给你留好了。周队长很开心,那天我扛的是只条凳,周队长坐下之后,屁股往一旁挪了挪,让我跟他坐在一起。这天,周队长喝了点酒,心情很好,他问了我家中的一些事,其实这些事,我上次到他家里,给他送一台红灯牌收音机时,已经讲给他听过,但我想他可能并没有听进去。

有声音怪声怪气地响起,一束光柱从我们头顶射向对面撑开的白色银幕,周队长毕竟没怎么见过世面,面对放映机的光柱,他有些好奇,不时望望银幕,又回头望望身后的放映机。他一直弄不明白,那束光柱照到对面的幕布上,为什么会变成了大山、河流、摩托和扛枪的人。我不厌其烦地给周队长讲电影的放映原理,他听得似懂非懂,但看得出来很开心。晚饭时,他应该喝了酒,与我说话时,我能够闻到他嘴中呼出来的酒气。

因为与周队长坐在一起,我的注意力没完全在电影上。中途换拷贝的时候,竹竿上的灯亮了,周队长抽出别在腰上的烟斗,从衣袋里掏了一撮烟丝按进去。我见状,赶紧掏出打火机给他点燃。可是点燃以后我就后悔了。周队长伸过手来,想看我的打火机,我只好递给他。那是一只纯铜镀铬的燃油打火机,进口货，苏联制造，机头一拔即可加油和更换火石。周队长爱不释手，他说，这可是一个稀奇玩意儿，他左看右看，显然是被那只打火机迷住了。我把头伸在他的耳边，小声说，火机送给队长了。周队长吐了一口烟，将烟杆从嘴中拔了出来，笑着对我说，不用，不用，可是他却把打火机装进他的衣袋里。

换拷贝的间隙，周队长问了我们插队知青的一些情况，他好像对每个知青的情况都非常了解，也知道我一直想争取保送去读书。他告诉我说，这件事情比较麻烦，变数太多，以后找机会。突然，周队长说，你是不是认识公社的覃主任？我点了点头，心中一惊，不知道他为何会谈到覃主任。要是周队长知道我送过覃主任一块上海牌手表和一颗虎牙，不知道会不会影响我保送的事情。好在他没有谈表的事情。周队长告诉我，覃主任下村的时候，去惹狗，结果被咬了好几口，现在躺在家里养伤呢。我一听身子就僵住了。他怎么会被狗咬伤呢？我结结巴巴地问。周队长说，覃主任搞笑得很，不知道从哪儿弄了一颗虎牙戴在身上，说狗见到他就会跪下去，还故意把腿伸在狗嘴前，说你咬，你咬！他让狗咬他，狗怎么会不咬？

我感到事情变得麻烦了，无法控制，越来越滑向一个我难以预知的黑暗深渊。我的声音有些颤抖，我对周队长说，不是说狗害怕老虎的味道？只要碰到戴虎牙的人，狗就会一声不吭，悄悄躲开？周威宁说，也只是有这种说法，不能完全信，何况覃主任戴在身上的不是虎牙，而是一颗豹牙。

丁脑壳

天气冷，风"呜呜呜"地吹，我用一床草席堵住了窗子，但还是冷。巫师家的火塘大，他对我说，冷的话，就到他家去烤火。夏天马鹿河涨大水的时候，上游冲下来好多的木头，我用竹竿绑了铁钩子，给巫师抓了好多的木头送过去，又用斧头砍好，整整齐齐码在巫师家的猪圈里。去巫师家的时候，我看见远处的轿顶山上一片雪白，那儿下雪了。天空像口乌黑的锅扣在我的头顶上，有只鸟飞过来，又飞过去，我知道那是只夜鸮。

火塘边坐着好几个人，有的我认识，有的我只是面熟，但我知道他们是来拖布插队的知青。他们喝酒，一个大土碗，传来传去，你一口我一口地喝。土碗传到我这儿的时候，我用力推了回去，我不喝酒，我只是又冷又困。知青们与巫师摆龙门阵，他们说的东西我听不懂。我想睡觉。火塘里的火光在我的眼皮上跳跃，我听他们说，出来工作的邓小平在联合国演讲，听他们的口气，这是件很让人高兴的事情。

火塘上有好多火星在往上飘，好像有好多好多的萤火虫在飞啊飞。巫师说，他很可怜，父母死了，两个姐姐又嫁到了外地，三十岁的人了，别人都是两个孩子三个孩子的爸了，他这个样子，哪个女人会嫁给他？

巫师好像在说我。我的眼皮一直在往下掉，我不知道为什么这样困。我的身子在巫师家的火塘边，但是我的分身却跟着巫师进山里给人做法事去了。我使劲睁开眼睛，看到巫师坐在火塘边离我不远的地方，他的牙齿掉了好几颗，讲话时，剩下的那几颗就在他的嘴里跳来跳去。闭上眼睛，好像就到了另外一个地方，我跟着巫师进了山，他让我假装进山砍柴，让我背着一个背篼，里面装着巫师做法事时用得着的法扇、法笠、法筒、神铃……一路走，神铃"叮叮叮"一路响。天快黑的时候，我们来到大山里的村子，有户人家住在悬崖上面，巫师告诉我，岩上这家出了怪事，煮猪食的大铁锅，会跳起来顿在锅庄上，好像一个看不见的人抱着它。刚蒸的苞谷饭，会突然变成羊屎，有人站在屋子里诅骂，屋里突然飞沙走石，石子把诅咒的人打得身上青一块紫一块。

做法事之前，那家人请我和巫师吃饭，有老腊肉，有豆花。我吃了两大碗，还想吃，巫师说够了！晚饭过后，巫师与一个披着羊毛毡的男人坐在火塘边说话，几个小孩在屋外的空地里跑来跑去。听说那几个孩子都没有去读书，巫师问披羊毛毡的男人，你认不认识牛马？那个男人觉得受到了侮辱，他张了张嘴，想了一下才说，当然认识啦，我整天与牛马打交道，怎么会不认识。巫师又说，你说牛马这一生是怎么一回事？男人说，先是用来做工具，给我们干活，等老了或者死了，拿来吃或者干脆丢弃在沟里。巫师伸出一个大拇指，对那个男人说，你说得很对，正因为牛马是没有文化知识的蠢货，所以年轻有力的时候被当成工具，老了就被人吃了或丢了，很可怜。

男人用身上的羊毛毡裹紧身子，好像没有明白巫师的意思，我告诉男人，巫师的意思是，你如果不送孩子去读书，你的孩子以后也就像牛马一样！巫师对男人说，你看，这个简单的道理，连丁脑壳都知道。

等一会儿巫师要做法事，我得先去准备一些东西。从男人家出来，院子下面就是悬崖，而男人家的房子后面，是个山坡，上面有地，地再往上，长着许多树。我从男人家院子里找到一把砍刀，提着它上了山。看到柏枝树，我砍十二根枝丫，看到柳树，我也砍十二根枝丫，看到杉树，我还是砍十二根枝丫。巫师说过，十二根枝丫相当于十二个神，把它们请来，恶鬼就不敢再来侵犯这家人。把树枝丫砍回来之后，我又按照巫师的吩咐，用一个簸箕装满泥土，泥土上铺上一层松针，然后把树杈插在上面，放在巫师的右侧。接着，巫师又让我去找一捆干草进来，放在簸箕的前面，我看到巫师从火塘中捡出一块烧红的木炭，扔在干草里，簸箕上面冒出浓烟，我赶忙用树枝盖在上面，巫师闭上眼睛，嘴里念念有词："人由雪火变，天地春然开。"现在天地相距遥远，阴阳之间交通阻隔，世人难攀，只有借助火烟去上天报信，敬请天神下凡审查裁决。

巫师在男人家做的法事很复杂，有时他坐着，闭着眼，一声不吭，但好像在使好大的力气，汗水从巫师的额头、脸、脖子上冒出来，打湿了巫师的衣服。我问巫师是不是很累，巫师没有张嘴，可我却能够听到他说，我要一次次往返天庭、地狱和人间，你说我累不累？离开时，我跟在巫师后面，从悬崖上下来，巫师能够左脚踩在右脚上，右脚踩在左脚上，把它们当石台阶。我悄悄问巫师，法事做过之后，这家人是不是从此太平。巫师说，盗贼三天探后面，看看是否露了马脚；祭师三天听后面，问问是否吉祥平安。巫师说话的时候，我觉得自己一脚踩空，从悬崖上掉落了下去，我一惊醒了过来，原来我在梦中伸腿，踢到了火塘里的柴火。抬起头来，我看到巫师望着我笑。你看，他好厉害，可以坐在火塘边与那几个知青摆龙门阵，却又可以带着我到堂琅山的深山中，给人家做法事。

周威宁

刚刚翻过年没几天，我就听到不幸的消息。那天凌晨，我还没有起床，正躲在被窝里收听广播，突然听到收音机里传来哀乐。这几年，广播里传来的哀乐声我已经习惯了，听到哀乐，我就知道有大人物逝世了，难怪这年的冬天会这么冷。在堂琅山区，往年的雪只下在山顶，这一年下到河谷里来了。房顶上、菜园里、村边的水田和山上的旱地，到处是白茫茫的一片。好在该种的小春作物已经种下，落下来的大雪相当于给它们施了一道肥。这是一年中最为轻松的一段日子，队里暂时没有农活，往年这个时候，队里的人会三三两两聚在一起，打牌、下棋或者吹牛，今年天太冷了，他们都躲在家里不愿意出来。刚刚过去的这一年收成不错，队里有点钱，我谋划要不要过年的时候再请县里电影队的人来放场电影，或者在打谷场耍次龙灯。上一次看龙灯，还是好几十年前的事了，赶走日本人的那一年，湾镇有人组织了耍龙灯的队伍，大年初一，四面八方的人都挤到湾镇去看龙灯，比赶场天还挤。这几天气温越来越低，厨房里的水缸上面都结了一层冰，但我还是坚持每天在村子里走一走，这种天气，许多人家的火塘彻夜燃着，容易发生火灾，我得提醒他们。昨天我路过丁脑壳家的时候，看到他家草房的屋檐上，吊着筷子那样粗细的冰凌。丁脑壳一个人，经常不烧火，他家屋里的气温比别人家的要低。

哀乐声中，一个低沉缓慢的声音从喇叭里传来……我的心提起来吊在嗓子眼儿，听完广播里的播报，我浑身冰凉，真是没有想到，这次逝世的人是周总理。那是1月9日天快亮时的广播，我没法再睡了，起床坐在火塘边，不知道该不该把昨晚埋在柴灰里的炭火吹燃。天渐渐亮了，哀乐声和周总理逝世的广播一遍又一遍放，我穿上棉衣出门，想把这悲痛的消息告诉队里的人。出了家门，村子里一个人都没有，我站在村中往四周看，满眼都是白，堂琅山的主峰轿顶山是白的，山坡是白的，村子是白的，周围的地也是白的，只有马鹿河是灰黑色的，把眼前这个洁白的世界一分为二。

这一年跟往年不一样。春节过后不久，二月份的事吧。远在东北的吉林降下了陨石雨，这个消息传到拖布，差不多用了一个月。人们从报纸上、广播里得到这个消息，陨石的掉落让大家感到不安，知青们更是聚在一起议论纷纷。村里有上年纪的老人去找巫师，问他天上降石头意味着什么事情？巫师说，闰八月，闰八月！有大事要发生。听到巫师说有大事要发生，村里人心惶惶。没有办法，我只好去找到巫师，告诉他不要乱造谣。巫师有些不高兴,他抬起头来望着我说,你等着看我是不是造谣。

自从有陨石落在吉林,夜晚到来,只要天气好,巫师就会抬头看着黑漆漆的夜空,好像那上面会给出一个答案。知青、村子里的一些年轻人,也会在夜晚跑到打谷场,站在那儿望着夜空。天上是密密麻麻的星星,我看到有扫把星拖着亮亮的尾巴从天空划过。到了夏天,一连下了好几场暴雨,马鹿河河水混浊,河面变得越来越宽,连空气中都闻得到一股鱼腥味。一连十几天,我夜里都没法睡得安稳,我怕河水漫过河堤,冲毁队里的粮田。

一天,吉婉尔来找我,她望着云雾缭绕的堂琅山对我说,达则进山打猎后一直没有回来,以往都是出去两三天就回来了,这次都一个星期了,还不见个人影。我当时没有想到达则会失踪,他进山打猎,身上带有猎枪,野兽见到他躲都躲不及。我想他一定是想打头大野猪回来,才在山中待那么久。我安慰吉婉尔,我说达则也许今天晚上回来,也许明天回来。

达则进山十天还没见人影,吉婉尔终于失去了耐心,她带了十个鸡蛋、五斤米和五扇红糖,找到了巫师,让巫师帮着算算,达则去了哪儿?要是达则出了事,她想请巫师帮着做法事。这件事我知道,但只能睁一只眼闭一只眼。巫师早些年曾经当过老师,在离拖布几里外的法者村教书,那个村比我们拖布还大,他还教过我语文,是日本人被打跑那年。学校没有教材,他教我们背《三字经》《幼学琼林》和《唐诗三百首》,所以不仅是拖布，就是整个堂琅山地区，巫师也有许多学生。我记得是1958年，他突然就成了个巫师，长得越来越像只夜鸮。

巫师是我见到识字最多的人，比那些插队的知识青年都要多得多。他只要闲下来，手中就会拿本字典翻，好像字典比《水浒传》还好看。有人拿个生僻的字问他，只要他回答不出来，他就请人家喝酒。我上次去他家的时候，看到火塘边的草墩上放着一本字典。那本字典我也有，是1952年商务印书馆出版的四角号码字典，巫师把它当成经书来读，他能记住每个常用字在哪一页。那本字典已经被巫师翻烂了，看上去像一团肮脏的破抹布。

巫师是个有学问的人。有一次，我去湾镇赶场，碰到一个外地来的货郎，姓得奇怪，我听几次都没有听清楚，就让他把名字写下来。货郎叫乩卫国，我以为巫师不认识乩字，但他不但告诉我乩字的读音，还说百家姓里没这个姓。巫师告诉我，甘肃积石山县有个地方，叫乩藏。我回家，翻四角号码字典，但乩这个字，商务印书馆出版的四角号码字典上都没有收录。

巫师喜欢喝酒。喝多了，他就会摇着一个铃铛，唱彝族的古诗《梅葛》："远古的时候，宇宙混沌未分，没有天地。格兹天神要造天地，他从天上放下九个金果变成九个儿子，让九个儿子中的五个来造天，要把天造成像一把伞……"

巫师有好些年没有公开做法事了，迷信活动，上面明令禁止。但落下陨石的这年，政策有松动的迹象，加之拖布地处偏僻，落实上面要求往往会打折扣。巫师收下吉婉尔送来的礼物，意味着他把寻找达则的事情答应了下来。

吉婉尔

　　要不是下那么大的雨，我也不会那么担心。雷声轰轰隆隆，声音大得怕人，火闪扯了又扯，把夜里照得比白天还亮。房檐上的水落下来，比麻索还粗，我不知道这个时候达则在哪里。天亮后，雨也停了，我去巫师家，我求他告诉我，达则到底还能不能够回来。巫师家很乱，我把带去的礼品放在神龛下面的方桌上，我帮他打扫了堂屋，问他有没有脏衣服，我帮他带回家去洗。巫师坐在火塘边闭着眼睛，好像闭上眼他才能够看到达则去了哪儿。他用拇指不停地摸着其他指头，我大气也不敢出。巫师说，达则会回来的，但是不知道他什么时候回来。巫师告诉我，他闭上眼睛看到的世界乱得很，好多东西他都看不清楚。

　　连巫师都看不清楚，不知道达则什么时候才会回来，其他人就更看不清楚了。巫师说晚上他试试，做个简单的法事，看能不能晓得达则最后是在哪儿消失的。我信任巫师，因为他能够用舌头从烧红的犁铧上面舔过，舌头还不被烫伤，厉害得不得了。一连下了好多天的雨，湿气重，火塘里的柴火没有一块是干的。湿柴烟太大，熏得我的眼睛想流泪，屋子里也看得不太清，从火堆上冒出来的那股青烟，钻进了麦草铺成的屋顶。我抱起巫师要洗的脏衣服回了家，等待着天黑。

　　听说巫师要做法事，村里的许多人就挤进他的家里。巫师坐在人群中，有时不说话，有时我又看见他嘴皮子动，好像正在与一个我们看不见的人商量。后来，巫师站了起来，在火塘边走来走去，嘴里说的话我只听清达则两个字，其他的都没听清楚。巫师的脸很长，上面还有一些沟沟坎坎。他把神龛下面的一个柜子门打开，拿出一把亮晃晃的刀，双手托着，放在胸前，闭着眼，开始念咒语。一开始他说的那些话我都听不懂，一句都听不懂，但后来，我听见他说出的是一个个地名：水塘、三棵树、板桥、磨房、坡顶、岔路口、煤洞、打谷场、河边。每说一个地名，他都会停上一会儿，看看手中那把刀的反应，然后再接着说。当说到河边时，巫师手中的刀跳了起来。"达则最后是从河边消失的。"巫师说。

后来的事情证明巫师的预测是对的。法事做过没几天，周队长来到我家里，当时我正在煮猪食。周队长说，有人在湾镇捞起具浮尸，但不知是不是达则的，要我跟他去湾镇辨认。一路上我都在哭，想起嫁给达则之后的好多好多事情，也想他走了我要如何才能够把孩子们带大。我以前冤枉了他，以为他把猎物最好的肉拿去送给了阿布，其实他是拿了喂夜鸮。是达则告诉我的，因为他从丁脑壳那儿知道我误会了。达则告诉我，堂琅山里的猎物越来越少，他能够打到猎物，是因为有只缺了腿的夜鸮知道哪里有猎物，把他领过去，他才打到猎物的。达则问我，你说我该不该割坨肉喂那只夜鸮嘛？我说当然该。达则说，你不要把我跟夜鸮的事跟别人说。我说好，我不说，打死我都不说。

从河里捞起来的那具尸体，放在河边的一丛竹林下，用个草席盖着。有不少人站在河岸上看。雨停了以后，天气就热了起来。有几个孩子，从地上捡土块，甩过去砸那盖着尸体的草席，被周队长几大声骂跑了。周队长带我走到尸体旁边，说要辨认，可我感到浑身发软，像是要昏过去一样。周队长扶了我一把，说你要坚强。但我还是不忍心看达则被淹死的样子。公社有人过来，是一个又矮又黑又瘦的男人，他拿着一根竹棍，把草席挑开，我看到一个大白胖子躺在草席下，光溜溜的，身上一丝不挂。我松了一口气，说这个死人不是达则，达则根本没那么胖。周队长说，尸体在水中泡了好多天，会膨胀，早就变形了，样子肯定跟以前不一样。公社来的那个男人也说，最近除了你们拖布有人不见了，其他地方没听说，所以才通知你们的。周队长问我，达则身上有没有什么痣，或者什么疤？我说达则额头上有颗痣，左手食指上有道疤，那是砍猪草砍的。周队长说，那你过去凑近了看，看看尸体额头上有没有痣，食指上有没有疤？

我不敢过去。刚才挑开草席时我看了死人一眼，太害怕了，头有脸盆大，浑身肿胀，眼睛陷在泡发的脸上，还没闭上。周队长看我害怕，就走过去，用竹竿挑开草席，查看下面盖着的尸体。周队长告诉我，额头撞烂了，看不出以前有痣没有痣，但左手食指上倒是有一道疤痕，很明显。又矮又黑又瘦的男人说，肯定是你们拖布失踪的人，大水泡了那么几天，就是生他的爹妈来，也认不出来了。

要去公社办一个领取尸体的手续，路上我还是只会哭。我从来没有想到过达则会死得这么惨，也许，他不该去打猎，杀了那么多生，被河水淹死也是活该。黑瘦的老头告诉周队长，听说河里漂着死人，他下来一看就知道是个水鬼。周队长问，你怎么知道淹死的人是个水鬼而不是水妖？黑瘦的男人说，我在马鹿河边住了一辈子，见到过太多淹死的人，男人全是趴着的，女人全是仰着的，你说怪不怪？说完，黑瘦的男人看了我一眼，让我浑身不舒服。周队长说，这具尸体被发现时是趴着的？黑瘦的男人说，当然，所以看到的第一眼，我就知道是个水鬼，而你们拖布失踪的也是个男的，这不一下子就对上了！还有他左手食指上的疤痕！这个时候，我听见周队长小声说，我的左手食指上，也有一道疤痕。

李清浦

我从达则那儿把虎牙骗来，第二天就把它送给了覃主任，之后我就有意回避达则，不想与他碰面。他要是来找我，我就会告诉他虎牙被我弄丢了，但奇怪的是，达则一直没来找我要他的虎牙。直到周队长告诉我，覃主任被狗咬得不轻，我才明白他给我的不是虎牙，而是豹牙。我不敢去见覃主任，我保送的事情，算是彻底泡了汤，想到我要在拖布无休无止地待下去，你要问我恨不恨达则，我说不恨你也不会相信。

这年夏天，拖布的雨水特别多，堂琅山整天云雾缭绕，最高的轿顶山已经有好长时间没现真容了。由于无法从达则那儿再得到野生动物的毛皮，我的标本制作停了下来。每逢湾镇赶场，我也会去碰碰运气，但都没买到值得做标本的野生动物。猎枪我之前已经买了一把，跟着达则进山打猎的最后几次，我在他的指导下，在野外放过几枪。他告诉我，瞄准的时候要三点一线，扣扳机的时候不但要轻，还要屏住呼吸……但那几次他都没有让我打猎物，而是让我把一块石头或者一棵树当成了射击目标。

出事的那天一大早，我听到有人轻轻拍门。打开门之后，立即闻到一股潮湿的水汽灌了进来。屋外大雾弥漫，近处的树木、河对岸的村庄都影影绰绰，令人感到有些虚幻。这时我听到"哦——啊"一声，顺着声音传来的方向望出去，我看到了屋外核桃树上的那只夜鸮。不错，就是给达则带路打猎的那只夜鸮。我的心脏猛烈跳动起来，好像一瞬间就明白了那只夜鸮的意思。我知道，自从队长周威宁明确告诉达则，以后打到的猎物不能短斤少两，达则就再也没有给那只夜鸮分过肉。达则宁愿打不到猎物，这样他回去周威宁也不能够说他。

我明白那只夜鸮是想与我合作。它太聪明了。达则怕周威宁给他扣上破坏生产的帽子，我可不怕，我送过他不少东西，况且他也没说每天我出不出工都可以给我记十五个工分，所以我完全可以处理自己打到的猎物，肉给夜鸮留下最好的，我只要制作标本的毛皮。我回屋背上猎枪，装了一盒子弹，开心地吹了一声口哨，跟着那只夜鸮，一头扎进堂琅山的密林中。我幻想自己能够打到一只大麂子，那样的话，当我扛着大麂子回到拖布时，人们怕是要站在道路的两边，用那种惊奇的目光望着我。

雾气中，那只夜鸦身影模糊，它披着一身灰黑色的羽毛，长着一张若有所思的圆脸，它飞在我的前面引路，就像以前为达则引路一样。每当我看不到它的身影停下来时，它会飞回来，好像知道我心里在想什么。一路上，以往我跟达则一起进山打猎的情景浮现在我的大脑里，心里还一遍遍重复他教我的射击要领。我渴望能尽快打到猎物，打到了，我会毫不犹豫地把猎物身上最好的一块肉给夜鸦，我需要以此来表明我与它合作的诚意。

走了几里山路，当我回过头去时，身后的马鹿河谷被浓雾深深掩埋。越往山上走，光线越明亮，这是我往次跟达则进山打猎没有发现的。这时飞在前面引路的夜鸦轻巧地滑翔回来，停在山道上，与我对视了一下，好像有什么话要告诉我。我看见它朝山道旁一条不显眼的毛路跳了过去，立即明白它的意思，跟了过去。由于单腿，夜鸦跳得特别吃力，我挥了挥手，让它往前飞。有微弱的风吹过来，我深深吸了一口气，似乎闻到野兽身上那股骚臭味。毛路在山坡上不明显，两侧的野草往路中间长，上面挂着昨夜的露水，没走多远我的裤脚就湿透了。我悄悄给猎枪上了膛，端在手中，猫着腰，尽量让自己走得没有声音。走了几十米，不远处的一片荆棘林里，我听见窸窸窣窣的声音，明显有个猎物在那儿谨慎移动，野猪？麂子？岩羊？我瞄准那个黑影，脑中闪现达则教我的射击要领，三点一线，深呼吸，屏住气，轻扣扳机……

一声爆响，猎枪在我手中猛烈跳动了一下，像是有什么东西在我手中炸开。中了！我激动得奔了过去，心脏像是要跳出胸腔，但我的兴奋只维持了几秒钟就落到了谷底，我看到有一只巨大的黄麂子从地上跳了起来，纤细的四肢有力地在空中划动，落地以后，它像箭一样射入旁边的密林中，这时我清楚地听到夜鸦叫了一声："哦——啊——"声音回荡在清晨潮湿的山林中。

正在沮丧，突然听见前方的林地里传来声音，古怪的声音，不像野兽发出的。我走上前去，扒开挡住的荆棘，骇然发现地上躺着的是一个人。达则！我轻轻叫了一声，随即看到他像一条巨大的蚯蚓那样在地上扭动。我吓傻了，在原地呆呆站了一会儿，然后提着我的猎枪，返身不要命地往山下跑，就好像被我射中的达则站了起来，举着枪在身后追着我。

周威宁

当年，我组织人建打谷场时，没有想到有一天它会成为刑场。处暑之后，天气渐渐凉了下来，打谷场边的稻田里，谷穗已经灌浆。春天的时候，秧鸡从冬天藏身的地方飞来。此时，它们在稻田上空扑腾着翅膀飞过。行刑的时间早就通知下来，村里人都听说了，一大早人们就站在村口等着押送犯人的队伍。李清浦之前被拘押在公社，我不知道最终是怎样将他与达则的死挂上钩的。那次在湾镇，办完领取尸体的手续，我让吉婉尔出钱，雇几个人将达则的尸体抬回拖布安葬，但吉婉尔一直磨磨蹭蹭，说尸体不像是达则的，她相信达则会回来。也许，吉婉尔悲伤得有些糊涂了。吉婉尔不出钱，没人把尸体运回来，达则又在那床草席下躺了一天。等我做通吉婉尔的工作，她愿意出点钱，队上也补贴一点，决定先把达则运回来时，公社不让了。死了人，县里公安局有特派员下来，是位法医，他检查尸体后得出的结论是，死者不是死于溺水，而是死于枪伤，于是事情就变得比预想的复杂得多。

侦破的过程是保密的，不知道他们最后是怎样确定李清浦是杀死达则的凶手。行刑的头天，公社派人从湾镇来到拖布，交给我一些白纸黑字的标语，要我在第二天枪毙人之前，将这些标语张贴在村子里。我沿着村中的道路做了几户人家的工作，但没有人愿意将这些标语贴在自己家的房屋上。白纸黑字，大家都觉得贴在墙上不吉利。后来，我只好安排人用绳子把一些标语吊在从村子去打谷场的路边，另外一些张贴在树上。当有风吹过，那些标语晃来晃去，把拖布变得鬼气森森。

一开始传来的消息是上午十点行刑，队里的人挤在湾镇过来的路边。天阴，乌云压得很低，人们左等右等，还是不见押送李清浦的队伍过来。到后来，又有消息传来，枪毙人的时间要推到十一点，但直到中午，押着李清浦的队伍还在山梁的那一边。拖布村的人等得精疲力竭，只有小孩子好奇心重，他们像田里的秧鸡那样，在山道上来回飞奔，告诉人们押送李清浦的队伍到了什么地方。终于，一队人出现在我的视野中，走在前面的正是李清浦，他双手反绑在身后，背着一块令箭一样的木牌，走近一看，木牌上用毛笔写着"杀人犯李清浦"几个字。

李清浦走得很慢，一段时间不见他，再见时他的头发长得老长，我以为他会浑身发软，走不动路，哪晓得他走过我身边时，还对着我点了点头，脸上没有任何慌张。我伸手在衣袋里握住那只苏联造的打火机，突然后悔，之前应该请他喝顿酒的。押送的队伍中，有人突然伸出握紧的拳头，叫了一声："打倒杀人犯李清浦！"我跟着举起了手，却发不出任何声音。

没有想到四面八方会有那么多人赶到拖布来看枪毙人，原先宽阔的打谷场变得拥挤，人群中有很多是生面孔，我不认识，他们推搡着，往前挤，好像看杀人是一件吉祥如意的事情。枪毙人的地点就在河埂上，我看到李清浦被两个基干民兵提着绑着绳索的胳膊带上了河埂，将他按在泥地上跪着。他没有挣扎，也没有低头，而是出神地望着前面的马鹿河，我不知道他在想什么，也许连巫师也不知道。李清浦出生在水边，水性很好，要不是双手被反绑在身后，他完全可能像一只水獭那样钻进水里消失不见。曾经，我看到李清浦在马鹿河涨大水时，像一个时沉时浮的葫芦那样，从拖布这儿游到下游的湾镇。

监刑的人是县里来的特派员，穿着蓝颜色的制服。事先他用粉笔，在李清浦后背左肩胛骨下方，划了火柴盒那么大一个小方框，那是李清浦心脏的位置，等一会儿子弹会从那儿钻入。公社来的基干民兵手持梭镖，呈扇形警戒，将好奇的村民隔在十多米开外。负责枪毙的人是公社武装部的，面熟，但想不起名字来。我夹在看热闹的队伍中，看到那人从皮套里拔出了手枪。隔着好一段距离，我也能感到那支手枪好像带着一股寒意，慢慢逼了过来。由于李清浦背后的绳结正对着心脏的位置，瞄准那个火柴盒大的小方框很容易，我看到那个面熟的人给手枪上了膛，对着李清浦的后背，以为很快就有一声枪响传来。

围观的人群突然出现骚乱，有一个人从远处奔来，尖叫着，声音破坏了刑场的寂静与严肃，也打乱了那个人开枪的节奏，他迟疑了一下，抬头向尖叫声传来的方向望过去，只见从拖布村的方向，有个人姿势夸张地飞奔过来，速度极快。来人是丁脑壳，他那样子就像是古代的一个狱吏，手持皇上的赦免文书，在最后的关头赶来，只为说一句"刀下留人"！

但这只是行刑过程中的一个插曲。当负责警戒的基干民兵控制住丁脑壳之后，人们终于听到期盼已久的枪声。许多人很失望，觉得那枪声还不如过年时放的鞭炮声响。

［补记］

湾镇在拖布村下游五六公里的地方，是堂琅山区保留下来的百年古镇，建在轿顶山下一块三角地上。山梁的避让与包容，让从镇子下流过的马鹿河有了个巨大的回水湾，顺着河谷远道而来的河水，会在湾镇这儿滞留。河面因此变得宽阔，流水在此盘旋，形成巨大的涡流。这是马鹿河投入金沙江之前重要的一个驿站。在湾镇流连之后，河水义无反顾，顺河道澎湃而下，一头扎进金沙江的怀抱。

虽说是位处高原，湾镇的海拔却不高，这儿夏季炎热，冬天暖和。镇子沿河的地方有浓密的凤尾竹，竹梢柔软，极具弹性，粗壮的竹子中空，有极强的浮力。有人用刀伐下，赤脚踩在上面，手握一根细瘦竹竿为桨，可以横渡到马鹿河的对岸。当然是在水势平缓的地方。许多年以后，这一绝技被当地人作为招揽游客的旅游项目，游客只需出十块钱，就能够看到一苇渡江的神奇景象。

沿河修筑的小镇，临河的那条街是季节性的，墙体均为木板，可以拆下来带走，只剩下房架，夏天形销骨立，可供洪水进退。马鹿河与临河而居的住户达成默契，洪水上涨时人们撤离，消退之后住户们又搬回。一进一退，配合得天衣无缝。河边的沙地，甚至可以在河水的涨落之间，种上一季蔬菜：萝卜、白菜、茄子、番茄、青豆……几十年之后，湾镇焕然一新，老建筑所剩无几。原来供销社的那座青砖瓦顶的房子位置较高，在靠近山脚的那条街上，两层楼，墙上除了有记录水面曾经抵达过的刻痕，最明显的就是"发展经济，保障供给"八个大字。仿宋字，有簸箕大，用红油漆刷成，一直到这幢建筑破败不堪，屋顶垮塌，那八个字还依稀可见。

政府倡导旅游开发。在拖布，有人将原来的知青屋修缮后，作为马鹿河漂流的营地。一条乡村柏油公路，从湾镇那儿顺着马鹿河一直往上，修到了拖布。打谷场变成了停车场，许多红色、黄色、蓝色的橡皮艇漂在打谷场下面的马鹿河里，缆绳系在岸边的铁桩上。农家乐和民宿遍地开花，每一天，都有人从这儿坐橡皮艇漂流到湾镇，落差与强大的水流，让漂流变得惊险刺激，河道里常常传来游客的惊叫。种地的人越来越少，原有的许多土地已经抛荒，上面长满杂草和荆棘。村庄变新，土地却旧了。住在拖布民宿的人，偶尔还会在村子里碰到一个怪人，手中常常提着一只风干了的夜鸮。数十年前的那个晚夏，丁脑壳跑到枪毙人的现场，声称他知道谁才是杀死达则的真凶。原本应该十二点准时被枪毙的李清浦多活了半个钟头。后来，被关押在公社的丁脑壳一脸认真地说，真正杀死达则的，是一只虎斑猫和一只夜鸮，他亲耳听到了两头野兽的密谋。

丁脑壳再次来到湾镇是四十多年以后的2023年，他知道进的是派出所，显得很紧张，缩着个肩膀。进了派出所的院子，他见到了拖布的村主任，胆怯地打了个招呼。村主任指着丁脑壳问盗猎嫌犯，你不是说丁脑壳可以替你做证吗，看看认不认识他？嫌犯看了丁脑壳一眼，摇头说不认识，丁脑壳没这么老。村主任说，他还真就是你说的丁脑壳。嫌犯说不可能，丁脑壳烧成灰他也认识。你们不知道，他整天打着我家吉婉尔的坏主意。

所长饶有兴致地望着眼前的一切。"你们好像在拍一个穿越剧，"他说着，把盗猎嫌犯拉到了丁脑壳面前，"你好好看看，究竟认不认识他？"

丁脑壳皱着个眉头，对着盗猎犯望了又望，突然，丁脑壳欢天喜地说道："这不是达则吗？你怎么会在这儿，我好多年没见到你啦！"

听到丁脑壳说嫌疑人就是四十多年前就已死掉的达则，派出所院子里站着的警察都打了个寒战。

"山中才十日,人间数十年!"所长说,"真见鬼了!"

没人能够确认盗猎嫌犯就是达则,他们只好把他关在派出所的拘押室,等待着抽取他的血液,与拖布村吉婉尔的大儿子做DNA比较。但第二天上午,当县城赶来的法医打开拘押室准备提取嫌犯的血液时,嫌犯已经不翼而飞,连监控也没有拍下嫌犯是如何消失的。上一秒钟嫌犯还躺在床上,下一秒钟床上空空如也,如果不是发生在湾镇派出所,还真会以为监控视频做了剪辑。

派出所的警察站在拘押室外议论纷纷,盗猎嫌犯的无端消失,让他们觉得刚刚过去的那个夜晚虚幻得有些不真实。所长仔细查看了拘押室的栏杆门,脚拇指粗的钢筋间隔还不到十公分,即使是玩魔术的逃脱大师,也不可能从钢筋的缝隙中穿出来,除非嫌疑人能够变成一只鸟。警察小普说,昨天夜里,他的确听见鸟叫,那叫声凄惨,感觉围着派出所这个院子叫了半夜,也不知道是什么鸟。

"那鸟是怎么叫的?"所长问。

"哦——啊,哦——啊……"小普说,"中间有间隙。"

"那是夜鸮的叫声啊!"在另外一间拘押室睡了一夜的丁脑壳说,"我见过,我们拖布还把它叫作唤魂鸟!"

所长烦躁地说:"总不能说,嫌犯变成一只鸟飞走了!那只大麂子呢?"

"麂子在,昨晚就处理了,肉都冻在厨房的冰柜里!"警察小普说。

"麂子真还在?"所长问。

小普望了望所长,犹豫了一下说:"可以不在!"

"就是!"所长说,"反正我没看到什么麂子!"说完离开了拘押室。

一切风平浪静。就好像从来没有抓获过一位叫达则的盗猎者,从来没有一只黄皮的大麂子在派出所出现过,至于缴获的那把猎枪,检查过了,是一把五十多年前造的老式猎枪,早就已经停产了。它虽然还躺在派出所的保管室里,但也完全可以不在,让一把猎枪消失,比让一个人消失,容易太多啦!

丁脑壳被送回了拖布。派出所留他在那儿吃了午饭,小普一再问他昨晚是不是做了一个梦,梦到了当年的达则?小普的暗示起了作用,丁脑壳一副脑壳转不过弯来的样子,望着小普说,我是在做梦吗?好像是在做梦!

回到拖布的丁脑壳,逢人便说他见到了达则,但谁是达则,拖布村的大多数人都不知道。然而,丁脑壳见到达则的事慢慢演绎成丁脑壳可以穿越。巫师也过世多年,人们把丁脑壳当成是巫师的传承人,说他的道行比巫师还高得多。不少游客慕名赶到拖布来,当地政府也就对越来越变形的传闻听之任之。有的游客选择住在拖布的民宿,他们中有人会提出见一见丁脑壳,店家就会让客人花上几十块钱,把丁脑壳请来。这时的丁脑壳早已改变滴酒不沾的习惯,成了一个严重的酒精依赖者,每天晚餐必须喝下半斤酒，否则他的脚手都会抖动得厉害，像是患了难以治愈的帕金森症。

酒后，丁脑壳会讲几十年前发生在堂琅山中的那些事，借助夜晚的氛围，丁脑壳身临其境，讲得活灵活现。有时候，丁脑壳讲着讲着，突然停了下来，望着夜空出神。而那些住在民宿里的游客顺着丁脑壳的目光看过去，漆黑的夜空有鸟影快速掠过，流淌的河水中，传来夜鸮"哦——啊"的叫声。

站在民宿视野辽阔的阳台上，望着村外的马鹿河，以及河对面蜿蜒的山峦，的确会产生时间被压缩的错觉。好像过去、现在以及未来，都被压缩成了现在。突然，丁脑壳压低声音，用手指着被夜色笼罩的堂琅山，小声告诉与他一块儿观看夜景的游客，在堂琅山中那些被树林、荆棘、野草甚至庄稼覆盖的土地里，正有一根根白骨从地下钻出来，它们醒目、刺眼、坚硬，不停地在黑夜里移动和奔跑，然后组合成一具具野兽的骨架。黑熊、野狗、金钱豹、麂子、岩羊、穿山甲……丁脑壳说，那些骨架只要穿上兽皮就活了过来。你们看，对面的山林里，有只虎斑猫正带着一堆骨头在奔跑……

作为一个患严重谵妄症的人，丁脑壳的话让那些远道而来的游客感到迷惑而恍惚。此刻，他们共同置身于一个漆黑的空间，大地一片静谧，只有河水发出永恒的喧响。对面黑暗的山林里，也许真有许多野兽在奔跑，但他们都看不见，他们能够看到的，充其量只是偶尔在林中晃动的磷火。

第六个夜晚

鸽子的忧伤

"果儿飞失的那天夜里……上帝终于关掉了最后一盏灯,屋子外面史前一般的静谧,只听见一个失眠者或轻或重的鼻息,像河流中大小不一的鹅卵石,被时间的水流覆盖。"

1

回到昆明的时候，天空正下着雨，机窗外一片暗淡。中午时分，细雨密织，均匀而有序地滴落在机场的水泥跑道上。远方的天地间一片混沌，视野尽头缺乏必要的过渡，建筑物轮廓模糊，铁灰色，像这幕布上的水渍，沉重的阴影正在被溶解。导航车闪着警灯，在雨幕中无声穿行，像一只小小的甲虫。此时，果儿也许正在乌蒙山里穿行，它的身后，是从北方席卷而来的寒流。在去泸州之前，我们都注意过气象预报，但没有人意识到，那一年的第一场寒流会来得如此迅速。当飞机越过西凉山的上空，机身下，高海拔的山头已经被积雪覆盖，现在，我只有祈祷果儿能够在回途中加入候鸟的行列，藏身于巨大的雁阵，隐忍、低调，以躲过沿途鹞鹰和猎隼的捕杀。

2000年12月25日上午，我和昆明十多个养信鸽的朋友，在四川泸州放飞了一批信鸽，为了纪念护国运动85周年。12月的泸州，灰蒙蒙的天幕下，江水无声流淌，城市形销骨立，让人感觉有些凄凉和忧伤。长江边的河滩上，大小不一的鹅卵石铺陈到水边，光滑、圆润，偶尔有黑色的昆虫飞来，藏身于相互混淆的石头中间。其实那个时候，我就隐约有不好的预感，可又心怀侥幸。抬起头来，我看到河堤上悬垂的布标系在两根竹竿之间，上面张贴的大字有的清晰，有的因布标扭曲而变形。

鸽笼整齐地摆在地上，金属的、木条的、竹编的。信鸽被掬在各人手中，等待放飞的号令。这一天的果儿有些奇怪，当我把它从鸽笼里拿出来时，它就一直挣扎。蹬腿，扭动着翅膀，头前伸后缩，幅度很大，不安分，直到我把它转过来，让它的头迎向我，果儿才安静下来。

鸽子的脸上没有皮肤，只有羽毛、角质覆盖的鼻瘤、坚硬的喙和镶嵌于头部左右两侧的眼睛，看不出它的表情。来泸州之前，果儿鼻子上的硬壳脱落，露出肉红色的鼻瘤。它的双耳外毛耸起，如同一丛茂盛的植物，将它的耳洞遮掩得严严实实。我发现，当果儿转过来面向我之后，它后脑上的羽毛突然耸起来，看上去像是戴了一个前低后高的无檐帽，这让我有些意外。

竞翔之前，果儿安静地窝在我的手中，我能感受到它的体温，以及它小心脏微弱的跳动，仿佛柔和的鼓点。这体温和鼓点通过果儿腹部的羽毛传递过来，细微，真切。主持人是一个穿着黑色毛呢大衣的胖子，头戴一顶黑毡帽，围着一条灰色的围巾，看上去像一只肥硕的狗熊，正念着手中的稿子，流利的四川话随着江风传来，带着浓烈的辣椒和花椒味。我们一排人手捧信鸽站在江边，神情肃穆，感觉像是正在聆听队长号令的行刑队。当主持人吆喝一声，发出放鸽命令，几十只鸽子突然"噗噗噗"飞了起来，羽翅拍打空气的声音格外杂乱。我手中的果儿没有一点起飞的迹象，仍然淡定地卧在我的双掌间，歪了歪头，望着我。事后，我曾回忆起果儿当时的表现，也许它当时就意识到，此次的放飞，于我们，便是永别。

2

为了迎接果儿的归来，放飞的那天上午，当果儿的身影在灰蒙蒙的天空消失以后，我立即打车直奔泸州蓝田机场，买了最近的一个航班赶回昆明。鸽舍必须得认真清扫，还得撒上除臭剂，让果儿的闺房变得清新宜人。我在鸽笼里圆形青花瓷盅里换了干净的矿泉水，在长条形的松木食槽里，放上果儿最喜欢的高粱和红米。数百公里的飞行，果儿到家的时候一定是精疲力竭，需要补充能量。做这一切的时候，昆明的天空令人揪心地下着雨。我很后悔，早知道气候会变得如此恶劣，我就不会带果儿到泸州去放飞。我错了。

整个下午，我一直心神不宁，除了打扫鸽舍外，我无法专注做任何事情，隔不了几分钟，我就会跑到阳台，看果儿是否会出现在它的鸽舍里。有几次，我甚至出现了幻听，我听到了熟悉的鸽哨声由远及近传来，天空中美妙的滑音，带给人一种渗透进骨头里的欣喜，可当我奔到阳台，果儿的鸽舍仍旧空空荡荡。黑夜降临的时候，我看着窗外茫茫天宇，意识到，果儿再也不会回来了。

果儿的飞失让我失魂落魄。当天夜里，我又一次梦到了那些昆虫。它们长着绿豆一样大的身体,八根细长的脚,与身子不成比例。我看见它们从远处爬行过来,感觉像是在用几根发丝支撑着舞蹈,它们爬进我的大脑,开始吞噬我的脑髓。密集的昆虫,收敛的螯紧贴着圆形的脸部,这让它们在进食时,仿佛是得手的窃贼,躲在阴暗处,小心谨慎、面带笑意地清点手里的钞票。不幸的是,我还能在睡梦中清晰地看见那些昆虫的表情。

欧阳医生对我说过,从来没有人能做两个完全相同的梦。他是位心理医生,我找他看过失眠症。在一次催眠之后,我把几十年来如影随形的噩梦告诉了他,但欧阳医生认为是我的幻觉,或者梦魇。催眠之后我说了些什么,我完全没有了印象。但欧阳医生说,当年李小兵的欺凌,给我留下的阴影太重了。作为治疗的手段之一,欧阳医生试图通过催眠改变我的记忆,他让我相信自己在年轻时,曾经无数次地痛打过李小兵。

我觉得,如果我重复的梦魇与李小兵有关,那么睡梦中钻进我大脑吞噬脑髓的,不应该是那种绿豆大的昆虫,而应该是蜈蚣。

李小兵脸上有条伤疤,从右边嘴角延伸到下颌,据说是在一次打斗时,被人用菜刀劈而留下的。蹩脚的外科医生,医术过于粗糙,在缝合伤口时心不在焉,拆线后留下了明显的针脚,这让李小兵脸上的疤痕看上去像是一条正在爬进他嘴里的蜈蚣。

幸亏梦见的不是蜈蚣。红头蜈蚣,身背绿黑色的铠甲,冰冷、阴暗,像一个秘密行动的执行者。想想上百条这种阴魂一样的昆虫扭动着身体，在我的大脑里吞食我的脑髓，哪怕只是设想一下，也令我不寒而栗。

3

果儿是只昆明瘤鼻鸽，楚楚送的。我曾经对她讲述过，童年时，有一只鸽子飞到我身边，帮我解除了劫难。她也许是希望送给我的这只鸽子会再次给我带来奇迹。楚楚后来嫁到了挪威。我们在一起时，当她听说李小兵对我的欺凌之后，便像个小母亲一样，把我的头揽过去，善良的姑娘，用食指轻轻抚摸我额头上那些看不见的伤痕，又用温润的嘴唇，贴在假想的伤痕上面。

我从来没有想到会与楚楚分手。那一天，我把租住的房子换了锁，请了年休假，到外地旅游。我给楚楚留了一封信，告诉她我喜欢上了别人。男人都是喜新厌旧的，移情别恋很正常。为了让楚楚死心，我后来甚至不惜糟蹋自己的名声，公开带着医院一位对我有好感的护士出入各种场合，像热恋中的情侣一样。

最终还是得直接面对。两个月后的一天，楚楚约我到"火车南站"餐厅晚餐，她希望我们的感情有个正式了结。古老的法式建筑，过去是滇越铁路公司驻昆办事处，有着黄色的墙体、弧形的门头和窗楣、巨大的阳台以及依次撑开的遮阳伞。我和楚楚坐在二楼的窗户边。落座后我才吃惊地发现，这个位子是我第一次约她到这儿来吃饭时的位子，木质的桌子厚实沉稳,上面铺着蓝底白花的扎染,相对而放的两只凳子是铁铸的,上面放有铁灰色的坐垫和靠垫。我猜测楚楚特意早来,是因为那时餐厅里除了服务员外还没有前来就餐的客人,她可以随心所欲地选择座位。

清冽的阳光从天空漏下,楚楚的身子藏在墙体遮挡的阴影里。她的两只眼睛泛红,圆圆的、兔子般的眼睛,无辜、温顺而又茫然。她告诉我,她已经厌倦了这座城市。说这话的时候,楚楚把头转过去望着窗外。夏天,窗外院子里的植物疯长,有白桫椤、云南苏铁、香子含笑,还有一棵叶片巨大的芭蕉树。

最后的晚餐,我与楚楚吃得无比沉闷。那天,楚楚提了个要求,她想与我再住一个晚上。从餐馆出来,天已经黑了,我搂着楚楚的肩膀,能够感觉到皮肤下滑动的骨头。楚楚瘦了。

当天晚上的性爱疯狂又绝望。贪婪的小母兽,敲骨吸髓,让人欲罢不能,像是想用这种方式,把我的灵魂收入她的腹中。事后,她像一只乖巧的兔子,缩在我的怀里,可是我怎么也不敢入睡,我担心在梦中会再度把她当成李小兵,痛殴一顿。我就这样假寐到天明。

一大早我去医院上班,中午的时候我抽空回来,楚楚已经走掉了。她也许在我刚离开时就起了床,除了床单和被褥,她把我所有的脏衣裤都洗了,屋子也收拾得干干净净。最让我意外的是她像变魔术一样,在我的餐桌上放了一只鸽笼,里面有一只雏鸽。楚楚,楚楚,我叫了两声,没有回应。我在餐桌旁的凳子上坐了一会儿,来到了卧室,把身体埋在被褥下面,试图触摸到楚楚留下的一丝体温。棉质的被褥,有一股若隐若现的熟悉气味,稀薄得像幻觉,想着楚楚温润的身体,此后可能会被其他的男人拥抱,我就忍不住抽泣起来。

我把楚楚送我的鸽子取名叫果儿,这是我对楚楚的昵称。果儿是纯粹的中国种,有点子鸽的血统,还有上海远程鸽的基因,杂交品种,在讲究血统和出身的信鸽圈里,并不被认可。但我没有料到,成鸽以后的果儿,毛色洁白,脖颈修长,羽翅光滑,抚摸上去有丝绸的柔滑质地,是鸽子中少见的美少女。曾经,她用了一天一夜从南京飞回昆明。

直到今天,与楚楚在一起的那几年,依旧是我一生中最快乐和满足的日子。是天性,或是幼儿师范教师的职业,让楚楚的性格温顺、柔软、懂事,作为一个备受欺凌的人,我也许在一个柔弱的姑娘面前,才敢暴露出自己残忍的一面。这让我特别看不起自己。

4

与楚楚分手后不久,我分到了单位的房改房,位置在市中心的家属区,院子很小,却有一棵高大的银杏树。入夜以后,如果我不拉上窗帘,就能够看见周边楼房晚睡的灯光,朦胧地照在那棵大树的叶片上。扇形的叶片光滑,经络均匀散开,看上去有如密集悬垂于树枝上的蝴蝶,一动不动,假死一般沉睡。果儿飞失的那天夜里,我毫无睡意,只能眼睁睁看着叶片上的光一点点褪去,直至那棵银杏树完全陷于夜晚的黑暗中。上帝终于关掉了最后一盏灯,屋子外面史前一般的静谧,只听见一个失眠者或轻或重的鼻息,像河流中大小不一的鹅卵石,被时间的水流覆盖。

噩梦、与楚楚分手、果儿飞失,这些事情让我原本就薄得透明的睡眠千疮百孔。许多夜晚,我只有借助红酒的劲儿,才能稍微入睡一会儿。作为一名医生,我知道自己不能再吃安眠药了。从十来岁起,我就患上严重的失眠症,这一生我吃过的安眠药如果集中起来吃的话,可以让我死几十次。还是红酒好。酒意上头,我会短暂忘却一切。

但是,即使是喝了红酒,我也会在午夜后醒来,此后就再难入睡。每当夜幕降临,我就忧心忡忡。我仿佛是一个即将被夜晚施刑的罪人,我既渴望睡眠,又害怕睡眠。上床之前睡意沉重,可一躺平,大脑立即处于混沌中的清醒。我由此变得焦躁,会把两个枕头撤掉一个,再撤掉一个,完全平躺在床上。片刻之后,我又会从床的这一头搬到那一头。失眠让人苦不堪言,有时,为了惩罚自己,我甚至抱着被子,在客厅里走过来走过去。

是命定,还是巧合?果儿飞失的那一天,当我从泸州回到昆明,楚楚恰巧跟着她新婚的丈夫去了挪威,我们在昆明巫家坝机场擦肩而过,她得从这里先飞到北京,再从北京飞到奥斯陆。我后来查过航班,地图西北角的那个国家人口太少,从北京到奥斯陆的航班都得转机,这样楚楚在空中的飞行时间接近二十个小时，比果儿从泸州飞回昆明的时间还要长。

从此远了。率先竣工的昆明南二环高架桥凌空蹈虚，像在城市的空中浮游。每一次，当我乘坐汽车穿过南二环赶往巫家坝机场时，我都会想起楚楚来。曾经肌肤相亲的人，从这座城市离开以后，她在地球的那一端如何生活，她的夜晚和白天，她的欢乐及无助，我都再也触摸不到了。

5

顶、抱、担、提、挎、缠，身随拳动，当我的拳头落在李小兵身上时，我能感觉到身体里的力量释放之后获得的满足。移动的沙袋已经瘫软，但我并不准备住手，顶肘左右翻，抱肘顺步赶，我的每一招都充满复仇的杀机。李小兵跪倒在地，小声地哭了起来，我没有想到一个欺凌我的人会哭出声音，这让我有些发蒙。

耳畔传来女子嘤嘤的哭泣声……怎么会是楚楚？我努力睁开眼睛，头顶瓦斯灯黄色的光晕慢慢洇开，梦里的打斗紧张而又兴奋，我精疲力竭，仿佛有谁刚把我的骨头一根根从身体里抽走。我挣扎着转过身去，抱住了发抖的楚楚："怎么啦？楚楚！"

清晨，当我从洗漱间里的镜子中看到楚楚的时候，我的心猛地一沉。镜子中，她正眯缝着眼，查看眼眶下面青紫的伤痕。平常素面朝天的她，这会儿像一个老到而有耐心的裱糊匠，正在用一把小毛刷小心地把粉均匀地涂抹在患处。她看上去很投入、很专注，脸上一点也看不出受到暴力袭击后的忧伤。幼儿师范学校的老师，用一支粉笔，完成了只有化妆师才能抵达的魔术效果。她没有意识到，我在她身后借着一面墙的掩护，偷偷地观察她的脸。

其实，这不是我第一次在梦里实施暴力。我想起了在朱城生活的时候，那时我只有十来岁，有一天晚上，我突然在睡梦中听到妹妹的哭声，声音响亮，像一些突然被惊起翻飞的蝙蝠，刺耳、杂乱。醒来之后，听到妹妹向我母亲控诉，说我一脚脚地踢她，直到把她踢到了床下。我向母亲解释说，我踢的是李小兵，愤怒的母亲突然从床上捡起谷秸绑扎成的扫帚，劈头盖脸地打在我身上。我痛得从床上跳了起来，母亲的手扬在空中，没有忍心再打下来，她看到了我睡的床上有一摊尿渍。

母亲把妹妹安顿在她的床上，回过身来，把我的被子、床单和垫絮抱出了卧室。我只有横躺在床头度过长夜，身下是坚硬的床板，我把脸贴在上面，闻到了木头的朽味。第二天起床，我发现床单和被子晾在后院里的铁丝上，而堂屋里的地炉上面罩着一个竹制的鸡笼，我的垫絮正放在上面烘烤。

为了防止我再尿床，母亲后来在我的垫单下面放上了一块油布，黄色的油布，纤维粗壮，用桐油处理过，防渗漏，在四十年前的长途货车上常常能见到。从那天起的很长一段时间，我重新像婴儿一样变得需要母亲照顾。夜晚昏暗的电灯下，她用父亲破旧的裤子、妹妹不能再穿的婴儿服、我因长高之后淘汰的衣裤缝制尿片。家里时常停电，她就坐在煤油灯下缝制，安静的脸上眉头轻皱，偶有微风灌进屋内，灯影就会在她脸上轻微晃动。

很快，母亲就发现，我会在睡梦中小声啼哭。她想尽了办法，不见效果，只好求救于道师。道师给了母亲许多符章，是一些红色、黄色和绿色的彩纸，上面用木刻印上了几句话："天黄黄，地黄黄，我家有位夜哭郎，行人念过一百遍，一觉睡到大天亮。"

夜里，在我与妹妹睡着之后，母亲会偷偷出门，带着从纸盒厂拿来的糨糊，把那些符章，连夜贴在朱城一些不易被人撕掉的角落。每一座城市，清晨的行人，除了形迹匆匆的旅客，就是早起上学的孩子。南来北往的旅客见多识广，不会有人对突然出现的彩色张贴感兴趣。但孩子就不同了，他们会对出现在电杆、土墙和树干上的彩纸感到好奇，不少孩子会凑上去，照着上面的文字读上一遍，这才悻悻地离开。

道师的法术并不灵验。母亲说，我每次尿床，其实都有迹象。我会在梦中小声哭泣、哀告，有时还会发出凄厉的惨叫，有时又是愤怒的呐喊。"你怎么啦？"她忧心忡忡地问我，"睡觉的时候怎么老是喊打喊杀？"

6

我与妹妹跟随母亲到朱城生活是1974年。那一年，我们家遭遇变故，父亲被下放到席草田监视劳动，母亲被开除工作，她只好带着一双儿女,来到离席草田几十公里远的朱城。此前,这座高原小城与我们家没有一丝关系,纯粹就是它离席草田农场近,方便母亲抽空去看望在那儿劳动的父亲。

房子是提前租好的。空旷的院子荒芜、诡异,但便宜。数十年历史的老房子,散发着一股陈腐的气息,不知道之前是什么人居住在里面,但我从住进那个院子的第一天起,就觉得鬼气森森。母亲是在租住进去以后,才在街坊的窃窃私语里,得知租下的是一座凶宅。

朱城是一座有着数百年历史的古城,瓦屋、木制墙壁,石板镶嵌的街道泛着青光。有一段时间,每到夜里,母亲就会听到有人在舂米,木制的捣杵砸在石臼里,发出沉闷的回响。问题是,当你侧耳倾听,却难以判断声音来自何方。街坊里的人都说,那声音就来自我们住的院子,仿佛到了夜里,就有一些看不见的人,在此开始热闹的生活,能听见开门关门的声音,而那舂米的捣杵声则延续了半年,因此每到天黑,母亲都会把通向后院的门锁上。

母亲刚到朱城时,四处寻找学校,问需不需要代课老师。短短的几个月,她换了几个学校,没挣到钱,唯一的好处是让我进了学校读书。那时我就知道,交完院子的租金以后,母亲身上的钱已经所剩无几。坐吃山空不行,当她听说街道办的纸盒厂原来的保管员脑出血死掉了,就用家里仅有的几元钱买了两封绿豆糕,带着我去找居委会的宋委员求情。月薪十八块的岗位,辛苦、耗时,当地没有什么人愿意去做。

前进街的大人物，住在几十米开外的王家大院。老地主的旧居，方形的院子，几幢房子围成南方常见的"一颗印"建筑。宋委员家住在靠北那幢房子的三楼，得沿着木制的楼梯往上爬，每上一级台阶，楼板就会发出"吱嘎吱嘎"的呻吟。到了顶楼，还得穿过一个十多米长的过道。过道的防护栏上，有一个用松木制作的鸽笼，十多只鸽子，在里面"咕噜咕噜"叫唤着。

此前，我曾经坐在屋后的天井里，看这群鸽子从天空盘旋而过。一只、两只、三只……我数了几遍才数清，一共十五只鸽子。

母亲要与宋委员谈事情，便把我留在了屋外的过道里。当时，宋委员的儿子李小兵在过道上伺候他的鸽子，他大我四五岁，穿着一件草绿色的军衣，同样草绿色的军帽，里面用一圈纸板做成帽箍，戴在头上轮廓分明，感觉相当帅。见我站在他的身边，李小兵从鸽笼里拿出鸽子递了一只给我。灰色的鸽子，眼皮紧箍着眼球，圆圆的瞳孔里是发黄的眼沙。在此之前，我只看见有鸽子在屋顶盘旋而过，但我从来没有触摸过鸽子。因此，当李小兵把鸽子递给我的时候，我不知道该用多大的力，才能捧住手中的大鸟。但我几乎在第一次触摸到鸽子的时候就喜欢上了它，我能够感觉到鸽子的体温，它有柔滑的羽翅和温和的表情。但让我措手不及的是，看上去温顺的鸽子竟会突然挣扎，从我的手中挣脱，拍打着翅膀，飞到了对面的屋顶上。

我不知道如何是好，回过头来望着李小兵，而他只是冷冷地说："你把我的鸽子放飞了！"

"你要还一只给我！"他对我说。

"你养的鸽子，飞了，应该还会飞回来！"我怯怯地说。

"你放飞的那只是老子新买的，还不认识家呢，你这一放就飞丢了！"李小兵恶狠狠地说，"你以后每天放学要先到我这儿来，让我弹五十下脑门，直到你还上我的鸽子！"

就这样，我每天下午放学后，都会来到李小兵家外面的走廊，站在他的鸽笼旁边等他。李小兵会让我稍息、立正，命令我像树桩一样站得笔直。每一次，当李小兵绷紧手指，用力把食指弹在我额头上时，他都不允许我眨眼睛。

"不要给老子眨眼睛听到没有？"李小兵的样子很凶，"只要眨眼，刚才弹的脑门都不算！"

所以，我只能眼睁睁看着他的食指一次次弹过来。有时候，他会延缓时间，改变节奏，食指在我的眉心间打着转，往往是在我的眼皮发酸，快支撑不住的时候，他才突然弹过来，让人防不胜防。

我就这样牢牢记住了李小兵的脸。至今，我都能记得李小兵的嘴唇厚而鲁莽，口里是一撮快要爆炸的锯齿，错进错出。他的脸上，有一条粉红色的疤痕，从右边嘴角一直延伸到下巴上，看上去，就像是有一条活着的蜈蚣爬进李小兵张开的嘴里，却被他用锯齿死死地咬住。

7

每天清晨，我都会早早去上学。朱城地处高原，即使是夏天，早晨也会让人感到薄薄的凉意。天还没完全亮，间隔过远的路灯，彼此的光晕难以交汇。我之所以早起，并不是要赶去学校，而是要赶在早晨大街清扫之前，看看地上有没有被人丢弃的牙膏皮。铅做的外壳，里面的牙膏用完以后，可以作为废品回收。大的中华牙膏皮，拿到废品收购站，一个可以卖二分钱，而个头小的白玉牙膏，只能卖到一分。王家大院后面，有一条细长的檐沟，钻进去，里面散发出一股呛人的霉味。住在一楼的人家几乎从来不打开窗户，而二楼和三楼的人家，则把这条檐沟当成了随心所欲的垃圾场。我曾在里面捡到一只牙膏皮，外面覆盖着泥土，我用木棍把泥土刮干净，发现是中华牌牙膏。上海牙膏厂生产的牙膏，几十年前风行一时，铅皮上面镀了层黄色的漆。走完三十多米长的檐沟，再也没有其他收获，檐沟上密布着蜘蛛网，灰黑色的蜘蛛不知道躲在什么地方。傍晚时分，天光开始暗淡下来，能听见街上有人呼喊自己家孩子回去吃饭的声音。

当然，每天早上去上学的时候，我也会留意路上有没有被人丢弃的桃核和杏核。如果发现了，就在路边找一块石头，把坚硬的壳砸碎，取出里面的桃仁和杏仁，小心藏进书包里。我听说了，砸出来的桃仁杏仁，晒干以后，收购站也收，只是不知道多少钱一斤。至于纸烟盒，虽然收购站不收，但当时的少年大多喜欢收集,并且可以私下作为货币流通,最值钱的是中华和云烟,五分钱一张,但几乎见不到,其稀少程度,相当于今天 1980 年版的猴票。许多年以后,每当有人与我聊起香烟品牌,他们会奇怪,我从不吸烟,却知道"劲松""团结""翡翠""芙蓉""大前门"这些老牌香烟,这让那些资深烟客感到非常困惑。

朱城的城中心,有一个鸽子市场,当地人叫草市。历史悠久的老城,总是会隐藏着一批玩家。草市上有信鸽卖,也有肉鸽卖。肉鸽五毛钱一只,信鸽的价格太贵了,贵得根本无法想象。可即便是五毛钱一只的肉鸽,我捡了两个月的牙膏皮和桃仁杏仁,也没能买得起。

不过,承蒙宋委员的恩准,我母亲如愿以偿去纸盒厂当了保管。七岁的妹妹跟着她,整天坐在堆满报纸和旧书的仓库里,无所事事地在里面翻看连环画。

通常,母亲回家比较晚,她得等所有工人走了以后,锁好纸盒厂的大门才能回家。每天傍晚,从李小兵家出来,我都会坐在门槛上,眺望着街头,等待着她和妹妹。那些年,天好像黑得早一些,六点半的时候,街口渐渐模糊的电线杆上,高音喇叭会传来国际歌的乐曲。那是许多人的时钟,只要听到这首曲子响起,就意味着黄昏、归家、暮色降临。

我后来发现,李小兵喜欢在天黑前放鸽子。有一天,当我抬头清点那些从天空中飞过的鸽子时,我吃惊地发现,鸽群仍然有十五只。这个发现让我既激动又气愤,我跑到了李小兵家,告诉他我的发现，李小兵却对着我破口大骂：

"那是老子重新花钱买来的！你敢诬蔑老子！"

话刚说完，一记耳光扇在我的左脸上，清脆的响声还没完全消失，第二记耳光随即而至，我的右脸也肿了起来，感觉像是浸泡在滚烫的水里。这时李小兵飞起一腿踢在我的肚子上，我的身体瞬间被抽空，内脏扭结在一起，我吸不进半口气，弯着腰，就像是肚子里钻进了一把锋利的刀子，我听见自己脚步踉跄的声音，也听到了自己摔倒在楼道里发出的闷响。

但是，更让人羞耻的是，李小兵走过来，提着我的两只裤脚，把裤子从我身上褪下来，挽成一团，丢到下面的天井里。我光着屁股，跌跌撞撞从楼上下来，到天井里拾起裤子，边跑，边穿。害怕，羞耻，只想早一分钟逃离王家大院。身后的楼上，李小兵扔了一句话砸下来："从明天起，每天弹一百下脑门！"

8

记忆中的朱城，仿佛总是黄昏，只有一次例外。下午，广场召开万人大会："批林批孔"。学生们站在粗糙的广场上，看台子上的人声嘶力竭地控诉。人太多，广场外面的公路边，用草帘搭起了十来个简易茅房，里面统一地摆放着两只粪桶。冤家路窄，我竟然会在简易茅房的外面撞上了李小兵。

李小兵当时正带着几个人从简易茅房出来。我正准备偷偷溜走，被他一声喝住："小杂种，你跑什么？过来，今天的一百下脑门要提前弹掉！"

就在茅房外面，他让我稍息、立正、再稍息、再立正。有不少好奇的人围在一边，我无地自容，却又不敢反抗。众目睽睽之下，他的食指一次又一次弹在我的额头上，发出"嘭嘭"的声音。我感到很羞耻，盯住李小兵脸上的那条疤痕，死死咬住下嘴唇，泪花在眼眶里打着转，我努力把注意力放在额头的疼痛上，不让眼泪流下来。

由于用力过猛，李小兵弹到五十下的时候，食指弹疼了。"四鼻子、三弯腰、贩贩……你们过来，每个人弹十下！"

我站在人群中间，额头上每被弹一下，只要声音响亮，围观的人都会发出一声欢呼，而李小兵则会得意地四下环顾，右手高高举起，打一个响指。就是那一次，当其他人弹我脑门的时候，我死死地盯牢李小兵，暗暗发了誓，等我有一天长大，我会一次次暴打他，直到他跪地求饶。

"嘿！还敢瞪老子！嗯？明天就叫你老妈没得工作！"李小兵威胁说。

从批判大会的会场回到家里，天还早，我来到院子里，坐在天井边的条石上，想着明天还要去李小兵家让他弹脑门，我不知道这种折磨何时是尽头，心中充满恐惧。只要一闭上眼睛，我就会看到李小兵的手在我眼前晃动，那天下午，对李小兵的害怕已经覆盖了我对这个院子的恐惧。什么时候，我才能攒够五毛钱买只鸽子还他。这时，我突然听到有悠扬的鸽哨声传来。抬起头，我看到有一群鸽子飞过天井的上空，李小兵的鸽群，我数了数，十五只。

突然，我发现对面屋子的瓦脊上，站着一只鸽子。我的心突然狂跳起来。朝思暮想的鸽子，铁灰色，我能感觉到自己的身体在微微发抖，脚心到整个小腿和尾椎骨都在发麻，心脏缩成米粒那么大。屋脊上的鸽子，在上面踌躇了片刻，竟然展开双翼，无声地滑行下来，降落在我身边的石板上。近在咫尺的鸽子，令我难以自控地慌乱，我的身子僵硬，呼吸困难，所有的注意力都集中在身边的鸽子身上。直到今天，我都还记得当时的情景，我侧身朝那只鸽子扑了过去，它没有飞走，也没有挣扎，当我觉得已经牢牢把它抱在怀里时，我内心狂喜，如释重负。

李小兵对我突然归还他鸽子有一些意外，更让他意外的是，他发现鸽子的脚上有一个铝制的足环，上面有"济南"两个汉字和一串阿拉伯数字。"咦！"他偏着头斜眼问我，"哪来的鸽子？"

"自己飞来的，"我告诉他，"这只鸽子是自己飞到我家天井里的。"

李小兵不相信我说的话。怎么会有一只鸽子莫名其妙飞来，被你捉住？但他对鸽子的好奇取代了对我的怀疑。他对着鸽子的眼睛认真看了看："眼沙好呢！"李小兵喜笑颜开，又展开了鸽子的羽翅看了看，装模作样地说："你的这只鸽子瘦，没我的那只肥，所以我还得最后弹你一百次脑门，才扯得平！"

最后的劫难。额头上传来食指弹击在上面的声音。有时候他因用力太猛，自己的食指也感到了疼痛，李小兵就会将它放在嘴唇边吹气，仿佛是他的食指被什么东西给烫了。渐渐地，他的速度放慢下来，似乎很是享受弹击他人额头带来的快感，还剩下十多次的时候，李小兵有点不舍得，他的食指绷紧，在我眼前晃过来，又晃过去，好一会儿才弹一个。因用力的缘故，我看见他指节皮肤的后面，透出了指骨白色的痕迹。

9

当年，欧阳医生在替我做了一段时间的催眠治疗之后，又建议我去学学武术。"身强体壮之后，"他对我说，"你心理上对李小兵的恐惧会减轻一些。"

果儿飞失的第二年，我决定重返一次朱城，找李小兵打上一架。做出这个决定之前，我的武术老师曾经去师大体育学院给我找来了两位年轻学生，要我与他们进行实战搏斗。那时的我与练武前相比，已经换了一个人。尽管依然身材瘦削，可是手握成拳头后，就像一个铁锤。如果伸开，除拇指外，其余的四根手指，几乎是一般齐。指尖上全是老茧，指甲变厚，内卷，戳在人的身上，硬度就像是几根钢筋。虽说是以一敌二，我还是轻松把那两位年轻的学生打趴在地上。教练拍了拍我的肩膀，点了点头，伸出了短粗有力的拇指。

楚楚去挪威了，就再没回来过。当我的身体强壮起来以后，我发现自己除了灵魂以外，身体也对她充满了怀念。曾经，子夜的十二点，我与她的身体相互追逐，直至完全叠合……就像墙上挂钟的时针与分针。现在，她的白天是我的黑夜，我们之间，隔着永远无法追赶的时差。我看着挂钟下面的地图，挪威位于地图西北角，我记住了这个国家的所有城市、河流、湖泊、铁路、海湾……我甚至用一支铅笔就能把脑海里的挪威国境线画个八九不离十。尤其是楚楚生活的城市斯塔万格，我知道它每一天的天气、它的城市街景、大型超市以及海岸风光，想象楚楚在那座遥远城市的生活，已经成为我每一天的功课。残忍的功课，绝望的怀念，它是我无望当中的守望。

前往朱城的那年我三十五岁。临行前的那个夜晚，我看了看自己两只胳膊上鼓起的肱二头肌，觉得要搞定一个年届四十的男人，应该没有任何问题。在乘车前往朱城的时候，我想象自己就像在梦境之中那样暴打李小兵。我把他打得求饶，还让他站起来，以其人之道还治其人之身，让他做稍息、立正的动作。我也弹他脑门，不仅仅弹他的脑门，还要看他脸上什么地方青紫，我弹什么地方。甚至，我像他当年侮辱我那样，在大街上脱掉他的裤子，然后扬长而去。这样的想象让人快乐，我感到浑身充满力量，脑门中央青筋鼓起，有力地跳动，我的呼吸有些堵，并感到口干舌燥。

可是在朱城，我没有找到李小兵。离开这座城市二十多年了，我再也没有回去过。我年少时与家人寄居的那条街，已经了无遗迹，我甚至都怀疑自己来的是不是朱城。拓宽的马路、高耸的楼房，将我记忆里的朱城彻底篡改。只漏网了一些名不副实的地名。小石桥看不见石桥,月牙塘也不见水塘,而我小时候游过泳的南广河,现在成为朱城的下水道,被结结实实的水泥块覆盖。

前进街早就不在了。城市的花名册上是靖远街。短暂的更名史,给我寻找李小兵带来了麻烦。街道的改造、拆迁,原来居住在前进街的人已经走散,不知去向。有人给我支了个招,说如果我要找人的话,退休在家的邮递员老苏或许能够提供信息。

我记得老苏。那时的朱城,他每天骑一辆载重的永久牌自行车,像只大鸟一样,在石板路的老街飞过来又飞过去。邮车后座的两侧,分别悬挂了一个大邮包,里面装着报纸、杂志、信件以及小型的包裹。找到收件人的家,老苏就会把邮车支起来,扯开嗓门喊"陈丛林,报纸",或者"余永庆,包裹!"他熟悉这座小城老街上的每户人家,如果是碰到不识字的年老妇女有子女寄来钱,比如郑汝玲,老苏就会在喊过名字之后,稍作停顿,补上一句话:"拿章来盖!"

老苏已经不做邮差了,他退了休,现在最喜欢的事情,是端着个酒杯,坐在家门外的一个方石凳上,看街上人来人往。一坐就是一下午。他不知道李小兵。但是他知道前进街曾经的居委会委员姓宋。

"宋委员死掉啦,她的儿子也死掉了,听说是强奸罪。1983年严打,送到新疆那边去劳改,死在那边,太远了,尸体都没能运得回来。"

"死了?"

我有些缓不过神来，原本在身体中积蓄的力量突然消失，令人有些沮丧，也有些失落。从老苏家离开，我神情疲惫地走在街上，两条腿有气无力地拖着整个身躯前行，我的背包从右肩滑落，甚至我都不想去拾起。路边两个孩子在用水枪互滋，喷到了我的脖子和脸上，我的眼睛眯了一下，停住，水滴顺着额头的发梢滴在脸颊上。我蹲了下去，摊开双手，注视着上面毫无用处的老茧。

没有李小兵的朱城，我一分钟都不想停留。坐上朱城开往昆明的大巴时，正值中午。车窗外面，阳光下的行人并不多，偶尔，会有一辆汽车驶进车站。我把额头顶在玻璃窗上，看见形形色色的旅客从车上下来，消失在车站门外的大街，感觉就像是一些散落的雨滴，在酷夏被烈日迅速蒸发。

不过，自从知道李小兵死在了新疆，那个数百只虫子吞噬我脑髓的噩梦，就再也没有做过。

10

都不知道在睡梦中把楚楚当成李小兵暴打过几次了。曾经，我是那样地担心，楚楚会因我夜晚难控的暴力离我远去，但她好像患上了"斯德哥尔摩综合征"，我的暴力让她痛苦、同情又依恋。与楚楚在一起的最后那段时间，每当夜晚到来，我根本不敢睡过去，梦中怀抱着的瓷器，发出幽暗的光。光滑、细腻，有着我身体长久接触留下的体温，我害怕自己在难以控制的梦中失手打碎它。但越是这样，当我真的睡过去，常常越会在夜里突然发狂，把身边的楚楚当成了李小兵，一次比一次打得更狠。

最后一次梦里的殴打，可能用力太大了，至今我都无法回忆当时的情景。我想，如果谁把我的楚楚打成这个样子，我会毫不犹豫去拼命。我当时看着自己的双手，十个张开的手指，掌中的老茧，清晰而又简单的掌纹，本来我以为它们能够保护楚楚，现在却给她造成如此大的伤害。我甚至担心楚楚会失明或伤残，未来让我恐惧。

楚楚所在的学校，学生要升旗和晨读，每天早晨她都去得很早。夜晚往往是缠绵、一起入睡，但醒过来时，除了周末，她都不在。如果不是夏季天亮得早，她离开家的时候，外面的天还黑着，尤其是冬天，冷风吹拂，冰冷的空气会像一些细小坚硬的针尖，刺伤她本已受伤的皮肤。

我决定离开楚楚。但对于以后的生活，却一片茫然。内心作出决定的那天，当楚楚下楼去上班，我来到阳台，躲在窗帘后面，看着她骑着自行车消失在街口。天空慢慢放亮，光恰似水，仿佛是谁在我毫无知觉的时候用净水清洗了黑夜。站在阳台上眺望远方，大地的轮廓开始清晰起来，由近及远，这人间的幕布徐徐拉开，山河的布景已然完成。又一个白天来临，阳光所照之处都是舞台，数以亿计的演员粉墨登场，而我与楚楚，也即将在这个舞台上走散，想想就让人感伤。

离开楚楚之后，我不知道回了多少次头，却只能看到她越来越模糊的背影。即使是到了今天，只要想起楚楚来，我的身体就会处于轻微的膨胀和持续的低热状态。我相信如果自己是皇帝，我会因为楚楚而冷落后宫的三千佳丽，甚至我也不要江山，而是要把江山埋在楚楚的身体里。

11

宋为民，男，54岁。因发热、右上腹痛13天，于2015年2月18日入院。病起寒战高热，第三天感右上腹持续胀痛，向右肩放射，拟为胆囊炎，使用多种抗生素，但热不退，腹痛范围扩展，顽固呃逆。超声检查发现肝区多个液囊。曾有胃病史多年，有外伤手术史，有中风后遗症，无急慢性传染病史。经体检，腹水呈阴性，肠鸣活跃。血红蛋白122g/L（12.2g/dL），白细胞26×10^9/L（26000/mm^3），中性粒细胞94%，尿阴性。透视右膈抬高，右肋膈角少量积液，但肺和腹部无异常。拟诊肝脓肿及胆道系统感染……

原来李小兵并没死，而是更名为宋为民。1983年的时候，他的确因强奸未遂被押送去新疆劳改，刑满释放以后，为了生存，他改跟母亲姓，此后结婚、生子，并在朱城郊外租了一个鱼塘搞养殖，也许，他还保持着少年时的爱好，养鸽子。

周三的下午，他被急诊科转了过来，要做胆囊切除手术。做梦也没有想到他会成为我的患者。几乎是在看到他脸的那一瞬间，我就认出他来了。他的龅牙，尤其是他右边嘴角的那条疤痕。

重新见到李小兵的时候，他穿着白底蓝条的住院服，躺在住院部肝胆科第12号床。见到一群穿白大褂的医生和护士进来查房，他一脸谄媚，想从病床上站起来，我这才发现他的身体有半边僵硬。"还不扶我起来！"他厉声对床边的一个年轻小伙子说。站在他身边的一位头发花白的中年妇女身子激灵了一下，赶过去，与年轻小伙子一道把李小兵扶了起来。

"中风！"李小兵有些含混地说。他的声音听上去有些沙哑，那一瞬间，我仿佛又听见他让我稍息、立正的声音。

晚上，我好不容易入睡，却又做了噩梦。密集的虫子爬行过来，数目多得难以想象，我被固定在床上，动弹不得，那些黑色的虫子，爬进了我的房间，我无路可逃，只能看着它们顺着我的鼻孔、耳洞，爬进了我的大脑里。疼痛，伴随着它们咀嚼的声音，我仿佛看到天空里，有一块黑色的幕布倾覆下来……

12

楚楚到挪威之后，住在斯塔万格郊外。海滨城市，步行不到一公里就能到达海边。海浪在视野的尽头晃动着白光，松散的一条线，像被谁的手牵住了两头，慢慢向岸边移动过来。到了近处，海浪成为一堵移动着的蓝色墙壁，在大浪的最高处，水墙垮塌，海水摊开，泛着泡沫，谦卑而又执着，匍匐到楚楚的脚边。真正的前赴后继，海浪拍打过的沙滩上，楚楚赤足走过的脚印，短暂、易毁，消失在海水的浸润里。

说起来挪威也是医疗条件很好的国家，我在电脑上查询过，它的福利、环境、设施……宫外孕并不是绝症，楚楚的丈夫是一位石油工程师，一年中有一半的时间生活在海上的钻井平台上，我不知道，是他的缺席导致楚楚腹痛的时候没能及时送进医院，还是楚楚的延误，竟然没人能及时打出一个紧急求救电话，使她失去了最后的抢救机会。

就地安葬，楚楚最终也没能回到她的故乡昆明，就像那只飞失的鸽子果儿，再无踪影。一晃眼，楚楚走掉已经一年了，我是在她去世两个月后才得到消息的。那一天，我请了假，独自一人去了"火车南站"餐厅，找到了我们最后晚餐坐过的那张桌子，这是恍若隔世的体验，望着对面空着的椅子，我不知道楚楚在弥留之际，是不是想过万里之遥的昆明，想过罪痕累累的我呢？

李小兵的手术安排在周五进行。那天早晨，当我走进手术室时，他已经躺在手术台上了。钨灯悬垂在手术室的顶上，明亮得有一些刺眼，当护士褪去李小兵身上的蓝底白条的住院服，把一瓶酒精倒在他身上进行术前消毒的时候，我注意到了李小兵的下体。垂头丧气的物件，在一丛花白的毛发中间。我想起了邮差老苏说的话，李小兵犯下了强奸罪。1983年的严打，从重从快，强奸罪极有可能被判处死刑，我不知道是什么原因让李小兵逃脱最严厉的惩处。现在，我觉得应该由我来主持正义。

手术刀锋利的刀刃划在李小兵腹部的皮肤上，感觉与我之前做过的数百次手术完全不一样。划开皮肤，剥开脂肪，再把腹肌破开，我感觉这个男人在中风之前，一直有着比较强的体力劳动，他腹部的肌肉紧密，与他这个年龄并不相称。坐在手术台边的护士，递过来一把又一把的止血钳，偶尔，我能听见镀铬的金属器械碰撞发出的响声。

此前，我曾经幻想要在做手术的时候，制造一个小小的医疗事故。是用过量麻醉药？还是先让他失血，然后在输血时给他输入被细菌或霉菌污染过的血浆？或者，我在他脓液较多的腹腔使用双氧水，引起空气栓塞？我还设想，将他胆囊附近的血管悄悄切一个小口，那样的话，当他的腹部伤口长好并拆线以后的某一天，不断渗透的血液会蓄满他的整个腹腔，从而彻底解除我的心头之患。

李小兵术前住院的那段时间，我没有与他相认，我相信他不会记得我了，我也不希望他记得。住院后，我为他采取了有效的治疗措施，主要是持续抗感染治疗，包括氨苄青霉素、氯霉素、链霉素、补液及输血。不是于心不忍，而是我幻想把他治好之后，再收拾他。

我没有注意李小兵的脸，以及他下颌上的那条疤痕，职业的习惯让我短暂忘记腹腔打开的这个患者曾经带给我那些铭心刻骨的凌辱。

一把小小的手术刀，能完成期待已久的复仇，刀在他的身体里面游动，从内到外的凌迟，让他痛不欲生；手术刀携带的病菌在他的体内发炎、红肿、灌脓，让他像一只存放时间过长的苹果，由内到外无可挽回地溃烂……

只是幻想。就在我把李小兵身体里的病灶切除的时候，我仿佛突然听见了熟悉的鸽哨声传来，悦耳，婉转，忽近忽远，感觉有只鸽子就在我手术室上空盘旋。嘤嘤嗡嗡的声音，让我的内心宁静而祥和。胆囊切除手术我做了数千例，不需思考，完全是下意识的动作。我的身体忙碌着，脑子却想象鸽子从我头顶上掠过的样子。我想起了当年在泸州放飞的果儿，也想起了当年在朱城，那只从屋脊上飞到我身边的鸽子。

鸽哨声里，手术结束了。

13

手术做完，直至出院，我都没有再见过李小兵。

我没想到给李小兵的手术会做得如此漂亮，他的家人对我充满感激，想有所表示，被我严词拒绝了。李小兵活着，楚楚却已经不在人世。上帝建构人世的时候，把一切设计得如此精密，环环相扣，却又留下疏忽和遗憾。

我想，如果楚楚不去挪威，不住在斯塔万格的郊外，如果我这个外科医生就在她身边……作为一位优秀的外科医生，我曾做过数以千计的手术，却无法挽回自己最爱的女人。问题是这些假设都只能是假设。上帝只对信仰他的人施与宠爱。我想起了多年前，我从泸州放飞果儿返回昆明的那天，巫家坝机场的上空，正下着笼天罩地的细雨。那一天，机场跑道上滑行过的一架架飞机，其中的一架载着楚楚，消失在 2000 年冬天的雨雾中。

自从李小兵出院以后，我再也没有做过那个令我恐惧的噩梦，一次也没有。但我还是那么怀念，怀念楚楚在我梦里哭泣的时候，把我摇醒，用食指一遍遍抚摸我的额头。她不知道，我是如此贪恋她的手指，她的嘴唇，她留在我额头上的余温。

今年春天，就在我快要把李小兵给忘掉的时候，有人给我送来了一只鸽子——荷兰奥斯卡信鸽。是李小兵的儿子送来的。我本来想拒绝，但想了想留下了。我不知道李小兵让儿子送这只鸽子来是什么意思。也许他认出了我，而且还想起当年他曾讹过我一只鸽子。但这些都不重要了。重要的是我想把李小兵送我的信鸽养大，我还想把它取名为果儿，等它长到三岁，我会带它到挪威的斯塔万格。楚楚，我的楚楚，你说，如果我在你的墓地放了它，我们的果儿，能否越过千山万水，飞回到我们的故乡？

第七个夜晚

去昙城的路上

"第一次,阿站觉得自己面对的是死亡,背负的也是死亡。"

1

这条黑暗中的隧道阿站走过多次，每次都精疲力竭。当然都是在梦中。他坐火车的次数不多，更没有徒步穿越隧道的经历，可为什么这种离奇的体验会在梦里一再重复？隧道里光线暗淡，空气稀薄，两条铁轨在身后的入口处反射着金属的亮光，像黑色巨龙伸出的触须。单调的脚步声、水滴声，还有隧道前方无尽的黑暗，令阿站感到呼吸困难。他机械地迈着沉重的双脚，还隐约闻到了隧道里轻微的霉味。一如既往，他感到孤独、无助，直至看到远处隧道顶端有一条细缝透出光亮。阿站朝它走了过去，看到那条发光的细缝往两侧撑开，露出了他卧室上方带有亮瓦的屋顶。

从睡梦中醒过来，阿站将放在侧边的另一个枕头放在颈下，深吸了一口气，又吸了一口，望着屋顶上的那块亮瓦，他看到橙红色的光线照射进来，在对面墙体的上端，留下一块菜板大小的楔形光影。这当然是碰上那种阳光灿烂的晴天。如果整个白天都待在楼顶的卧室，就会发现那个金黄色的光影会从对面墙上缓慢移动到这面墙上，然后在接近屋顶的地方消失。

上午的光影与下午的光影颜色不同，形状也不同，而夏天光影的位置与冬天的也不一样。有时，阿站会觉得他的卧室里仿佛藏着一个无形的大钟，耳旁甚至会传来咔嗒咔嗒的声响。

这是阿站搬过来住的第五个年头。当初装修房子的时候，他不顾妻子小玉的反对，固执地让人在斜面屋顶凿开瓷砖那么大的一个洞，装上了一块透明的玻璃采光瓦。就在他枕头的斜上方，一睁眼就能够看到。曾经，他目睹过一片褐色落叶掉在上面，像一只眼睛，令人感到有些惊悚。几天后落叶不见了，估计是被夜里大风刮走的。去年夏天的某个清晨，下过一次巨大的单点暴雨，隔着几寸厚的水泥板，都能够听到雨点砸击在屋顶细碎而密集的声响，好像那场雨就是冲着他的房子而来。阿站当时躺在床上，看沸腾的雨水在亮瓦上流淌，觉得自己好似置身于一条河流的底部。冬天的时候，他还看到过雪花一片片掉落下来覆盖住了亮瓦，银白色的一块，像梦境一样轻柔，那样的夜晚大地一片安宁，容易入睡。

借着亮瓦透进来的亮光，阿站将左手握了起来，放在眼前仔细端详。看似完好的手，只在手腕侧面有个不易察觉的疤痕。他紧攥拳头，用力，再用力，像是要牢牢把什么东西握在手里。阿站看着自己弯曲的拇指、紧绷的指节，以及指节上的一条条纹路。他想起师傅王九说过，左手拳头的大小约等于心脏的大小。这时，他感觉楼口那儿站了个人，望过去，是妻子小玉。

"醒了？"小玉问。

"醒了！"

"那我去给你煮早点。"小玉说着反身下楼。

昨天晚上睡觉之前,她上楼来,摸了摸阿站的额头,说烧退了,让阿站把她端上来的姜糖水趁热喝了,再发身汗。现在,阿站望着眼前攥紧的拳头,感觉自己紧缩了几天的心脏,正在慢慢恢复原状。他偏了一下头,看了看床头柜上放着的那口圆形座钟,秒针的尾端有一只袖珍的小公鸡,正在啄食虚拟的米粒。表盘上的时针已指向八点。

在家躺了几天,感冒已经好得差不多了,被狂风暴雨砸击过的土地又恢复了宁静。每年夏天,他都会病上一次,仿佛身体里有两个啮合的齿轮,其中一个某处有个缺口,每当转动到那儿,齿轮总会打滑,让他有那么几天持续的晕眩并发烧,走路时地板会晃来晃去。这是阿站一年一度的劫,持续十年了,像预先设置的闹钟那样准确。但过了此劫后,他的身体会在接下来的一年里水净沙明,不再有那种混沌的时刻。

一年中,除了病的这几天,阿站几乎不休息。他任劳任怨,无论多么艰难的活计,都风雨无阻。病愈后的阿站从床上起来,将双臂高高举起,转动了一下手腕,伸了个懒腰,感觉自己像是一只从冬眠中苏醒过来的动物。洗漱池在阁楼入口的地方,池子上方镶嵌了一米见方的镜子,顶端安装有长条形的卷灯,柔和的光线从那儿弥漫开来。这是几天来他第一次认真洗漱。阿站在镜中看到自己的脸。病了几天,他以为脸色会很差,便将头凑近仔细观察,发现比预料中的要好。也许这几年长胖了,阿站的脸看上去不再像过去那么狭长。洗漱完之后,他对着镜中的脸凝视了片刻，然后把老婆专门为他买的大宝护肤霜挤了一些搽在脸上，对着镜中的自己笑了笑。

早餐是面条。酸辣面。小玉习惯在碗里给阿站放上两个油炸鸡蛋，说是这样就能保证他一天的营养。烧退了，人有了精神，几天以来阿站第一次有胃口，他往面条里又加了一勺油辣椒，吃得满头大汗。

2

"有些人长在中年！"吃完早点，阿站开车去服务队，路上，他想起当年母亲对他的安慰。阿站读初中时，毕业前，班上通知每位学生要交几张一寸大的免冠正面照，阿站便去了县城的照相馆，正襟危坐在一面白墙前，面对摄影师的相机，他努力屏住呼吸，脸上的肌肉变得僵硬。几天之后他从相馆取出照片，很沮丧。照片上的人是自己，确定无疑，可他又不愿意那是自己。阿站甚至想把照片撕掉，他没有想到自己正儿八经照下相来，会是那样的丑。回到家后，阿站闷闷不乐，母亲知道了原因，宽慰他说，有的人长在少年，有的人长在中年，还有的人长在老年。那个时候他不太相信，但现在，他觉得母亲的话说得有道理。至少，他比以前更能接受自己的样貌了。

其实只是休息了几天，可阿站觉得自己像是有很长时间没来上班了。车窗外，早晨清新的空气灌了进来，让人神清气爽。又到了夏天，空气中充满了植物蓬勃生长的气息。经过钢结构厂、小纹溪大桥，翻过一道隆起的低矮山梁，便能看见不远处灰色围墙里的殡仪馆。公路边，有鞭炮炸过之后留下的一地纸屑，阿站从打开的车窗里闻到了熟悉的硝烟味。路过殡仪馆大门时，他侧头朝里面望了望，看到许多戴黑纱和白花的人正三三两两聚集在院坝里交谈。服务队的办公室租的是殡仪馆旁的一个农家院子，里面有一栋两层的红色砖楼，围墙也是红砖砌成，一人多高。以往，阿站总是来得早，但他会把车停在围墙外的路边，把院子里的空地留给其他人。但这天他将车开进了院子，停在了过去队里"金杯车"停的地方。阿站从车里下来的时候，看到了院子里停的车和摩托，知道早上队里的人都来过了。他掏出钥匙打开办公室，屋子里没人，师父他们一早去了中水乡，那儿出了事故，死了不少人。

从门后的挂架上取下抹布，在屋外的水池里浸湿后又扭干，阿站把办公室的茶台、桌子和椅子统统擦了一遍。殡仪馆围墙边高高的烟囱，每天都有人顺着那条管道爬到天堂，留下的肉身焚烧之后，会有些细小的粉尘飘落下来。所以大家每天到办公室的第一件事就是擦拭桌凳。以往，这件事大多是阿站来做，谁让他总是比其他人早那么一点到队里呢。

早上还在家中吃早点的时候，师父就打来电话问了他的病情，此时他们正开着队里的金杯车行驶在去中水的路上。中水是离县城最远的乡镇。乡村公路，交警鞭长莫及，农用车常违规用来当客运车，这次还超载，车从高崖上坠落，尸体掉落在深涧里，收殓的难度大，除了阿站，队里所有的人都赶过去了。

否则，阿站还能在家里再休息一天。

阿站上午处理了一些杂事，下午才想起来又忘记吃药了。小玉每天都让他吃粒复合维生素，说是对身体怎么怎么好，可阿站觉得没用。他一年四季与尸体打交道，看到有人每天一把把保健药吃下去，比谁都注重养生，最后还不是早早走了。但想到老婆的叮嘱，阿站还是喝了口茶水，一扬头，把药片吞了下去。

以为这一天不会有什么活计了，正在这时，电话响了。是老丁。他的声音像是经过了纱布的过滤，沙哑、有气无力。老丁是医院里常年给队里提供活计的人，他说有人要急送，到昙城。还特意叮嘱病人是刘主任老乡，怕是挺不过今晚了，要赶回去。城里人大多在医院咽气，乡镇人的习惯，更愿意留着最后一口气回到老家，就像落叶归根，办丧事啊守灵什么的，都方便。

听说去的是昙城，阿站并没有像老丁催促的那样立即出发，反而是慢吞吞地倒掉泡了大半天的旧茶，来到茶台后面坐着，烧水准备另沏新茶。办公室对着门的那堵墙下，有一个树根雕制的褐色茶台，上面放着一套景德镇产的青花瓷茶具，没事的时候师父就坐在墙下泡茶。最近两年，师父迷上了云南的普洱茶，烫杯、洗茶、泡茶，师父做得有板有眼，每喝完一口茶，还习惯性地把杯子放在鼻下闻一闻，夸张地说能够闻到稻花香、玫瑰香或者橘香。阿站没这么讲究，他喝绿茶，一个大容量的浅蓝色防爆太空杯，抓把茶丢进去，一杯茶可以喝上一天。但这天,阿站接了老丁电话后像是有了心事,他等茶台上的电水壶咕嘟咕嘟响了以后,摸出手机,拨了队友刚子的电话。

电话里当作铃声的音乐一直响,但没人接。

自动烧水壶到沸点后便会自动断电。阿站握住电水壶的手把,将开水冲进太空杯,看见卷成米粒大小的茶叶在水里慢慢舒展开来。停了一会儿,他又拨了师父的电话。通了。

"师父,你们那儿情况怎么样?是不是在回来的路上了?"

"还没呢,崖底有个水塘,还不晓得有没有人掉在里面。"师傅的声音里夹杂着风声,"今天能不能回来都难说,回来也会很晚了!"

"噢!"阿站略微有些失望,"师父,老丁派了个急活,送人去崀城……"

"绳子,绳子,卡住了!刚子二毛快来帮忙。"电话那头好像很忙,师父说,"忙着呢,挂电话了啊!"

望着手中的电话,阿站想,看来这次躲不开,得跑趟崀城了。

3

阿站坐在驾驶室里,将车窗玻璃摇下,手肘搁在车窗外面,嘴中喷出的烟雾间歇性地飘了出来。五月,天气已经变热,即使是在医院,穿裙子的人也多起来了。这时阿站看到一辆滑轮车从住院部大门推出来。几分钟之前,老丁催促的电话打到了阿站的手机上，阿站说已经在住院部门外候着了。隔着一个长条形的花台，阿站看到病人身上盖着一床红色缎面的被子，但戴着黑色绒线帽子的头露在外面，这意味着滑轮车上的人还活着。服务队的业务，除了处理尸体，护送病入膏肓的患者回老家也是业务之一。阿站轻轻点了一下喇叭，示意对方自己的位置，并从驾驶室里跳下，准备搭把手。

几个穿着蓝色大褂的护工推车的推车，拿杂物的拿杂物，朝他的车走了过来。一个中年女人跟在旁边，像是家属，抱着个塑料编织袋，一脸的倦容。

送人用的是五菱宏光面包车，改装过，后面的座椅取了，铺上一块有草绿色外套的海绵垫子。车身也重新喷了蓝白相间的油漆，晃眼一看还以为是救护车。阿站绕到车后，打开车门，准备和护工一道，把病人转移到车里。这时病人挣扎着想起身跟旁边的中年女人说话，似乎是想要交代什么，却没余力让声带颤动，发出的声音嘶哑而短促。

"带上了，带上了！"中年女人答复病人，声音里带着轻微的焦躁。病人这才不再挣扎，放松下来躺在垫子上，手伸了出来，尽是明显的骨节。不仅是手，病人眼眶和脸颊都内陷进去了，嘴皮失去水分，萎缩得厉害，就像是骷髅头上蒙了一层蜡黄的绵纸。

阿站帮着抬病人，他低头下去，近距离看到那张皮包骨头的脸。病人的眼睛紧闭着，嘴微微张开了条缝，因疼痛发出嘶嘶的声响。阿站心一沉，他看到病人嘴角左上方有一颗痣子。尽管病人的皮肤萎缩，肤色发黑，可那颗痦子仍然很明显。阿站的头皮有一些发麻，这颗突然看到的痦子让他感到恍惚和虚幻。

站在车旁的中年女人两眼发红，打了个长长的哈欠。她爬进车厢，依次接过护工递过来的杂物，将它们摆放在病人身侧。

"是你什么人啊？"阿站问。

"还能是谁啊，这种时候，吃苦受累的还不是女儿？"中年女人说着，背对着车头坐在了病人的头旁。护工们散去，阿站关上面包车后门，爬进驾驶室，呆坐了片刻才启动汽车。面包车发出熟悉的马达声，朝医院大门驶去。临近晚餐时分，医院里人来人往，热闹异常，像个超市一样。院内道路上人们无序穿行，阿站放慢车速，他背对着车厢，看不到病人的脸，但刚才看到的那颗痦子一直在他眼前晃动，让他心神不宁。

阿站将病人那张瘦得脱形的脸，与记忆中"痦子"的脸两相对照，觉得有些相似。病人的脸尽管被病痛折磨得扭曲变形，但嘴角左上方的那颗痦子明显，又是昌城人，年纪也差不多……阿站确定他们是同一个人。难怪一早他在洗漱池边洗漱时，右眼跳个不停。左眼跳财，右眼跳灾！阿站警惕起来，怀疑这趟送病人去昌城，会不会碰到什么不顺的事情。

太阳西斜，面包车穿行在县城熟悉的街道，阿站隐约感到就像是在与什么东西告别。人行道上下班回家的人、街道两旁商铺里传来的音乐声、打折商品的吆喝声、路灯电杆上挂着的红色中国结……面包车驶往城外，所经过的一段环城路正在进行排水改造，一侧路面被剖开，泥土翻卷开来，排水沟裸露，沟边混乱地堆放着一些灰白色的水泥管。因为正值雨季，再加上汽车轮胎碾压，道路变得泥泞。前方，公路边蹿出一位交警，将阿站前面的一辆车拦下。隔着几米，阿站就看到一辆农用车抛锚在路边，车体红色的油漆剥落，司机站在路边束手无策。因排水系统的改造而变得狭窄的环城路此时非常拥挤，往来的车辆只能交替驶过，喇叭声此起彼伏。估计还得等上一会儿，阿站熄掉发动机，将汽车停在路边，望着对面的汽车一辆接一辆驶来，绵延不绝，像是永远也不会停下来。

一些往事沉渣在心中泛起，却又理不清个头绪。过了一阵，阿站他们这一侧的车才被放行。路面溃烂得不成样子，挡风玻璃前方是一眼望不到头的车辆，阿站担心此时要是再有一辆车在前面爆胎就麻烦了。谢天谢地，车速虽然缓慢，毕竟顺利通过了这段拥堵的路。阿站换了个挡，斜眼看了看仪表盘上的时间，已经快下午六点了。

也许是面包车驶过这段环城路时有些颠簸，车厢里传来病人的呻吟声。从业十来年，阿站几乎每天都会出入医院，什么样的病人都见过了，他估计自己拉的"痞子"患的是癌症，否则不至于瘦得那么脱形。怎么偏偏由自己送"痞子"回家？阿站觉得这事巧合得有些离谱，心中有些不安，他猜不透这种巧合中，究竟隐藏着命运的什么算计。

之前停在路边等待会车时，阿站注意到，在他身后的车厢里，中年女人给病人喂了药。是止疼药还是镇静剂？过了一会儿，病人停止了呻吟，车厢里安静下来。阿站扬头往斜上方望了望,他在后视镜中看到了自己的脸,但仅限于眉骨和眼睑之间那个区域。早上洗漱时他曾观察过这张脸,但此时,他发现自己的眼神正在变得阴郁。

经过猪鬃厂、中石化加油站、烟草公司仓库,这些单位过去都在城郊,现在全都缩进城来了。这几年县城像气球一样膨胀,似乎也顺带改变了周边的地理,阿站茫然地望着窗外,第一次感觉他生活了几十年的县城是那样的陌生。终于出了城,驶上213国道,走了几公里后,前方出现一个岔口,有蓝底白字的路标,往右的箭头指向"昙城"。

昙城并不是一座城,它只是一个乡镇的名字,至今阿站都不知道它名字的由来。随着车速加快,公路两侧的行道树、零星建筑、菜地、塑料大棚在后视镜中越来越小,然后彻底消失,有如船尾的泡沫破灭后又溶化在水里,阿站的头皮一紧,他感觉到挡风玻璃的前方,暮色正汹涌而来。

4

去昙城的这条乡镇公路,阿站当年曾跟随运货的卡车跑过多遍。空车的时候,他曾经坐在驾驶位,在老师傅的指导下,见缝插针地学习过驾驶技术,幻想着自己某一天也会成为一名卡车司机。他觉得自己已经熟悉这条公路的每一个坡道和弯道。但事隔十来年,当他驾车重新返回昙城,熟悉中透出的竟然更多是陌生,这令他有一些恍惚。有一段路,两侧皆是条形土地,新麦收割后，地里整齐的麦桩还没有来得及拔除。

走在这条路上，他当然会想起吕磊。他们一度过从甚密，像配对的桌椅，如今却天各一方。已经有好些年没见到吕磊了。最后一次见到是在哪儿？阿站的记忆在吕磊这儿打了个结，像几股毛线缠绕在一起。但他至今能清晰地想起吕磊的样子来：肥头大耳，梳了个大背头，还上了发油。那一年阿站下岗赋闲在家，之前他在水泥厂上班，厂子垮了，正当阿站感到前途一片茫然时，吕磊突然来访，他穿着宽大的黑色夹克和同样颜色的西装裤，黑色的尖头皮鞋擦得锃亮，看上去像一个发了财的老板。说起来他也算是阿站的远房表哥，但血缘关系远得虚无缥缈，甚至连他们自己也说不清楚。两人曾同在翠华中学读书，吕磊高阿站两个年级，与其他几个同学常在一块儿玩，并且给自己这个小团伙取名叫"翠华五鹰"。

吕磊读中学时就提前发福，身体里像是加入了苏打粉。但他脑子灵活，主意多，从那时开始就有大哥的派头。其他人叫他大哥，唯有阿站还叫他表哥。两个人的关系特殊，在团伙里的地位就会很微妙。阿站中学毕业，去了县城的水泥厂，而吕磊考到外面去读书，回来只工作了两年，就下海了，此后两人几乎断了联系。再次相逢，阿站发现吕磊气质变了，他喜欢用戴着金戒指的右手夹着一根雪茄。偶尔，他会将雪茄放在鼻子下面，噘起嘴，从左到右，像吹口琴那样缓缓拖过。这样做时吕磊的眼睛微微闭着，很享受的样子。是他告诉阿站，雪茄的味道很好闻，醒脑。

吕磊在昙城乡弄到一个工程，是一段乡镇公路的路面改造，原来的泥土路面，要用砖块大小的石头镶嵌，然后压实，称之为弹石路。工地说是在昙城，但有点偏，从乡政府出去还有好一截路程。

"表弟，要不，你跟我过去一起干？"吕磊说。

一句表弟，唤醒了同为"五鹰"成员的峥嵘岁月。他们当年在校园里抱团，称兄道弟，毕业以后，就各奔东西了，但彼此的情谊，还是与其他同学不同。

吕磊开给阿站的报酬不低，包吃包住，每个月还有五百块。吕磊说："如果工程顺利完工，挣了钱，还会发一点奖金！"

那是遥远的1997年，五百块的月薪是阿站在水泥厂的两三倍。阿站有些不相信，他说自己又没啥子技术，不知道去工地能干啥。

"看工地噻，我需要个助手，你不晓得那儿的农民狡猾得很，"吕磊以一个城里人的优越口吻对阿站说，"人尻了莫得行，守不住工地，表弟你的气场强，镇得住当地人！"

当天下午，吕磊就开着他的二手桑塔纳把阿站带去县城南郊的停车场。有一批货要从县城拉去昙城的工地，吕磊雇用的大货车，在南郊停车场等待装货。那时，碰到要创建卫生县城，规定白天不允许大卡车进城，所以拉到昙城的货物，只好找微型车拉到停车场来装车。交代完后，吕磊便开车先去了昙城，说是会在那儿等阿站他们一道吃晚饭。阿站守着空车等着装货，他将自己的行李包放在驾驶室车门边当枕头，跷着二郎腿躺在座椅上养神，没想到还真睡了过去。

醒过来，是因为微型车陆续拉了货物过来。阿站像个监工，看着货物在车厢里码好。装完货后，司机将车厢门上了锁，又围着卡车绕了一圈，对着几个车轮踢了几脚，拍拍手，与阿站先后爬上了驾驶室。卡车摇摇晃晃从停车场里开了出来，像浪涛里失控的舟船。那是四月下旬的一天，气温已飙到二十多摄氏度。对于一个水泥厂的下岗工人来说，重新找到工作，有如落水的人又爬上了岸，阿站对未来的生活充满了向往，那个时候的他并不知道，会在昙城经历铭心刻骨的事情。

就像是某种预兆一样，阿站第一次押着货去昙城，路上就遇到了麻烦。从县城去昙城，途中会经过一条叫黑堰沟的峡谷，当他们抵达那儿时，夕阳已经爬上右侧的那道崖壁上方。这条乡镇公路，司机已经开车跑过多次，他指着右前方山崖上的一道裂罅对阿站说，那石缝里放着好几具棺材。

悬棺啊？这事阿站以前隐约听说过，他仰头望着那道崖壁，发现那道崖壁已被阴影笼罩，上面的石缝看得不太清楚。一两百米高的悬崖，石缝离地面七八十米高，里面真要有棺材，怎么放进去的呢？

"要是爬上左侧的那个尼姑庵，就能够看到石缝里的那些棺材！"司机指着左前山崖上的一处建筑说，"用望远镜在那儿看，那些棺材看得清清楚楚！"

隔着一条水流不大的小河，安放悬棺的崖壁下，有人挂了些红布条。司机放慢车速，以便阿站可以仔细观看。贴着石壁，似乎还有一些没有完全燃烧就熄灭了的香烛,阿站打了个寒噤,就在这时,俩人都听到一声爆响,伴随着排气的声音,卡车左边一矮。

"麻烦了!"司机说,"爆胎了!"

两人从车上下来,蹲在左后轮那儿查看。此时,阳光已经从右侧的山顶消失,山谷里暗淡下来,两人用千斤顶将卡车顶起,费了好大的劲,弄得一身泥土,才换上卡车的备用轮胎,耽搁了许久时间。

进入四月,白昼渐渐变长,原本他们会在天黑前赶到工地,但换好轮胎离开黑堰沟时,天早已黑了下来。当卡车穿过县城乡时,有几个十来岁的孩子在街上疯跑,司机将远光灯调成近光灯,小心翼翼从集镇上穿过。又开了半个小时,当卡车的远光灯照着公路边一道红砖砌成的围墙时,司机说声到了。阿站看了看戴在左腕上的电子表,发现已是晚上九点,他的肚子饿得咕咕叫。

听见卡车的马达声,有人从大门里走了出来,是吕磊。

"怎么那么晚才到?"吕磊的语气中有些抱怨。

"路上爆胎了!"师傅将头从车窗里伸出来说,"在黑堰沟!"

阿站从驾驶室里跳了下来,走到吕磊身旁,叫了声表哥,卡车跟在他们身后。车灯的照射下,阿站注意到大门旁的门柱上,挂着一块长长的白色木板,上面写着"奉水公路改造第九标段指挥部"一排黑色的大字。

进了院子，阿站发现所谓的工程指挥部，其实就是一排活动工棚，有十来间，还有块几百平方米的空地，上面堆着一些施工机械，院子里黑灯瞎火的，好像没有通电。

"鲁师，鲁师，叫你婆娘热热菜！"吕磊站在院子里喊。随即，工棚有间屋子的门打开了，一位身材矮胖的男人从里面走了过来。

"这是老鲁！"吕磊对阿站介绍。又对老鲁说："这是阿站，我表弟！"

阿站伸出手去与老鲁握了握，感觉对方的手结实、粗糙、有力。老鲁把香烟掏出来，是云南产的红塔山，他先递了一支给吕磊，又递了一支给阿站。"不会！"阿站摆摆手说，老鲁就把烟叼在嘴上，用火机先把吕磊的烟点上。借着屋子里透出的暗淡光线，阿站看见院子里的围墙边停放着一辆压路机、一台挖掘机，还有一些码放整齐、用于浇筑水泥的模板。

有锅铲相碰的声音传来，不一会儿，一个身材高挑的女人从屋子走了出来，说菜热好了。女人背对着屋门，光线不是太好，看不清她的模样，但感觉很年轻。

"我老婆！"老鲁吐了一口烟说道。

"五红是我们指挥部的厨师。"吕磊补充说。

"什么厨师，就一做饭的！"老鲁说。

饭后，几人坐在屋檐下聊天。阿站坐的地方正对着院子的大门，有一条路隐约通往对面的那座山。视野的尽头，是黑乎乎的山梁，其中一座山峰的剪影，看上去像是翘嘴的鱼头。

那是阿站到昌城的第一夜。

5

老鲁平头,只是头顶前端的头发稍长,看上去像是一个遮檐。他个子不高,但很结实,长相算不上英俊,但也不能说丑。那年他已经过了四十岁,年纪对于阿站来说,介于父亲和兄长之间。老鲁说一口带西北腔的普通话,在一群说川南话的人中间,有些格格不入。显然老鲁此前经历丰富,但他似乎不愿多谈。阿站猜测,也许因为年轻的女人五红,老鲁才来到了昌城。

多数时候,吕磊在外面跑,工程有许多外部的事情要协调。所谓的指挥部,常常就只剩下阿站与老鲁夫妇。老鲁喜欢喝酒,每天晚上都会来上几杯,阿站就陪陪他。喝的是昌城当地人用苞谷烤制的土酒。男人嘛,只要坐在桌子边喝上几顿酒,立即就称兄道弟——老鲁就这样成为鲁哥,阿站就成为兄嫂呵护下的兄弟。喝到酒意上脸,两个人会划上几拳。

老鲁的十个指头短粗,皆因以前练过铁砂掌,除拇指外,其余四个指头几乎一般长。指尖是厚厚的老茧,指甲只有正常人的一半,却有正常指甲的几倍厚。他的手看起来变形、呆板,但划起拳来,老鲁笨拙的指头会突然变得灵活,伸缩和变化非常迅速,激起阿站的好胜欲。

"黄鳝黄,黄鳝死了肚皮黄,泥鳅出来哭一场,虽然不是亲兄弟,同在一个烂泥塘!四季财呀烂泥塘,七巧巧呀烂泥塘……"院子里传来两人划拳行令的声音。这是昌城一带风行的行酒令，阿站以前也这么划拳，但与老鲁比比画画时，他不觉得这个工地是烂泥塘，即使是，也有一种别样的温暖。

房屋建在一个前不着村、后不着店的荒野之地。相比起七八公里外的乡政府所在地，这个简陋的指挥部像个野地孤儿，感觉是被人遗弃的临时建筑。也许在此处选址，不过是因为后面就是堰沟，取水方便。所以这里平常门可罗雀，只在中午的时候热闹一阵。在公路上挥锤敲打石头的工人都是附近村民，这是当时吕磊拿下合同的附加条件。有人到工地时带了午饭，盛饭的器皿是铝制饭盒或者带盖的搪瓷口缸。早晨来工地时将它们放在指挥部锅炉房的蒸笼里，中午便能够吃到热饭热菜。平常在指挥部吃饭的，除了老鲁夫妇和阿站外，就是开压路机的师傅、送材料的司机，以及公路养护段巡游在各个标段的技术人员。

吕磊每隔数天会露上一面，主要是陪县上和乡里的人过来检查，那就得大吃大喝，鸡鸭鱼肉都得提前准备，吃饭时划拳行令的人也变成了别人。五红一个人忙不过来，老鲁也会给老婆搭把手，阿站忙着端盘子送菜。等把各路神仙送走之后，他们才会安静地坐下来，吃五红事先给他们留好的饭菜。

因为把老鲁叫作鲁哥，五红也就成了阿站的嫂子。夫妻俩一日三餐照顾他不说，阿站的衣服裤子脏了，有时也是五红帮着洗。他们每天吃一样的食物，喝一样的酒，后来阿站学会了抽烟，还抽与老鲁一样牌子的烟，连洗衣粉的味道都一样……

阿站逐渐习惯了这种一家人式的生活。

老鲁右手食指上，有个月牙形的疤痕。阿站以前问过，老鲁笑而不语。但后来两个人关系亲近，老鲁才对阿站讲起他当年的经历，讲起他在缅甸九死一生的故事。是老鲁告诉阿站，缅甸有人用铁棺材养鳝鱼，杀人做鱼料。当时阿站没有想到，就在听过这个故事不久，他自己差点被沉入雨洒河，喂了里面的鱼虾或者鳝鱼。

把土路铺成弹石路，需要大量的石头，所幸县城一带遍布石灰岩，就地取材就行。早在工程动工之前，吕磊就搞定了县城的有关领导，在指挥部斜对面的山洼里建了一个采石场。老鲁的主要工作是打眼放炮，这项活计需要的胆量大于技术。炸下来的石头，质地坚硬，成本很低，直接用农用车运到工地，工人们再用锤子把石头砸成砖块大小，一块块镶嵌进路面，然后等着压路机从上面滚过压实。

炸下来的石头用不完，还会卖给其他标段的工程队。红颜色和蓝颜色的农用车前来拉运石头，不时出现在起伏如浪的道路上。在指挥部和对面山梁之间，有条小河顺着山势流淌，因处于洼地，在公路上看不见小河的身影。如果把河边那些合抱粗的老柳树砍掉，视野也许会好一些。不过，还没看到那些农用车，就能听到它们靠近的马达声。

出事前的那天晚上，阿站又陪着老鲁喝了不少白酒。之后两人坐在院子里聊天，老鲁又说起对面山脚的那条河："水主财，这个工程下来，吕磊是要发大财了。不过呢，这是老板的事，咱该干啥还干啥。"

是啊，阿站心里明白，外面说起来自己是吕磊的表弟，是帮吕磊看摊的，其实他也就是个打工的。不管吕磊怎么发财，都和他们没什么关系。老鲁还是炸他的石头，阿站还是负责看管他的仓库。

叮叮当当，工地每天都有锤头敲打石头的声音。哪怕是有人干活时神思恍惚，把高扬的锤子砸在手指上，也只是惨叫一声，到指挥部找半瓶云南白药倒在伤口上，用块纱布裹住，要不了几天又能够干活。所以修弹石路是比较安全的，危险是在采石场。吕磊反复叮嘱老鲁和阿站小心，万一出事，工程就白干了。

阿站管理仓库，负责分发炸药和雷管，还要记录放炮的情况，尤其要排掉哑炮再爆的危险，做到万无一失。而老鲁放炮炸石头，更要胆大心细。他先用掘进枪在岩石上打眼，然后填药。为安全起见，引线往往布置得比较长，等人们有充裕时间躲到安全之处再引爆。有时点燃引线后，要经过超出心理预期的等待。

凡是采石场，都避免不了哑炮。每次碰到这种情况，就有一种紧张的气息在空气中弥漫，大家屏息以待。所幸，结果总是虚惊一场。事后查看，往往是引线中途熄灭，需要换上新的引线，重新引爆。老鲁粗中有细，几次哑炮的险情，都被他安全排除。

炸药和雷管都是爆破前才领取，阿站像一位忠于职守的狱警，认真核查用量，也包括炮眼的数量，用笔做好原始记录。放炮前，老鲁会吹响哨子发出预警。引线的长短不一，燃烧的速度也不一，所以一炮与一炮间隔的时间不一样。每响一炮，阿站就在笔记本上划上一笔，每个正字代表五炮。

即使这样细心，还是出了事。

6

……病人呻吟了一声。不知道是因为疼痛还是颠簸。阿站现在驾车到昙城，他发现这条公路虽然又经过改造，铺上了沥青，但路面仍旧不够平整。阿站换挡，让车速下降。

昙城。一别数年。

当年那个铭心刻骨的夜晚所经历的事情，还有此时这个左嘴角有颗痦子的脸，它们同时回到阿站的眼前。突然的恍惚影响了阿站，他握住方向盘的手松了一下，面包车随即像条丧失平衡的鱼，侧身滑向一旁。好在只是一个瞬间，阿站便清醒过来，急忙打了一把方向盘。行车偏移造成的效果，似乎是他想专门绕过路面的水坑。阿站定了定神，握紧方向盘，细汗从他额头上沁了出来。汽车的前方，是远处色泽黯淡的山峦、路边暮色中的村庄，以及仿佛从过去岁月中延伸过来的公路。耳旁，是呼呼的风声。

以往，阿站不碰昙城的业务，宁愿跑更偏远的乡镇。他推说自己在那里遇过事儿，心里有阴影。队友开玩笑，说他当年在昙城一定留下了孽债，不敢回去面对。玩笑归玩笑，但一转眼，阿站干这个行当这么多年，的确没再回过昙城。碰到昙城的业务，师父照顾阿站，会安排其他的队员去。

师父对阿站有所偏爱，队里的人都知道。当年师父收阿站做徒弟时说过，不是每个人都可以从事殡葬这个行当，得命里带才行。阿站不知道师父说的对不对，如果确有其事，那么他隐隐觉得，昙城或许就是这个命的起点。当年，离开昙城的阿站四处寻找谋生的办法，找来找去，左右不成，最后阴差阳错，竟然找了个每天都跟死人打交道的工作。

殡葬师的收入不低，但这碗饭的确不是每个人都端得起来的。有人壮起胆子，可连太平间都不敢多待，也有人见识了几具不成样子的尸体，就再也没有坚持下去的勇气。师父曾经考验过阿站，第一天就让他跟随到医院重症室，拉回一具因车祸被撞得面目全非的遗体。那是个电闪雷鸣的夜晚，死者的面孔和肢体都已变形，一只眼珠带着混浊的黏液爆裂在眼眶外面，在青蓝色的荧光灯的照射下，好像覆盖着一层污膜，凝固地注视着阿站……

师父示意阿站把滑轮车推到病床边，把一块蓝布扔在了床尾，歪了一下头告诉阿站："你抬上身，我叫一二三，一起用力。"阿站寻找便于用力的位置，将手伸在死者的肩下。他抬起头来，目光与师父对上，伴随着一声"起"，尸体被两人动作默契地抬起，平放到滑轮车上。

将床尾的蓝布抖开，覆盖在尸体上。师父的脸上并无一丝笑意，即使他对阿站的表现满意。师父用手指指，让阿站推着滑轮车往电梯口走。师父按亮电梯向下的指示键，等着。

电梯轿厢宽大。阿站将滑轮车紧贴一侧，给师父让出位置。然而电梯门外没人。阿站等了一会儿，师父还是没来，就像凭空消失了。

师父是故意的，他想考验阿站，便借故上厕所，让阿站独自与尸体待在一起。等他从厕所里磨磨蹭蹭出来，再坐电梯下去，以为阿站会在下面的大厅等他。可电梯门打开，外面同样空空如也。

往太平间方向追过去，师父远远看到阿站步伐平稳的背影。他由此猜测，新来求职的这人也许与尸体打过交道，否则难以那么淡定。

随后，师父安排阿站独自清洁死者——他就在旁边看着，没有要搭把手的意思。这是阿站职业生涯的开端，面对清洗台上被扭曲的人体，阿站停了一会儿，像是不知如何开始，也像是一种有意的迟疑，或是一种出自亲人的缅怀和默哀。清洗台上方的金属龙头，套着暗红色的胶皮管，死者的身体被水流打湿，然后被涂抹上阿站掌心里的沐浴液。随后，阿站像对待一位弥留者那样细心地处理着尸体，直到完成最后的清洗。

清洗之后，那具已经告别的身体似乎变白了，也更瘦了。引人注目的是他发黑的下体萎缩在一堆荒草里，很难想象那里也曾有过生机勃勃的春天。也许是不相信最终葬身于自己的驾驶失误，老头爆裂的眼睛睁着，阿站怎么也合不上，师父过来，摆弄了几下，死者才在师父的帮助下变得近于安详。

"你以前干过这行？"师父怀疑，他知道很少有人第一次面对尸体可以这样从容。阿站摇了摇头，没有说话。他那时还无法向师父提及老鲁。

从事殡葬以后，阿站处理过形形色色的尸体。有因为情杀被人用刀捅的，有亲自驾驶把自己喂进卡车底部的，有头天欢天喜地庆生、第二天就身子凉掉的，有绝望轻生喝下一整瓶农药的……当这些人到了太平间，清洗、穿衣、入殓，就都是一具具失却生命体征的肉体。阿站认真处理每一具尸体，然后把他们推进火化炉等待羽化升天。每个环节他都十分熟练。

也有一些尸体要留着打官司，那就需要先做遗体防腐处理，先将死者的血液放干，再用福尔马林和酒精的混合液注射进血管。每当做遗体防腐时，他便有轻微的抗拒和异样的感觉。那把摆放在铝盒里的刀，不知道切开过多少人的身体。人死了，心脏停止跳动，血管里的血不再流动，就像一条遍布大坝的江河，往日奔腾的江水失去了活力，成了一潭死水。

曾经，阿站对一具遗体印象深刻，那是因为死者的面孔看上去与老鲁有几分相似。处理那具尸体时，阿站比平时更小心，动作也更轻柔，像是收殓自己亲人的遗骸。是与老鲁有几分神似，高矮差不多，胖瘦也相近，为此阿站还特地检查了死者的双手，查看了他的手腕。死者的手上没有老茧，十个指头参差不齐，没有血色，但死者生前保养得不错，指甲缝里没有一丝泥垢。

也许，如果时间能够倒退回去，以阿站现在的从业经验，重新面对当年老鲁的尸体，他会认真替他清理脸上伤口里的碎石，他会替他清洗头发、身体，给他整容，化最后的妆，亲自将他送入炉膛，完整收殓他的尸骨……

如今重返昙城，阿站想起师父，心中充满感激。师父将一身收殓尸体的本事教给了他，无论是清理尸体里的金属，还是为残破的尸体塑形，乃至给死者化妆，师父都毫无保留。而阿站在处理一具具尸体时，不知不觉间，他当年在昙城的伤痛，以及曾经铭心刻骨的仇恨，都在与死亡打交道的过程中淡化了，就像溃烂的皮肤因为清凉的药膏而渐趋愈合。

7

这些年，阿站偶尔会想起当年他在昙城的经历，往事好像一只扇动着翅膀的鸟飞来，在他的大脑里短暂驻扎，然后再度飞走，越飞越远，只留下一个黑色的斑点。离奇的事情是突然发生的，那个炮炸得有些诡异。不是哑炮突然爆炸，而是老鲁在打炮眼时出的事。

出事那天没有任何预兆。风和日丽的好天气，像遮盖在灾难上面的华丽饰物。吃过早餐之后，老鲁去了采石场。按照常规操作，他会在中午之前把炮眼打好，然后等人们吃午饭休息时，他就放炮。一切都像以往那样正常。

老鲁离开指挥部不久，采石场那儿柴油发动机的响声便隐约传来,"突突突"的声音,像一挺20世纪战争中的马克沁重机枪。谁知道是怎么回事,正当老鲁用风镐在石壁上打炮眼时,突然就爆炸了,从山体上崩出的石头,造成老鲁前额和右眼部开放性挫裂。致命伤不止一处,老鲁的腮腺还被炸开了一道四五厘米的口子,石块镶嵌进了肉里,血流如注。

听到爆炸声,阿站先是一脸疑惑,他还没有分发那天中午用于爆破的炸药和雷管,也没听到哨子的预警声,怎么就爆炸了呢?他开始以为是卡车爆胎,但声音不对。他满怀狐疑,走出屋子向采石场方向眺望。不一会儿,就看到有人惊慌地奔跑过来,不用问,阿站知道出事了。

吕磊不在工地,阿站的责任陡然上升。他还没有赶到采石场,就看见有人把老鲁抬了下来,放在了河堤边。老鲁的头部血肉模糊,人已经没了气息。阿站在老鲁尸体旁边蹲了下来,不敢相信眼前的一切是真的。但阳光明亮,河水流动,风中有明显的血腥味,阿站不知不觉用自己的右脚掌在泥地上搓出一个椭圆形的坑。工地上敲打石块的村民此时也停止了工作,他们远远近近围在周边。阿站在老鲁血迹斑斑的脸上,看到多处火药爆炸造成的点状灼伤。

"鲁哥!"阿站感到大祸临头。回头看到闻讯赶来的五红,他用更低的声音叫了一声:"嫂子……"

躺在地下的,果真是自己的丈夫老鲁,五红掩面而泣。

指挥部的院子里,堆着一些修筑护坎时用于保持水泥湿度的草席,有村民抱了两床过来,阿站将它们小心盖在老鲁身上。

"我得去乡上给吕磊打电话！"阿站找了一辆摩托，着急地往乡上赶。有一段路湿滑，摩托车不好控制，像一头发怒的公牛，把阿站重重地摔在地上，好在他没感觉出什么疼痛，继续上路。一路上，这一年多来与老鲁相处的片段像电影倒带那样回闪，阿站忍不住哭出了声，眼泪打花了他的脸，也影响了他的视线，使他不得不暂时将摩托车停下，用手臂当帕子，揩干泪水。

"黄鳝黄，黄鳝死了肚皮黄，虽然不是亲兄弟，同在一个烂泥塘……"隐约听到老鲁行拳时的声音在哪里响起，遥远得像是从另外一个世界传来。

消息传得比阿站胯下的摩托车还快，连乡政府都知道第九标段采石场死了人。值班室里的那台摇把子电话发出刺耳的机械摩擦声，数十公里外的县城里，得到消息的人迅速行动起来，像篦子一样，将县城里吕磊可能藏身的地方梳了一遍，终于将这不幸的消息传到了某个茶室的牌桌上。

吕磊不信："老鲁死于打眼？你别狡辩了，一定是有哑炮你没有清点完。"他愤怒地对阿站吼道，"工程白干了，你把我害死了！我马上回来。"

阿站放下电话，他知道吕磊即使把桑塔纳开成赛车，到这儿至少也得一个多钟头。

老鲁不是本地人，他算是入赘，老婆五红的家就在县城，是一个离工地只有数公里的村庄，阿站曾经陪老鲁一起去过，那情景仿佛就发生在昨天。此时阿站重新回到放置老鲁尸体的地方，守着他。他掀开覆盖在老鲁身上的草席，看到老鲁脸上的血污已经凝固。那张脸，似乎上了一层陈旧的油漆，看起来有几分陌生。

一切恍如梦中。河水流淌，阳光如常，附近的田地和山野清晰而明亮。而周围是脚步声、呼吸声和窃窃私语声。阿站幻想吕磊赶到这儿时，老鲁能从草席下面坐起来，更希望眼前的一切只是个短暂的恶作剧，或者是在梦中。

阿站对上午突然的爆炸百思不解，老鲁出事以后，他飞快对过自己的笔记本，查验是否出错。昨天下午发放出去十二炮，包括火药和雷管；他的记录里，也是工工整整写了两个正字和一个"丁"字——十二炮，不会错，没有错！而老鲁出事的这天，火药和雷管都还没发放，怎么就炸了呢？除非是老鲁自己想不开，偷偷盗了火药和雷管，去采石场自寻短见，而且他还必须从自己这儿偷到仓库的钥匙。

8

那天中午，和吕磊一起赶回工地的，还有乡上派出所的警察。确认老鲁已经成为尸体之后，大家又一同去了事故现场勘查。

然而，现场一片狼藉。采石场到处是石头，分不清哪块石头是哪天掉落的。树枝和石块散乱堆放，钻机倒在岩下，柴油发动机悄无声息。警察终于凭借自己的专业经验，找到炸死老鲁的那个炮眼，但那只是岩壁上一个毫不起眼的凹痕。

虽然不能当场给出定论，但综合各种勘查，警察初步判断是哑炮复爆，倾向于认定是老鲁操作失误。即使炸药或引线本身有问题，也是吕磊的责任。各种证据都表明，并非阿站失职导致的事故。阿站倒是自己存疑，觉得事情可能没有这么简单，尤其是今天的炸药和雷管他还没分发给老鲁，哪来的哑炮复爆？除非像警察分析的，是以前的哑炮存留，没有及时排除。阿站难以祛除心中的谜团，他感觉周边变化的光影中，人影晃动，虚虚实实，显得扑朔迷离。事故的真相只有一个，隐藏在难以寻找的线索之中。

等吕磊他们回到指挥部商量怎么办时，院子里突然冒出来许多老鲁的亲戚，他们吵吵嚷嚷，围着吕磊要说法。

为了防止意外，吕磊从城里返回时还带来了两个人，但对比人数众多的老鲁的亲戚们，他们显得势单力薄。阿站尽管择清了自己的责任，尽管他对老鲁怀有兄长般的情感，尽管他和五红一样没有从错愕中完全反应过来，但阿站知道自己必须站队吕磊。他偶尔帮上几句腔，当然也担心情况失控。吕磊低声与他耳语过几句，阿站就从这份秘密的叮嘱里明白：一定要稳住，千万不要把事情闹大。

对吕磊来说，哪怕责任全是老鲁的，只要死人的事被捅开，不仅要停工整顿，工程还要遭受巨额罚款，甚至能否继续都是个问号。所以，吕磊决定私了。

巨大的变故让五红几乎失语，出声的时候，也是喃喃自语地发出一些重复的音节。作为受害方家属与吕磊进行谈判的代表，是五红的舅舅。那个黑脸的中年男人，精瘦，长着一对三角眼，眉毛短而黑，最为醒目的是男人左嘴角上方的一颗痦子。令人意外的是，五红的舅舅思维敏捷，用一双精芒四射的眼珠打量着吕磊，然后开出了二十万元的高额赔偿。

"你这是抢劫啊。老鲁人不在了，我没法追究责任，但他给工程造成的损失也是事实。我愿意出点钱，也是看在往日的情分上……"吕磊说。他以往朝后脑梳的头发跑到前额来了，有一绺搭在脑门上，这让他看上去好像不是往常那位信心满满的吕总。

"不要装好人，显得你多仗义似的。老鲁没了，五红以后的日子怎么办？我们农民的命贱，就你们城里人金贵？"痦子推了一把吕磊，像是动手前的警告，"二十万一条人命难道贵了？要不赔二十万，你今天就走不出这个院子！"

"对，不交钱别想走。"老鲁的亲戚们附和，并且挥动拳头，明显是在威胁。

虽然因为老鲁的事情，阿站被吕磊错怪和责骂，但那是小事。关键时候，阿站还是站出来，挡在前面护住吕磊："有什么事情好好说，不要动手。"阿站的表情变得凶狠，目光锁定在领头的痦子身上。

"你们看着办！陪不了钱，就给老鲁陪葬吧！"痦子语气激烈，毫不退让。

"嗷——"吕磊像疯了一样叫了一声，他蹲在地上，用双手抓扯着头发，像是想把它们拔光。突然，他站了起来，喘着粗气："二十万，就是杀了我，我也凑不够啊！你们得说一个我能力范围内的数字，这才能解决问题。"

"哼，你一个包工程的，凑不出二十万？"痞子斜着眼睛望着吕磊，"这话鬼才信。"

在痞子的挑衅和怂恿下，周围的人七嘴八舌，磨刀霍霍。阿站看着这些所谓的亲戚，他们似乎没有亲人离世的悲伤，在意的，只是拿死去的老鲁卖个高价。无论是对老鲁，还是对吕磊，阿站自认怀有一份对待兄长般的情义，此时的嘈杂，让阿站觉得仿佛有千军万马在身体的某个地方激烈厮杀，愤怒像野火一样从他脚底生长起来，瞬间就从他的天灵盖蹿升出来。

"你们别欺人太甚！"阿站冲着对面的痞子脱口而出，"大不了，老子用这条命赔你们！"

"你算哪根葱？你的命也值不了几个钱！"痞子轻蔑地说道，并用力推了阿站一把。

阿站怒目而视，紧攥双拳，刚要挥向对方，就被吕磊拦住了。"表弟！我们不吵，我们抱着解决问题的态度。"吕磊一边感激地看了阿站一眼，一边按下他运着力气的手腕，然后转头对着痞子说，"赔偿金肯定得往下降。至于降到什么数额彼此都能接受，现在就商量！你们看好不好？"

讨价还价进行了漫长的时间。吕磊给他们讲理由，摆道理，语气时而强硬时而柔软。阿站插不上话，但一直陪在旁边。屋子里偶尔会出现间歇性的静默，是因为博弈的双方都精疲力竭。院子外面的公路上，有辆汽车驶过时响了两声喇叭。阿站抬起头向外张望，有些恍惚。他想起到达这里的第一天晚上，对面的一个山头，看上去就像鱼嘴。

最终双方作了妥协，敲定的赔偿金额是十万元。这在当时可不算是一笔小数目。谈妥之后，吕磊当即决定返回县城筹钱，他怕阿站留下来再起冲突，就把他也拉上了自己的桑塔纳汽车。

但车被人挡住了，车门被痦子一把拉开。"你们不能都走了！要是都不回来，我们找谁去？"痦子警觉地说，"把你的表弟留在这里！"

"表弟！"吕磊转头望向阿站，眼睛里充满妥协后的恳求。阿站默默坐了几秒钟，低头钻出汽车。拦在车前的人让路了。阿站听见发动机的轰鸣，桑塔纳的轮胎摩擦着地面，碎石被弹起……然后消失在前方。

9

说好当天下午吕磊就带钱回来。就这样，阿站被当作人质扣留了下来。担心阿站会找机会逃跑，痦子坚持把阿站关在宿舍里，还特地嘱咐人上了锁。

痦子率领着亲戚们在指挥部驻扎下来。他们与老鲁都没有关系，只是五红的亲戚。阿站和衣躺在床上，睁着眼睛望着简易工棚的天花板，此时的他已经完全接受这个事实：老鲁死了。

虽然平时两人情同手足，但老鲁对自己的身世和往事似乎不愿详谈。只知道他家在甘肃，再详细的阿站就不知道了。不过，老鲁给阿站描述过浩瀚的戈壁，斑斓的丹霞地貌，还说唐僧西天取经路过的火焰山就在离张掖不远的地方。此时，阿站想象着遥远的西北，想象一片闪耀着星光的夜空，想象夜空下静寂的小镇和村庄，感觉到好像有一个人影，面孔模糊，正在朝着那个方向急行。

想起和老鲁一年多来相处的点点滴滴，想起老鲁行酒令时认真的模样，想起老鲁用普通话叫他兄弟……阿站的泪水流了下来。隔了几间屋子，痦子一群人在喝酒。喝酒就罢了，还划拳。划拳就罢了，他们还哈哈大笑，声音里听不出半点难过。直到此时，阿站才发觉自己一天没吃饭了，身体像是个空空的漏斗。阿站期待着外面传来汽车驶近的声音。来县城一年多，每当吕磊来工地，就能听到那种熟悉的马达声。没有。只有喝酒和划拳的声音。倦意像大雾一样弥漫过来。半梦半醒的阿站梦到了老鲁，梦到自己眼睛里进了沙子，而老鲁用他短粗的手指翻动他的眼皮……然后，他的意识和老鲁一起消失了。

房门被重新打开，力度不小，像是被人用脚狠狠踹开的，逆光中进来几个黑影。领头的，还是一脸凶相的痦子，声音像一把匕首那样尖利刺人："狗日的老板肯定跑路了，到现在还没有送钱来。打几次传呼过去，他回都不回。"

去筹钱的吕磊一直到天黑都没有现身，他消失得像石沉大海。痦子渐渐失去耐心："他要是再没回音，你就等着被收拾吧。"然后，他气急败坏地狠踢了阿站两脚，才恼怒地走出房门。

如果吕磊真跑路了呢？阿站不敢往下想，干脆回避这个问题，饥饿感促使阿站幻想，曾经吃过的饭菜以虚拟的方式再次进入自己的肠胃。

阿站原以为，会有人给他送点什么吃的。但等了太长时间，一直没有人来。直到阿站用力拍门，希望他们想起自己的晚饭，才终于听到杂乱的脚步声。阿站松了一口气。可这次房门打开，就像是海水倒灌进船舱，他立即被从门外涌进来的人群掀翻。

他们不由分说，嘴里骂骂咧咧，仿佛阿站是直接杀害老鲁的凶手。他们好像也是这样认定的，骂了吕磊骂阿站，说老鲁就是死在他们手里，而且还打了阿站几个耳光。阿站像绝境中的狼一样亮出獠牙，企图以凶狠的表情镇住对方。屋子的空间受限，阿站就是反抗也放不开手脚；何况涌来的，还都是长期干体力活的壮汉，手脚有劲。这些人充满希望的等待、发财梦落空的失望，加上怀疑被骗的愤怒，让他们的内心像一口炒锅，不断被加入硫黄、木炭和硝石，阿站的挣扎点燃了最后的火药。屋子里一阵噼里啪啦，等硝烟散尽，阿站已被摁在地上动弹不得。脸被屈辱地杵在地上，嘴里被塞进一块满是油腥味的抹布，双手反绑在身后，绳索捆得很紧……阿站感到羞辱和恐惧，身体里有股洪水横冲直撞，就是找不到泄洪的出口。

虎落平阳，所有挣扎均是徒劳。不知道他们要干什么？莫非他们晚餐时喝多了酒丧失理智，真要让阿站去给老鲁偿命？

阿站高一脚低一脚，被痦子一伙人推推搡搡，拉扯着往前走，不知道要去哪儿。跌跌撞撞走了一会儿，隐约能够听到河水流淌的声音，阿站像一个被押向刑场的囚徒，来到了通往采石场的水泥桥与小河交错的堤岸上。这时，阿站依旧抱有幻想，希望耳朵能够捕捉到风中的蛛丝马迹，希望能够突然目睹一对车灯由远而近……阿站觉得，此时没有比桑塔纳汽车发动机更美妙的声音。

说好吕磊当天下午一定带钱回来的，但后来不管怎么联系他，吕磊都毫无音信。痦子从怀疑到几乎确信，吕磊已经跑路了。谈好的赔偿金拿不到手，曾经许诺的十万元，可能仅仅是吕磊用于金蝉脱壳的骗局。痦子恼羞成怒，觉得自己的智力和面子都受到了侮辱，甚至影响了自己在家族里的形象和地位。他迁怒于阿站，要逞逞威风。

10

随后到来的惩罚，完全超出阿站的预想。

躺在河堤上的老鲁，遗体上覆盖着的草席被人掀开。"把他与尸体绑在一起！"黑暗中传来痦子的声音。阿站用脚底死死撑住路面，希望自己的双脚能够像粗壮的钢针那样插进地里，不再向前靠近，但他被那群酒足饭饱的人控制住，按在了老鲁的尸体旁边。

一路的挣扎耗尽了阿站残存的体力，此时他无力又绝望……痦子觉得放走吕磊是一个错误，他不无遗憾地说："妈的，应该把老板扣下来，让别人送钱来才对。"

痦子拿着小指粗的麻绳过来绑阿站。麻绳勒进他的胳膊，像一条缠绕的蛇，绕过阿站的手腕和老鲁的手腕，阿站突然奋力扭动，他拼命挣扎，像一条碰着盐粒的泥鳅。"捆紧一点，免得他挣脱了！"绳子被一捆再捆，勒得阿站的肩膀像要脱臼了。痦子和他带来的人一起用力，很快，老鲁就像是长在阿站身体上的一个部分，累赘而笨重。此时，老鲁那张被石块砸烂的脸在阿站的记忆中不再是兄长的亲切，而是变成血肉模糊的狰狞。阿站控制自己不要去想那张脸，可那张变了形的脸越发清晰。尽管痦子他们将阿站与老鲁背对背捆绑在一起，可阿站总觉得老鲁的脸就在他的眼前。与一具尸体绑在一起，阿站觉得自己的心往一个深渊掉了下去，越来越远，越来越远。嘴里的布被他顶掉了，阿站的牙齿一边不停叩击，一边哀求痦子放开自己，保证吕磊一定会带钱回来。

"他可能是筹钱时碰到了麻烦，你们放了我，我一定找到他送钱。一定、送钱！"阿站开始结结巴巴，赌咒发誓，"工地还在这儿呢！他跑、跑不了……我保证、保证！"

"你的保证顶个球用！他什么时候把钱带来，我们什么时候把你放开！"痦子蹲下来，就在离阿站头部不远的地方，他点燃了一根烟。那张痦子突出的脸，因为烟蒂的火光，仿佛在黑暗中慢慢浮现，又慢慢隐入黑暗。

阿站的头皮发紧。若吕磊真如痦子所说的那样跑路了，他不知道该怎样面对接下来的这个长夜。

片刻之后，瘩子将抽完的烟蒂摁进脚下的泥里，站起来对身边的人说："走，咱们回去，继续喝酒！妈的，明早再不送钱来，老子把尸体给他抬进城里！"

脚步声陆续散去，空气冷了下来，黑暗仿佛向这儿聚集。老鲁、五红、吕磊、瘩子……无数人变形的脸孔，像揉皱的纸团，塞进了他的大脑。

空旷中，阿站感到从来没有过的孤单。黑暗中的一切再度变得具体，身旁河水流淌的声音也清晰起来，空气中能够闻到一股潮腐的气息，仿佛夹杂着微微令人发呕的血腥味。和他绑在一起的老鲁，沉得像块石头。两人喝酒行令的快乐时光已然远去，阿站背负着的，是一具令他感到陌生的尸体。这时，有什么东西掉在了阿站的眼皮上，他晃了晃头，重新睁大眼睛望着漆黑一团的上空。片刻之后，又是一滴，滴在他的鼻翼。是雨点，稀疏的雨点。阿站希望这雨点密集一些，密集得像他心中想流出的泪水，为老鲁，也为自己。

11

……雨刮器的速度慢了下来。阿站重新返回昙城的路上，下了会儿阵雨，但时间很短，不大一会儿，落在阿站汽车前挡风玻璃的雨越来越少。在阵雨停下之前，车里的病人就不再呻吟。阿站听到陪同的女人打了几个电话，除了急躁的抱怨，还有夹杂的哭声……她边哭边说，似乎既有对痦子弥留之际的不舍，也是在申诉自己遭受的某种委屈。

沿着当年修筑的弹石路驶往昱城，道路两侧的田野里出现不少灰色的水泥楼房。两侧向前延伸的电线上，不时能看到挂在上面的塑料袋，那是大风吹拂留下的痕迹。路过黑堰沟时，阿站特地抬头，专门看了一眼一侧的崖壁。他想起了第一次来昱城时，汽车在黑堰沟爆胎……在那之后，他就认识了老鲁和五红夫妇。

路面结实而粗糙，偶尔的路障让车轮小幅振动。车里拉着气息奄奄的病人，阿站平常会职业性地减速，以降低患者的不适；但病人脸上的那颗痦子，让他内心有了波动，似乎又突然体会了多年前的那种无助。车头的前方，远方山岭逶迤着延伸，汽车一旁的行道树不时晃过，间隔不一，让人想起缺损的牙床。

重返昱城，景象熟悉而又陌生。到了乡政府所在的集镇，天色已经暗淡下来，距将要前往的李家屯还有一段距离。两侧田地里的苞谷正茁壮生长，阿站找不到当年自己待过的地方。似乎这条路左侧，从没有过那样的工棚和院子。阿站甚至没有发现当年从指挥部通向采石场的丁字路口。大地上的标志被时间擦除，仿佛从未有过那样一个刻骨铭心的夜晚。而那的确，曾是阿站所经历过的最漫长的夜晚，似乎比一生都还要漫长。

"慢一点！"轿厢里传来女人哽噎的声音。说话的是痦子的女儿，能看得出她对即将离世的父亲依依不舍。也许在女儿眼里，父亲就是父亲，尤其是在弥留之际，他这一生的好，可能会被密集地想起,像海水蒸发之后,碗底露出洁白的盐霜。但对阿站来说,痦子是一把记忆里的苦咸。所以,他内心隐秘的不快,会转变为肌肉的较劲,好像车轮不听支配,只要稍稍加速,就颠簸明显。

雨是彻底停了,但云层仍然躁动不安,它们不断聚拢又撕开。汽车偶尔会被阳光照耀,更长时间在云层的阴影中滑行。经过多年打磨,车轮下的这条路比当年陈旧得多。无数转动的轮胎,让车辙变得低洼,有的地方甚至积了水,汽车驶过会溅起泥浆。这时,对面有辆大车驶来,正好相遇在狭窄之处。阿站将汽车停在路边,为对面的大车让行。

等阿站错车后下一个缓坡时,他突然有种奇怪的直觉,就像车体在一瞬间变轻了。他怀疑,那个时刻,可能是痦子断气了。拉着痦子的尸体,与拉其他人的尸体有些不一样。阿站感觉到自己的背部像贴了一块过敏的膏药,让他格外不舒服,他下意识踩了一脚刹车,仿佛是想等等谁。假如判断是对的,那么刚才痦子应该是走了,可面对痦子的死,阿站的内心并不轻松,也不快乐,反而有些荒芜中的茫然。尽管离开县城最初的几年,他曾一想到痦子,就会愤恨,甚至幻想过无数报复的手段,每一种都希望让痦子生不如死。

那时的阿站从没想过,有一天,自己将成为痦子最后的送行者。

终于到了。

已经有几个人等在院子里,有大人有孩子。因为院子狭小,不足以在里面掉头,阿站是倒车进入的。后门对着屋门,更方便抬动病人……或者,是死者。有些气息奄奄的患者,就像所有螺丝都松动的机械,稍不小心就会散架,甚至就是在最后的挪移中从患者成为死者的。当经验丰富的阿站指挥家属搬动时,意外地听到瘪子发出一声微弱的呻吟。他没死,垂落的手搭在了阿站的手腕上。

阿站低头,垂死者这只瘦骨嶙峋的手,像是从岩石上生长出来的:骨节刺眼,触目惊心。阿站想起另外一只手,那是属于老鲁的手,它曾坚硬粗糙,后来变得皮开肉绽、血肉模糊。老鲁的手,仿佛和他那张惨不忍睹的脸一样……仿佛,是被炸药同时摧毁的。

12

阿站曾问老鲁,哥你一个西北人,怎么会来到昙城娶了五红。好奇的目光注视着他。老鲁没有详说,但大意是说,在缅甸的经历使他随遇而安了。

老鲁讲过一个场景,听起来吓人。他说,有不少幻想一夜暴富的人被诱骗到缅甸赌博,有人因欠下巨额赌债被控制,那些无法交付赎金的人很惨,有人被锤杀,赤裸的尸体被扔进一个长条形的铁箱,沉入养鳝鱼的池塘。铁箱上用钻头打上许多筷头粗的小洞,鳝鱼的幼苗会从那些小洞中钻入,然后把里面的尸体当成食物。它们疯狂啄食,当尸体被啃个精光,幼鳝已经长大，变粗的身子无法从那些细小的孔洞中钻出。所以，当铁箱被人从水里捞出，里面是大小均匀、颜色泛绿的鳝鱼，以及一具发白的人骨。

这个可怕的场景到底是真的，还是那天晚上老鲁划拳输得太多，编出这样一个故事来吓唬阿站？但老鲁那个独特的划拳令让人印象深刻，阿站倒背如流。尤其数年前那个夜晚，阿站首先想起来的，竟然是这个。

……安静。绝望的安静。只能听到稀疏的雨滴掉落的声音，以及阿站自己粗细不均的呼吸声。安静，也让捆在身后的尸体变得具体。活着的时候阿站与老鲁亲如兄弟，经常搂肩搭背，没想到，他们后来竟会以如此陌生的方式肩对肩、背靠背。他们曾经划拳行令的手，在彼此身后捆死在一起。痦子捆得非常认真，他把绳子捆绑得很结实，让阿站既无法站立，也很难躺下，前后挪动也困难，只能姿势难受地相互贴着，像倚靠着一个刑具般的椅背。阿站不知道会被捆上多久，他只能遥望黑暗而变形的远山，祈求吕磊能够尽早带钱赶回来。

为了对抗恐惧，阿站回想和老鲁之间经历的往事，回想他们喝酒划拳时的亲密。幸好是背对背绑在一起，阿站看不到老鲁残破的脸，但他的手会触碰到老鲁的手。老鲁的手比原来冰冷，比原来坚硬，似乎也比原来的粗糙。以前划拳，老鲁常常互换左右手，既改变自己的出拳习惯，也打乱对方的出拳节奏。阿站还记得老鲁右手食指上那个月牙形的疤痕，他极力劝说自己：绑在一起的是他熟悉的人，碰到的是他熟悉的那双手。

"黄鳝黄，黄鳝死了肚皮黄……"黑暗中响起阿站结结巴巴的声音，他想通过重温以往与老鲁的划拳令来缓解心中的恐惧，但他很快闭嘴了，因为他想起了后半句："……泥鳅出来哭一场，虽然不是亲兄弟，同在一个烂泥塘。"眼下他与老鲁躺着的地方算不上烂泥塘，但也差不多。午夜，河边水汽弥漫，空气中有股难闻的鱼腥味，而土地的寒湿之气也浸入了他的身体。

"不不不，不说这个……换一个！"他自言自语。

四季财、八马双、哥俩好……行拳是在想象中进行的。老鲁每次喊八马双时，他右边的眉头会抖动一下，阿站发现这个规律之后，他与老鲁划拳就渐渐占了上风，这是阿站与老鲁之间的一个小秘密，可他永远也无法告诉老鲁了。这天夜里，阿站想象与老鲁划拳时嘴里没有声音，被捆住的手指没有动作。在此之前，阿站多次尝试逃脱失败，现在他放弃了，只能靠想象与老鲁划拳来缓解恐惧。

突然，阿站感觉自己的手被老鲁的指头回勾了一下，好像又勾了一下，阿站的后背一凛，起了一身鸡皮疙瘩。此时，他才发现老鲁的手和背都不像刚才那样坚硬了，似乎柔软起来。这个发现让阿站头皮发麻，他犹疑着伸出手指头触碰了一下老鲁的手，没错，老鲁原本硬得像钢筋的指头有一种怪异的弹性。

"鲁哥，你可别吓我啊！"阿站的声音里带着哭腔，好像老鲁此时活过来，要比他是一具尸体更令人害怕，阿站想象老鲁此时把脸伸到他面前，哈哈大笑，露出被烟熏黄的牙齿……阿站的身体再度颤抖起来，就像身后绑着的不是老鲁，而是一条巨大的电鳗。过了好一会儿，阿站才慢慢停止颤抖。以前在什么地方听谁说过，一个死去几天的人因阳寿未尽，阎王不收，只得返回人间。莫非老鲁死而复活？阿站压低声音叫了两声"鲁哥"，没有回应。

这是第一次，阿站离死亡这么近。近到仿佛整个世界的死都背在他的身上。也是第一次，阿站觉得自己面对的是死亡，背负的也是死亡。

他不由自主地叹了一声气，开始回忆自己短暂一生中的温暖。就像死囚临刑前的最后一顿好饭那样，他想起一个给过他温暖的女人。阿站在水泥厂工作时，与一个离异女人有过秘密的欢情。女人三十多岁，比阿站大很多，会诱导，也主动。那些夜晚，阿站像是一架永动机，不想停下来。那是多么美好的夜晚啊，女人用她丰腴的身体，喂饱了阿站这头饥渴的野兽。曾经，阿站还提出过娶她，然而，女人觉得阿站与她的年龄悬殊，不合适。再后来，女人改嫁到外地，两人天各一方，此后阿站虽然时常回忆起她来，但却再也没有见过她。

来到昙城的工地，夜晚漫长，阿站特别想念与女人在一起的日子，他一遍遍反刍那些温柔之夜，回忆甚至编造一些细节，让身体像气球那样膨胀。阿站愧于承认，有一次在夜晚的梦境中，那女人长了一张五红的脸，带给他格外的满足与快乐。阿站没有什么对不起老鲁的事，如果有，只有这一件。

奇怪的是，这个夜晚，当阿站再次回忆起与水泥厂女人的欢情时，他完全感觉不到自己那个器官的存在。为了验证自己的判断，阿站将自己的两条大腿夹紧，缩肛，将想象中的它沿着脊柱往上提升。不是幻觉，那个地方变得空空荡荡。阿站恐惧之余又想，也许，自己再也用不到它了。

13

当阿站渐渐适应了身后老鲁的存在，身旁的小河突然水声大作。阿站坐着的地方水流像游蛇那样浸了过来，他感到一阵迷惑，虽然下过雨点，但没有人会料到，雨洒河竟然暴涨，速度很快地漫上堤岸。

原来那天夜里，雨洒河上游暴雨，栏河而建的电站开闸，导致河道里的水位急速上涨。水势越来越大，泛着暗光的河面变得越来越宽，阿站突然有种不祥的预感，全身收缩起来，他意识到，如果河水继续上涨，他会被淹死在这儿，成为老鲁的陪葬。目睹灾难的来临，身体却动弹不了，阿站仿若置身梦魇。

阿站发声求救，沙哑的声音被河水的声浪所淹没。喝多了酒的痞子他们根本无从得知阿站的险境。不过，得知又能怎么样呢？即使意欲施救，混浊而漫灌的河水也容不得这样的时间。很快，阿站和老鲁被冲离原地，水流的力量惊人，铲着阿站和老鲁跌跌撞撞向前。与此同时，水位仍然在上涨，阿站就像一个手无寸铁的人等待着杀手的逼近。

阿站生活在江边，虽然水性不错，但也对付不了这样突如其来的洪灾；何况，还拖着一具沉重的尸体。令阿站意外的是，当他被水流冲刷，背后的老鲁竟像一个托垫。如果下面没有老鲁，阿站就会完全浸在湍流中。现在是老鲁完全浸没，让阿站得以露出水面呼吸。也许正因为两个人的体重如在一起，让他们甚至会在河中暂时卡顿，像河道上那些暂时未被冲走的石头。阿站的脸侧，是混浊的河水，水有时会呛进他的鼻孔……他尽量伸长脖子，扬着头，努力把口鼻更高地露出水面。而老鲁的脸，可能正在大大小小的鹅卵石上摩擦，或埋进淤沙与烂泥之中。

这种停顿和拖延，让阿站在绝望的窒息感中，生出一丝祈祷：但愿河水在他尚能仰头呼吸的时候突然消退，就像它意外的到来一样。当阿站这样想的时候，他不切实际的希望立即遭到嘲弄，原本水下托举的老鲁晃动几下，然后又带着阿站，跌跌撞撞地顺流而下。

在蛮横的水流里，阿站的肢体像被冻僵，调整和控制都变得极其困难。不知道是由于运气，还是阿站的挣扎，老鲁多数时候都在他的身体下方。但偶尔，两人像在缠斗搏命，阿站被按压在水底，然后又被奇怪的力量翻到水面。连续呛水，让阿站喘不过气来。

接下来的陡滩，让时沉时浮的两人卷入漩涡。阿站四周全是无尽的水，没有方向的水，阿站无法分清上下左右，他感觉自己被囚禁在一个棺木里，清醒而又身不由己……棺木是用金属制成，沉重、压抑、冰冷。黑暗中的手扼住了阿站的喉咙，让他呼吸困难，胸腔里翻滚着找不到出口的岩浆。直到棺木顶部出现了一个又一个圆形孔洞，筷子头那么大，阳光像是突然从那些孔洞中照射进来，通透明亮。它们像一根根黄金打造的光柱，阿站盯着看，直到看见无数细小的幼鳝顺从光线的指引，从孔洞中钻入。它们蛇形游动的身子，在那些条形的黄金光影中穿梭、飘逸、舒展。阿站甚至能看见幼鳝们暗绿色的光滑脊背，以及鳝头两侧针尖一样闪耀着冷光的眼睛。

不知道这样过了多久，几近虚脱的阿站才缓慢醒来。河水从阿站的肋下流过，仿佛有无数冰冷的蛇鳝爬过他的身体。阿站的心一紧，同时庆幸自己竟还活着，并且被冲到原本已是岸边的位置。一棵几近倒伏的树，把枝条延伸到水里，卡住老鲁的就是这些枝条。水流冲刷，让阿站身上的绳索有所松动，但并未打开痦子在手腕上系紧的锁扣。不过，也正是因为和老鲁牢牢捆绑，当阿站意识昏迷时，冥冥之中是卡在枝条上的老鲁救了阿站。

阿站不能等在原地，救援者也许根本就不会出现。因为这一段河道狭窄，两侧山势陡峭，平常也人迹稀少。他必须利用水流稍缓的时刻，利用缓上来的一点力气，利用这难以置信的运气来自救……这也许是最后一次机会。

随后的阿站没有任何情绪起伏，像耐心的工匠只专注于工艺：他全心全意对付老鲁那双手，就像他们在划拳中再次博弈。对付痦子那些欺辱他的人，阿站无能为力；但现在，他必须集中全部的气力，用于对付自己的兄长。

阿站想与绑在一起的老鲁分开，最终，一块有棱角的石头，使阿站的愿望变成现实。阿站在上面用劲地磨、拼命地磕、竭尽全力地摔打，一下一下又一下……为了让绳结断开，他让老鲁的手皮开肉绽，让老鲁的关节和筋骨断裂。阿站不知道自己这样做了多久，他只是连续不停，不停。当然，阿站偶尔会磕碰到自己的手，但他尽量小心，始终把蛮力放在老鲁那双已然烂掉的手上。

又是一阵突然加大的雨势。阿站精疲力竭，浑身发冷，他还想用脚死死扣住河底的石头，却感觉身体轻得像棉花，控制不住地要从水中浮起，跟随水流往下漂，也就是这个时候，阿站感到身后一松，有什么东西离开了他的身体，是老鲁。阿站刚才的努力终于磕碰开捆绑在两人手腕上的绳子，他能够再站直了，用脚死死扣住河底的石头，劫后余生的他长吁一口气。

只是稍微恍惚了一下，老鲁就漂出好几米远。阿站有些自责，他竟然没有想过用捆绑他们的绳子固定住老鲁。暗淡的光线下，漂浮在水中的老鲁张开身体成一个粗壮的大字，膨胀的背部在水流中若隐若现，越漂越远。被繁密的雨点击打，但老鲁似乎获得了某种自由，就像趴着入睡的人……直到消失在阿站视野的尽头，老鲁的这个姿势都没有改变。

"鲁哥！"望着空寂而幽暗的河面，满脸是雨的阿站低低叫了一声。

14

筹钱返回县城的吕磊，见到的是精神恍惚的五红。老鲁的命没了，遗体也不见了，还搭了个阿站。而那个号称主事的痞子舅舅说是带人沿河寻找，也不知道是不是担心又出一条人命，他们提前溜走了。

吕磊寻人无果，便报了警。更大范围的搜寻开始，河水退去，岸边的岩石和滩涂再次裸露，但没发现两人的身影。直到搜寻队在雨洒河下游几十公里之外，找到了老鲁。河水浸泡，石块撞击，鱼虾啃食，让老鲁的尸体毁坏得不成样子，手腕伤痕累累，手指都露了骨头。阿站却不见踪影。

……那天，阿站在路边拦截一辆又一辆过路的汽车，但没有谁愿意停下来载他。司机们总是对路边突然闪现的人影心怀警惕，何况，湿淋淋又沾着河泥的阿站，一副人不人、鬼不鬼的样子。游荡了许久，阿站才爬上了一辆运粮食的货车，回到了父亲的家。

到家后的阿站就病倒了，发高烧，整个人像只正在燃烧的火炉。他不停说着胡话，身体不由自主地痉挛。昏昏沉沉地睡，零乱的闪回片段，有些记忆如同河底的淤泥，混沌而黏稠。等阿站清醒过来，已经是几天以后的事了，他躺在自家的老屋里，一个神汉正在将一叠黄色的彩纸插在墙上，旁边方桌上，放着一个盛着凉开水的土碗。父亲请来神汉，驱除附在阿站身上的鬼魂。阿站无力阻止，他浑身瘫软，任凭那个神汉将水碗定在墙上。

当吕磊硬着头皮来到阿站家里报丧，却意外发现阿站活着。阿站对吕磊讲述了经历的那个惊心动魄的夜晚，但他回避了从河道脱险的具体细节。吕磊离开前，给阿站留了钱，嘱咐他先把病养好，再来上班不迟。

阿站康复之后，执意离开昌城，再也不愿意回来。吕磊很快解决了老鲁出事带来的麻烦，但此后阿站与吕磊的来往越来越少，直到中断联系。听说吕磊生意做得越来越大，离开了县城，迁居到了重庆。再后来，又听说他投资失败，亏了本，破了产，还欠下不少债。不知那个传闻是否准确，但有件事是真的。吕磊当年真的给了五红一笔补偿，阿站想起来，就有一丝隐约的暖意，毕竟吕磊没有丢下他一走了之。不过，无论是对吕磊还是阿站，两人都是彼此生命中短暂的过客，像一条月光下分岔的铁轨，螺钉已锈迹斑斑，铁轨旁长满杂草。

当年离开昌城的阿站四处求职，找其他工作都不顺。最后阴差阳错，跟了师父入了殡葬行。这样说来，那个雨洒河之夜，那个曾经兄长般的老鲁，倒成了阿站人生的一种秘密衔接与转折。他说不清，自己对遗体的态度和处理，是否包含某种特别的个人原因。也许正因那个命悬一线的夜晚，有了与老鲁捆绑在一起的经历，阿站反而对尸体没有了常人的恐惧。老鲁活着的时候像兄长一样照顾他，这种照顾，甚至延续到了老鲁死后。甚至说站如今端着的这个饭碗是老鲁送他的，也不为过。所以，阿站兢兢业业地学手艺，凡事不太追究，也不太计较，这也深得师父的喜爱和器重。

阿站曾经分析过老鲁的意外，他觉得始终是个谜。当年勘查现场的警察，前几年出车祸死了，遗体还是阿站帮忙收殓的。

做了殡葬师，阿站见过各种各样的死亡，也曾听到过有人在头天的炮眼里塞进雷管和炸药，如果打孔时为了省力，将风镐钻头伸进去，只要一转动，雷管就会引发炸药爆炸，让人还以为是哑炮响了。当然，这只是阿站的猜测和不甘，过去这么多年，所有的秘密都淹没在时间的大水里。

因为让他怀有遗憾的老鲁，也因为让他还遗恨的痦子，昙城始终是阿站心中的某种禁忌。他不愿意前往昙城，也不愿意提及这段往事。甚至，往事中的阴影，让他再也没有吃过黄鳝，他连泥鳅也不吃。有一次去师父家吃晚饭，师娘把那些待宰的泥鳅放在一个不锈钢盆里，舀了一小勺盐丢进去，随即用锅盖盖上。尽管只是短暂的一瞬间，阿站还是看见盆里的那些泥鳅疯狂扭动身子，并听见它们挣扎时碰撞盆体的声音，听上去像是雨水的敲打。阿站浑身发麻，一阵反胃，就像有条巨大的黄鳝想从他的胃里窜出来。他慌忙冲到卫生间，刚把头对着蹲坑，胃里还没消化的东西就喷涌而出。

除此之外，阿站对自己的生活没有什么不适应，也没有什么不满意。他的生活能有基本保障，能有师父和兄弟们的关照，尤其他还有温柔的小玉。阿站因此怀有一种难以名状的感激。

15

巧遇痦子，让往事重新翻卷上来，但阿站面若平湖。

恨意的确消退了。因为精瘦而强悍的痦子也成了病人，走到了弥留之际的倒计时。阿站苦笑了一下，痦子想死在自己家里的遗愿，竟然是由自己来护送完成。然而，令阿站没有想到的是自己判断上的失误。

痦子垂落的手搭在阿站的手腕上，像一种无奈的求助与求乞……护送的女儿和另一个上前的男子似乎急于告慰病人，争相说着："到啦到啦！妈，你醒醒！妈，咱回到家啦！"

阿站的耳朵捕捉到了意外的称呼："妈"。什么，他送回来的病人不是男的？黑色绒线帽下光秃的头颅，病人脸上甚至有些狰狞的线条，仅仅是因为病痛和化疗的折磨？问题是，阿站从事多年的殡葬行业，他怎么会犯这样的基础错误？仅仅因为巧合，一个嘴角的醒目痦子，让阿站以为护送的是当年的仇人？仅仅是因为"昙城"这两个字，让阿站乱了方寸？

阿站迷惑地追问："这位……是你们的妈？"

"是啊！"男人叹气："唉，我妈她不抽烟不喝酒的，得这种癌。"

返程之前，阿站先给小玉打了电话，告诉她这就回去。小玉还是按照习惯，叮嘱他路上小心。"你的病刚好，开车别累着啊。"小玉的声音温暖，"快到家时再给我个电话，我给你准备夜宵。"

车窗外，夜色笼罩大地，山野的轮廓模糊。车灯的光束，照耀着延长的道路、路边连绵的塑料大棚、闲置的土地以及静寂的房屋，通往朦胧的远方。从车头望出去，远天黑暗的布幔缓慢卷开，细碎的星光悬浮而闪耀。

第七个夜晚　**去昙城的路上**

　　经过黑堰沟，阿站放慢速度，把汽车停在路边，拉上手刹。这是他第一次来昙城汽车爆胎的地方，如今想来像是宿命的预示。他跳下车，望着对面模糊的崖壁。当眼睛适应了周围的黑暗，崖壁的轮廓慢慢显露，他知道就在秘密的罅缝里，隐藏着悬棺。不知是被谁放置，也不知是什么年代放进去的，仿佛它们自古就生长在那里。峡谷寂静，隐约传来河水流淌的喧响。

　　阿站从固定在轿厢的铁皮盒里拿出香炉。平常阿站护送病人回家，如果人在路上死了，他会在返回时在病人落气的地方停下，烧几支香告慰一下亡灵，也算求个自己的平安。那些亡灵，都是前往老鲁的那个世界……所有人都会前往那里，有一天也会包括阿站自己。对着岩壁上的悬棺，阿站缓慢地点了三支香，弥漫草木焚烧气息的青烟缓缓上升，融入头顶的虚空。

　　阿站的头抬得更高，注意到许多黑影在无声穿梭。是蝙蝠，它们高速振翅，翼膜光滑如丝绸，能够在黑暗中灵巧穿行，在峡谷的此岸与彼岸之间畅行无碍。阿站的嘴角上扬，不知不觉，他笑了。

　　离开黑堰沟，离开昙城，阿站稳稳握着方向盘。风，从摇下玻璃的车窗外吹进来，吹动阿站的衣衫。有个瞬间，阿站觉得自己的身体轻盈起来……星空下，他像蝙蝠那样，他的黑夜拥有白天一样的自由。